로크미디어가
유혹하는
재미있는 세상

ROK
MEDIA
로크미디어

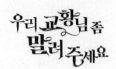

우리 교황님 좀 말려주세요 1

2022년 10월 5일 초판 1쇄 인쇄
2022년 10월 11일 초판 1쇄 발행

지은이 판미손
발행인 김정수 강준규

기획 이기헌 왕소현 박경무 강민구 조익현
책임편집 주현진
마케팅지원 이원선

발행처 (주)로크미디어
출판등록 2003년 3월 24일
주소 서울시 마포구 성암로 330 DMC첨단산업센터 318호
Tel (02)3273-5135 **편집** (070)7860-2726 **Fax** (02)3273-5134
홈페이지 rokmedia.com **E-mail** rokmedia@empas.com

값 8,000원

ISBN 979-11-408-0050-6 (1권)
ISBN 979-11-408-0095-7 04810 (세트)

우리 교황님 좀
말려 주세요

판미손 퓨전 판타지 장편소설 ①

Contents

Prologue

아무래도 X된 것 같다.

그러니까, 내가 아니라 지구가 말이다.

콰아아아아앙−!

우어어어!

"허허."

나는 내 앞에서 울부짖는 와이번을 바라보면서 씁쓸하게 미소를 지었다.

물론 짝퉁 드래곤이라고 불리는 와이번은 그렇게 희귀한 마수가 아니다. 오히려 흔한 마수에 속한다.

마룡 군단 침공의 효시를 알리는 마수라고 불릴 정도고, 내가 지난 10년 동안 수십만 마리는 학살했던 놈들이다.

하지만 문제는.

"왜 와이번이 마포대교를 배경으로 날아다니고 있냐고."

노을빛을 머금은 채로 빛나는 강.

그리고 그 강에 건설되어 있는 거대한 대교들.

씨이이이이-.

"팀장님! 곧 지원 온답니다! 조금만 버티십쇼!"

"와이번 새끼들 위장에서 버티라는 거야 뭐야? 지원 병력 좀 빨리 오라고 그래 이 씨바꺼!"

그리웠던 한국어로, 그리웠던 욕설을 내뱉으며 치열하게 와이번들과 싸우고 있는 사람들.

마지막으로 잔디밭을 굴러다니고 있는, 분명히 한글로 적힌 '여의도 한강공원'이라는 표지판까지.

그 모든 증거들이 내가 서 있는 이곳이 여의도 한강공원이라는 걸 증명해 주고 있었다.

덤으로 저기 멀리 와이번의 둥지가 되어 버린 기괴한 철제 구조물은 마포대교인 게 틀림없겠지.

그 말도 안 되게 부자연스러운 장면을 보고 있자니 나도 모르게 목구멍에서 솔직한 감상평이 튀어나왔다.

"허허, 씨발."

10년 만에 돌아온 지구다.

백번 양보해서, 10년이면 강산도 변한다고 했으니까 내가 기억하던 모습과는 달라졌을 거라고는 예상했었다.

하지만 이건 솔직히 선 넘은 거 아니야?

10년이면 강산도 이세계로 변한다, 뭐 그런 건가?

솔직히 말해서 꿈이라고 치부해도 될 정도로 기괴하고 부자연스러웠다.

내가 기억하고 있던 지구의 모습이라고 하기에는 너무도 많은 것이 바뀌었으니까.

그러나 내 볼을 스치는 차가운 바람, 코끝으로 전해져 오는 비릿한 피비린내는 이곳이 부정할 수 없는 현실이란 걸 증명해 주고 있었다.

몽마의 여왕이라면 이런 꿈을 만들어 낼 수야 있겠다만, 눈앞의 이 장면들이 그녀가 만들어 낸 꿈일 가능성은 아예 없었다.

내 몸속의 신성력으로 인해 그런 꿈에 놀아날 리가 없을 뿐만 아니라, 무엇보다 몽마의 여왕은……

"네 손으로 대가리를 직접 뽑았었잖아. 안 그래? 나의 자랑스러운 교황 성하. 그 천박한 년 대가리를 뽑는 모습이 얼마나 섹시했었는데."

"……리멘?"

저 녀석의 말대로 내 손으로 직접 곤죽을 만들어 버렸거든.

나는 눈살을 찌푸리며 음성이 들린 쪽을 향해 천천히 몸을 돌렸다.

그곳에는 은색 머리카락의 여인이 나를 바라보면서 웃음을 짓고 있었다.

그녀의 이름은 리멘.

리멘은 이 혼란스럽고 기괴한 풍경 속에서도 고고히 빛난다.

인간이라기에는 믿을 수 없을 정도로 아름다웠으며, 또 그 표현이 더할 나위 없이 어울리는 존재다.

"시우. 고향으로 돌아왔는데 별로 표정이 좋지 않아 보이네. 이래서야 돌려보내 준 보람이 없는걸?"

"우리 계약은 지구로 돌아오면서 끝난 거 아니냐?"

"섭섭해. 그래도 한때 네가 모시던 여신인데, 존경과 애정을 좀 보여 줘. 네가 이렇게 무사히 지구로 돌아올 수 있게 해 준 것도 바로 나잖아!"

그녀는 투정을 부리면서 나를 향해 천천히 다가왔다.

그런 그녀를 향해 나는 이를 부드득 갈면서 대답했다.

"애초에 네가 그 빌어먹을 세계로 나를 끌고 가지 않았다면 고생할 필요가 없지 않았을까?"

"그랬을지도 모르지만, 지구에 남았다면 분명히 죽었어."

"그걸 어떻게 확신해."

"우리 교황 성하께서도 잘 알고 계시겠지만, 나는 여신이 잖아? 당연히 알 수 있지."

그녀는 그렇게 말하면서 가볍게 손을 흔들었다.

우우우웅.

그러자 곧 눈앞의 모든 것들이 멈춰 버렸다.

인육을 탐하며 날뛰고 있던 와이번들도.

그런 와이번을 막기 위해 발악하고 있던 사람들도.

심지어 노을빛을 받으며 유유히 흘러가고 있던 강물조차
그대로 정지했다.

경고! 타 차원의 주신좌가 〈차원계: 지구〉의 인과율에 강제로 간섭합니다!
강력한 인과율이 순리에 따를 것을 요구합니다.
〈오류: 타임 패러독스〉가 우려됨에 따라 당신의 시간이 5분 동안 정지합니다.

"흐으응. 5분 정도가 한계겠네? 메인이벤트가 진행되고
있는 차원계라서 인과율이 강력하게 작용하는 것 같아. 나름
한 차원의 주신좌로서 간섭하는 건데…… 아쉽다."

리멘은 미약하게나마 웃음을 짓더니, 곧 주위를 둘러보면
서 말을 이어 갔다.

"자세하게 설명해 줄 시간은 없으니까 본론부터 말할게.
나와 계약을 한 번 더 할 생각 있어?"

"계약?"

"응! 10년 전과는 다르게 이번엔 시우가 원하면 맺는 계약
이야. 맺기 싫으면 안 맺어도 돼! 그런데 난 개인적으로 시우
가 계약에 동의했으면 하는데…… 싫어?"

그녀는 그렇게 말하며 내 눈치를 살핀다.

그도 그럴 것이 본인이 지난 10년 동안 '계약'이라는 단어로 나를 얼마나 괴롭혔는지 알고 있었기 때문이다.

리멘은 지구의 평범한 청년 하나를 납치한 것도 모자라서, 10년 내내 부당하게 노동력을 착취했다.

잡초도 뽑을 줄 모르던 평범한 청년이, 마룡의 심장과 7대 마왕의 심장도 잡초처럼 뽑아낼 정도로 성장했으니 말 다 했지 뭐.

진짜 다시 돌이켜 봐도 지옥 같았던 10년이다.

원래 내 계획은 평화로운 지구로 돌아와서 행복한 일상을 되찾는 거였지만…….

이미 그건 글러 먹은 것이 틀림없다.

와이번들이 활기차게 뛰노는 지구에서 평화롭게 산책을 할 수 있을 리가 없잖아?

"얘기나 해 봐."

나는 한숨을 푹 내쉬면서 고개를 끄덕였다.

그러자 곧 리멘이 얼굴을 활짝 펴면서 말했다.

"진짜? 난 솔직히 시우가 이 상황을 못 받아들이면 어떻게 하나 고민했었는데! 고향이 이렇게 변한 것 때문에 충격받아서 폭주하면 어쩌나 고민 많이 했어."

"이세계도 체험한 마당에 지구에 몬스터가 나오는 것 정도야 뭐…… 당황스럽다 뿐이지 그 정도까진 아닌데?"

비현실적?

이미 내 존재 자체가 비현실의 상징이다.

내 침착한 대답에 리멘은 감탄했다는 듯이 고개를 끄덕이더니, 곧 순진무구한 얼굴로 나에게 말했다.

"나랑 계약하면 시우가 저쪽 세상에서 사용했던 신성력 그대로 복사해 올 수 있게 해 줄게. 물론 이쪽에는 나를 믿는 신도가 없어서 조건이 조금 붙긴 하겠지만……."

"잠깐만."

"왜?"

"당연히 신성력도 같이 차원 이동되는 거 아니었어?"

"에이, 차원 이동이 그렇게 만만한 게 아니야. 차원 간의 조율도 필요하고, 또 인과율도 신경 써야 하고…… 힘을 잃는 게 당연하잖아? 앗! 3분 남았다."

"만약에 내가 계약을 안 한다 그러면?"

설마 하는 내 질문에, 리멘은 시무룩한 표정으로 대답했다.

"신성력이 소멸하고, 나를 다시는 볼 수 없어. 걱정하지마. 시우라면 내 신성력이 없어도 금방 다시 성장할 수 있을거야. 10년 전에는 나도 급해서 어쩔 수 없었지만, 이번에는 시우가 선택하게 해 줄게. 나도 미안하잖아."

힘을 유지하려면 다시 계약해야 한다고?

그런데 이번만큼은 나에게 선택의 여지를 준다고?

장난하는 것도 아니고, 이건, 진짜 이건 단 1도 고민할 여지가 없었다.

"미칠 것 같아."

"역시, 나랑 또 계약하는 건 죽어도 싫……."

"아니, 진짜 미쳐 버릴 것 같다고."

"……응?"

"계약 당장 안 하고 도대체 뭐 하냐고!"

"진, 진짜지? 그럼 바로 계약 맺는다?"

안 그래도 지구가 X된 바람에 심란한 마당에, 다시 처음부터 시작하라고?

싫다.

나는 그런 한물간 클리셰의 주인공이 되고 싶지 않다.

진짜, 진짜 죽어도 말이다.

❧

"시우?"

"어."

"계약 완료야. 이제 시우도 지구에서 신성력을 사용할 수 있어."

그와 동시에, 내 눈앞에 황금색의 메시지 창들이 떠올랐다.

성좌 계약 완료.
〈차원계: 에덴〉의 주신좌 〈리멘〉이 인간 〈김시우〉를 후원합니다!
다른 차원의 성좌와 계약하였으므로 〈차원계: 지구〉의 인과율이 본 계약의 정
당성을 조사합니다. 잠시만 기다려 주십시오.
5……4……3……2……1
조사 결과: 문제 사항 없음.

나는 그 메시지 창을 바라보며 리멘을 향해 넌지시 물었다.

"시스템도 같이 넘어온 거야?"

이 메시지 창이 바로 리멘의 후원과 더불어 나를 에덴에서
빠르게 성장시켜 줬던 특별한 기능의 정체다.

일명 시스템.

내 성장을 수치화시켜서 보여 주었으며, 에덴에 보다 쉽게
적응할 수 있도록 도와주었던 기능.

이 기능의 근원을 몇 번이나 리멘에게 물어봤지만, 리멘은
대답해 주지 않았었다.

그래도 시스템도 함께하니까 뭔가 든든한 기분…….

"아! 그거? 같이 넘어온 게 아니라, 사실 지구에서 에덴으
로 넘어간 거야. 그 기능은 지구의 메인이벤트를 위해 준비
된 기능이거든. 성장에 좋아 보여서 내가 시우를 에덴으로
데려가면서 은근슬쩍 베껴 갔었지!"

"……원래 지구 거라고?"

"굳이 따지자면? 미안해, 시우. 말해 주고 싶었는데, 제약

때문에 에덴에서는 말해 줄 수 없었어."

그러니까 사실 내가 특별한 기능이라고 생각했던 시스템이란 게, 원래 지구에서 유래되었다…… 이 말인가?

도대체 뭐가 뭔지 하나도 모르겠다.

그러나 이번에도 리멘은 나에게 자세한 설명을 해 줄 수 없는 모양이었다.

1분 뒤, 시간이 다시 속행됩니다.

"아쉽게도 아직 내가 이 세계에 기반이 없어서 오랫동안은 같이 못 있어 줘. 나한테 물어보고 싶은 게 아주 많겠지만, 그건 나중에. 지금부터 시우가 꼭 해야 할 게 있어."

리멘은 그렇게 말하며 내 손을 꼭 움켜쥐었다.

그러더니 곧 눈물이 글썽거리는 눈으로 말을 이어 갔다.

"일단 신성력은 계약을 통해서 어떻게든 해결했는데, 근본적인 게 해결이 안 된 상태야. 언젠가는 사라질 수도 있어."

"시간 없으니까 해결책부터."

"신성력은 누군가의 믿음이 전제로 하는 힘이라서, 믿음이 없으면 자연스레 소멸해. 그러니까 시우가 힘을 유지하기 위해서는 지구에 나를 믿는 사람들을 만들어 주면 돼! 쉽지? 시우는 교황이었잖아!"

"나보고 사이비 교주가 되라고?"

"그게 뭔지는 모르겠지만, 아무튼 내 신도를 많이 만들어 줘. 그거면 돼! 알겠지?"

우우우웅, 조금씩 리멘의 형상이 흐려진다.

그리고 그 흐려지는 빛무리 속에서 리멘이 나를 향해 간절하게 소리쳤다.

"금방 다시 볼 수 있어! 나 없다고 울지 말고! 응? 알겠지? 우리 교황……."

그 처절한 외침을 끝으로.

시간이 속행됩니다.

멈췄던 시간이 다시 흘러가기 시작했다.

나는 허탈하게 웃으면서 눈앞에 추가로 떠오른 메시지를 바라보았다.

퀘스트가 발생합니다!
[교단 창설]
종류: 메인
설명: 이 세계에는 당신의 신을 섬기는 신도가 부족합니다. 힘을 유지하기 위해서 교단을 창설하여 교세를 불리십시오. 수단과 방법은 제한이 없으며, 본 시스템은 차원계의 메인이벤트와 연동하여 자동적으로 신도의 숫자를 집계합니다.
완료 조건: 신도 숫자 1/10,000
*경고! 본 퀘스트의 제한 시간은 90일입니다. 제한 시간 내에 완료 조건을 달성하지 못할 시, 당신이 보유한 모든 것들이 초기화됩니다!

나는 그 메시지 창을 바라보면서 도저히 웃음을 참을 수
없었다.
　　"하하."
　　……아무래도 X된 것 같다.
　　"씨발."
　　이번에는 내가.

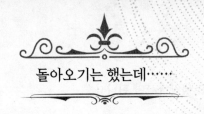

돌아오기는 했는데……

분명히 뭔가 잘못되었다.

그것도 아주 단단히.

"김시우 씨?"

"예."

"불편하더라도 조금만 이해해 주시길 바랍니다. 이능관리 국의 규정상 귀환자들에게는 여러 가지의 검증 절차 요구되 거든요."

"아, 예. 뭐 편한 대로 하세요. 그나저나 이렇게 규정까지 따로 마련되었을 정도면 귀환자가 꽤 흔한 편인가 보죠?"

"하하하…… 그 정도까진 아닙니다. 다만, 귀환자와 관련 된 사건 사고가 매년 평균 140건 이상 발생하기 때문에 마련

된 절차라고 생각하시면 됩니다."

어지럽다.

솔직히 말하자면 내가 에덴에 처음 굴러떨어졌던 그날보다 훨씬 더 어지럽다.

적어도 에덴은 아예 내가 모르던 세계니까 그러려니 했지만, 이곳은 지구다.

내가 그렇게 돌아오고자 했던 나의 고향 말이다.

언제부터 지구가 이렇게 바뀌어 버린 걸까?

그리고 이곳, 〈이능관리부 특수조사실〉이라는 곳은 무엇을 위해 존재하는 장소인 걸까?

내가 지금 이곳에 대해 알고 있는 정보는 딱 하나뿐이다.

대한민국 '어딘가'에 위치한 건물의 지하실이라는 점.

그러니까 이게 어떻게 된 일이냐면, 여의도 한강공원에서 어지러움을 느끼고 있던 나에게 정장을 입은 남자들이 다가왔었다.

그들은 나에게 이것저것 묻기 시작했는데, 그 대화를 요약하자면 다음과 같다.

ㅡ이능관리부에서 나왔습니다.

나: 예? 어디요?

ㅡ방금 전에 지구로 귀환하신 분 맞으시죠?

나: 그런데요?

-저희가 다 알고 왔으니 협조해 주시기를 바랍니다. 불응 시 형사적 책임을 물으실 수 있습니다.

나: ……예?

-그럼 잠시 저희와 함께하시겠습니다~.

나: ??

그러고 나서 도착한 곳이 바로 이곳인 것이다.

물론 이곳이 고문실이나 감옥 같은 어두컴컴하고 칙칙한 지하실은 아니다.

곳곳에 자리 잡은 작고 귀여운 꽃과 화분들.

거기에 누구의 취향인지 대체 모르겠는 귀여운 곰 인형들 과 구석에서 열심히 돌아가고 있는 공기청정기까지.

고문실보다는 차라리 아이들 놀이방에 가깝다고 해야 할 까?

인테리어를 담당한 사람이 어떻게든 어두운 분위기를 타 파하기 위해 노력했다는 게 보이는 구조였다.

"자, 그럼 이야기를 다시 시작해 볼까요?"

내 앞에 있는 이 사람의 이름은 김동식.

본인 스스로를 〈이능관리부 특수조사국 2팀장〉이라고 소 개한 남자였다.

나는 그의 말에 고개를 끄덕이면서 천천히 입을 열었다.

"제가 어디까지 이야기했었죠?"

"음, 짬을 내서 인터넷 방송을 하다가 미션을 받았는데, 그 미션을 준 사람이 알고 보니 리멘이라는 신이었다. 그리고 미션을 받자마자 에덴이라는 세계로 납치당했고, 그곳에서 여러 가지 일을 겪은 후, 10년 만에 지구로 돌아왔다……이 정도입니다."

음. 그 정도면 할 이야기는 다 한 것 같은데.

하지만 동식 씨는 여전히 흥미롭다는 듯이 눈을 빛내면서 이런저런 질문을 건네 왔다.

"본인이 10년 동안 그곳에서 지냈다는데, 혹시 그러면 그 세계에서 무엇을 하며 지내셨습니까?"

"무엇이라는 기준이……."

"간단하게 말하자면 일종의 직업 활동을 일컫는 겁니다. 그쪽에서 무엇을 하다 오셨는지를 저희가 알아야 적응을 도와드릴 수 있거든요."

나라에서 귀환자들 적응까지 도와준다니.

진짜 지구가 뭔가 좀 이상하게 바뀐 것 같긴 하다.

일단 뭐 직업을 물어보니까 대답은 해 주도록 하자. 그건 그렇게 어려운 일이 아니니까.

나는 가볍게 고개를 끄덕인 다음, 살짝 피곤한 티를 내면서 말했다.

"교황이었습니다."

그 말에 부지런히 노트북을 두들기고 있던 동식 씨의 타자가 멈췄다.

"······예?"

"교황이었다니까요."

"아, 그렇군요."

타다닥.

확실한 내 대답에 동식 씨는 고개를 끄덕거리면서 타자를 두드리기 시작했다. 그러나 그는 잠시 후.

"에덴이라는 세계에서 교황으로 10년을 지내다가 귀환했······ 푸흡."

튀어나오는 웃음을 참지 못했다.

"정말 죄송합니다. 이게 비웃음의 의미는 절대 아니었습니다. 어쨌든······ 그래서 사제복을 입고 계셨던 거군요. 참 잘 어울린다고 생각했습니다."

"뭐, 이해합니다. 제가 그쪽 입장이었어도 웃음을 참기 힘들 것 같거든요."

"제가 주로 귀환자분들 조사를 담당하는데, 이게 아무리 조사해도 익숙해지지가 않네요. 후우."

"저 말고 특이한 직업을 지니셨던 분들이 계신가 봐요?"

"물론입니다. 당장 지난주만 해도 꽤 특이한 이력을 지니신 분이 귀환하셨거든요. 시우 씨처럼 교황은 아니었지만요."

나는 그 말에 차마 궁금증을 참지 못하고 물었다.

"어떤 귀환자였는지 물어봐도 됩니까?"

"원래는 안 되지만, 특별히 말씀드리도록 하죠. 그분은 대륙 통일 황제의……."

뭐야. 그 정도면 상당히 강력한 귀환자…….

"내시였습니다. 아주 총애를 받는 내시였다고 하시더군요."

……는 아니구나.

잠깐만.

"내시라면 설마……."

"안타깝게도 그렇습니다."

"오, 저런."

"참 안타까운 일이죠. 혼전순결주의자셨다던데."

"맙소사."

여태까지 내가 이세계로 간 것이 참 불행한 일이라고 생각했었는데, 이제부터 그런 생각 안 하기로 했다.

나보다 더 억울한 사람들 많겠구나.

아무튼.

가볍게 이야기를 나누면서 분위기를 푼 우리는 그 이후로 이런저런 대화를 더 주고받았다.

그 과정에서 나는 꽤 성실하게 조사에 임했다.

마왕들의 대가리를 손수 뽑아 준 것부터 시작해서 내가 교황에 오른 후, 지구로 돌아오기 직전까지.

굳이 이야기를 숨기고 싶은 생각은 없었다.

우리 교황님 좀
말려 주세요

내 이야기를 한국말로 누군가에게 해 줄 수 있다는 것 자체만으로도 즐거웠기 때문이다.

그리고 조사를 빨리 끝내고 가족들을 보러 가고 싶은 마음도 있었고 말이다.

그렇게 내 조사는 1시간쯤이 되어서 마무리되었고, 보고서 작성을 완료한 동식 씨는 만족스럽다는 듯이 고개를 끄덕이면서 말했다.

"조사에 성실하게 임해 주셔서 감사합니다. 수월하게 협조해 주신 덕에 금방 끝낼 수 있었습니다."

"고생하셨습니다."

"자, 이제 중요한 절차는 다 끝내셨으니 제가 몇 가지 이야기를 전해 드리도록 하겠습니다."

나는 동식 씨의 말에 조용히 고개를 끄덕였다.

그러자 동식 씨는 조심스럽게 말을 이어 갔다.

"가장 먼저 전해 드릴 소식은 아까부터 궁금해하셨던 가족분들 이야기인데, 남동생분이랑 여동생분 두 분 모두 아주 건강하게 서울에서 거주하고 계십니다. 친할머니께서는……미국을 여행 중이시군요."

그 말을 듣자 막연한 불안감이 사그라들었다.

그래, 그럴 줄 알았다.

내 동생들이라면 세상이 어떻게 변했더라도 잘살 거라 생각했었지.

할머니 역시 마찬가지다. 미국을 여행하고 있다는 게 좀 당황스럽긴 했지만, 원래 해외여행을 좋아하셨던 분이었기 때문에 이상하지는 않았다.

할머니는 옛날부터 아주 특이하신 분이셨거든.

그래도 막상 이렇게 소식을 전해 들으니 한시름 놓는다.

가만 보자.

10년은 지났으니까 인욱이 녀석이 27살쯤…….

"두 번째로 전해 드릴 소식은 좀 당황스러우실 수도 있습니다만, 귀환자분들에게는 흔히 발생하는 일입니다. 시우 씨는 저쪽 세계에서 10년을 보내셨죠?"

"그런데요?"

"지구에서는 시우 씨의 실종 시점을 기준으로 5년이 흐른 상태입니다. 올해는 2033년이며, 시우 씨의 나이는 32세가 아니라 27세입니다."

"……그러니까 지금 동식 씨 말대로라면 지구가 고작 5년 만에 이 사달이 났다는 건가요?"

"안타깝지만요."

동식 씨는 물을 마시면서 고개를 작게 끄덕였고, 나는 그를 바라보면서 허탈하게 웃었다.

10년 만에 이렇게 변한 것도 당황스러운 지경이었는데 사실 5년 만에 이렇게 변한 거라고?

도대체 지구에 5년 동안 무슨 일이 있었던 걸까.

동식 씨의 말에 따르면 귀환자는 총 세 가지 등급으로 나뉜다고 했다.

첫째. 이계에서 이능을 획득하지 못했거나, 귀환 과정에서 이능을 상실한 귀환자들이 해당하는 레귤러(Regular) 등급.

둘째. 이계에서 이능을 획득했으나 그 수준이 위협적이지 않은 귀환자들에게는 언노멀(Unnormal) 등급.

마지막으로 이계에서 이능을 획득했으며, 그 이능이 사회에 혼란을 가져올 수 있을 정도의 귀환자들이 속하는 디재스터(Disaster) 등급.

처음 동식 씨로부터 그 이야기를 들었을 때는 당연히 나는 세 번째 등급인 디재스터로 분류될 줄 알았다.

시한부기는 해도 어마어마한 신성력이 남아 있었기 때문이다.

하지만 내가 판정받은 등급은 다름 아닌 첫째 등급인 레귤러 등급.

이유는 아주 단순했다.

단 한 번도 틀린 적이 없다는 측정 기계가 신성력을 감지하지 못했다.

그로 인해서 나는 졸지에 차원 이동 간에 이능이 소멸된 귀환자가 되어 버렸다.

덕분에 나는.

—규정에 따라 레귤러 등급은 기본 조사만 끝내고 귀가시키도록 되어 있습니다. 시우 씨께서 원하신다면 여기서 계셔도 괜찮지만, 가족분들 보시고 싶으시잖아요? 그래서 저희가 직접 댁으로 모셔다드릴 겁니다. 그리고 내일부터는 이능관리부에서 진행하는 귀환자 적응 프로그램을 이수하시게 될 겁니다. 그럼 내일 뵙도록 하겠습니다.

라는 동식 씨의 말과 함께 집으로 귀가할 수 있었다.
경기도 광명시에 위치한, 난생처음 와 보는 우리 집으로 말이다.
"동생분들이 살고 계시는 곳은 107동 906호입니다. 내일 오전 10시까지 이곳으로 나와 주시면 감사하겠습니다."
"감사합니다."
"그럼 이만."
부우우우웅—.
나를 이곳까지 데려다준 이능관리부의 직원은 그렇게 떠났고, 나는 등을 돌려서 아파트를 올려다보았다.
역 부근에 위치한 아파트.
원래 우리 3남매가 살던 빌라가 아닌, 난생처음 보는 곳이었다.

이 아파트 타운을 보고 나니까 내가 정말 지구로 귀환했다는 게 실감이 나기 시작했다.

와이번이 주렁주렁 열려 있는 마포대교보다는, 이쪽이야말로 내가 정말로 보고 싶었던 지구의 풍경이다.

"하아."

나는 크게 숨을 뱉어 낸 뒤, 건물 안으로 들어가 엘리베이터에 올랐다.

지구가 왜 이렇게 변했는지에 대해서는 내일부터 진행되는 귀환자 적응 프로그램을 통해 교육시켜 준다고 했으니, 지금은 재회에만 집중하자.

5년밖에 안 흘렀으니까 동생들의 얼굴은 여전할 거다.

인욱이 녀석은 22살, 우리 귀여운 막둥이 시연이는 이제 막 10살. 시연이는 얼굴이 좀 바뀌었을 수도 있겠다. 어린아이들은 몰라보게 크니까.

듣기로는 인욱이 녀석은 아직 내가 귀환한 사실은 모르고 있는 상태라고 한다.

내 신원이 확인된 이후부터 수십 번을 전화했는데, 연결이 안 되었다더라.

지금 시간이 오후 4시니까 자고 있을 것 같지는 않은데 말이지.

—띠링! 9층입니다.

돌아온 이래로 가장 떨리는 순간이다.

나는 다시 한번 심호흡을 한 다음, 906호라는 명패를 달고 있는 문 앞에 섰다.

그리고 조심스럽게 문 옆의 초인종을 눌렀다.

띵동.

잠시 후.

"뭐야?"

놀랍게도 아무런 일도 일어나지 않았다.

설마 집에 없나?

일단 다시 한번 눌러 보자.

띵동.

여전히 반응은 없는 것 같다.

이러면 어떻게 해야 하나. 아까 보니까 요 앞에 카페가 있던데 거기서 기다……

—누구세요.

그때였다.

적막했던 너머에서 그토록 듣고 싶었던 목소리가 들려왔다.

인터폰의 음질이 썩 좋지 않았음에도 나는 그것이 인욱이의 목소리라는 걸 알아차릴 수 있었다.

무슨 말을 해야 할까.

나는 잠시 망설이다가 최대한 침착하게 말했다.

"오랜만이다. 잘 지냈어?"

인욱이라면 내 목소리를 듣고 알아차릴 거라고 생각했다.

하지만 어디까지나 그건 내 착각이었다.

—……아, 진짜 짜증 나네. 자다가 깼는데…… 아저씨, 그냥 가세요. 저희 신 안 믿어요. 하, 경비 아저씨한테 전화를 하든가 해야지. 시대가 어느 땐데 문을 두드리면서 전도를 하고 있어.

"아니, 나는 전도하러 온 게 아니라……."

—아저씨, 그 이상한 옷이나 갈아입고 그런 얘기 하세요. 지금 안 가시면 경찰에 신고합니다. 아시겠어요?

그 말을 끝으로 더 이상 목소리는 들려오지 않았다.

그리고 나는 고개를 숙여서 내가 입고 있는 옷을 바라보았다.

아무런 장식도 달려 있지 않은 검은색 사제복.

지구에 와서 옷을 갈아입은 적이 없으니 당연히 이 옷을 입고 있는 거다.

"하하."

그래, 옷을 보고 오해할 수는 있지.

오늘 내가 지구로 귀환한 기쁜 날이니까 얼마든지 넘어가 줄 수 있……기는 개뿔.

쾅쾅쾅!

"야! 문 안 열어?"

감히 나를 못 알아봐?

나는 목소리 듣고 한 번에 알아차렸는데, 진짜 괘씸해도 너무 괘씸하잖아.

내가 얼마나 문을 두드렸을까.

벌컥—!

드디어 닫혀 있던 문이 열렸고, 나는 굳었던 표정을 펴면서 천천히 앞을 바라보았다.

그리고 그곳에는.

"……그걸로 내 대가리 후리려고?"

금속으로 된 야구 배트를 들고 있던 내 동생, 인욱이가 얼빠진 표정으로 나를 바라보고 있었다.

⁂

결론부터 말하자면, 내가 기대하던 감동적인 재회는 없었다.

대신.

"인욱아. 라면 세 개만 더 끓여 줘라. 물은 좀 자글자글하게. 형 입맛 알지?"

감동적인 음식은 있었다.

동생 녀석이 끓여 준 라면과 할머니표 신김치의 조화는 나에게 있어서 정말 감동적일 수밖에 없었다.

에덴에서도 교황이었던 덕에 귀한 건 다 챙겨 먹고 다니긴 했어도 이런 맛을 느낀 적은 없었다.

이계에서 고생하다가 10년 만에 집에 돌아와서 먹는 라면.

이건 진짜 안 먹어 본 사람은 모른다.

"진짜 믿을 수가 없네?"

한참 동안 조용히 라면만 끓이고 있던 인욱이가 나를 바라보면서 말했다.

"뭐가? 나 돌아온 거?"

"그것도 그런데, 그냥 이 상황을 믿을 수가 없어."

"왜?"

"죽은 줄로만 알았던 형이 5년 만에 돌아오더니, 설명해 주다 말고 대뜸 라면 10개를 처먹고 있잖아. 뭔가 순서가 잘못되었다는 생각은 안 해?"

아, 난 또 뭐라고.

나는 인욱이의 말에 내가 손에 들고 있던 젓가락을 건네주면서 말했다.

"나 혼자 먹어서 삐졌구나. 넌 옛날이나 지금이나 나 혼자 뭐 먹는 거 가만히 못 보는 것 같다? 그래, 너도 좀 먹어."

옛날부터 인욱이가 식탐이 좀 많기는 했지.

그러나 아무래도 인욱이가 원했던 반응은 이런 게 아니었던 모양이다.

인욱이는 젓가락을 내미는 나를 빤히 바라보더니 곧 한숨을 내쉬면서 고개를 끄덕였다.

"……형편없이 모자란 걸 보면 진짜 우리 형 맞네. 하아. 그래서, 아까 하던 이야기나 계속해 봐. 에덴이라는 세계에서 10년 동안 지냈다고? 그게 지구에서는 5년이고?"

내 딴에는 내가 에덴에서 겪은 일을 다 설명해 준 것 같지만, 인욱이가 받아들이기에는 너무 부족했던 모양이다.

나는 옆에 놓여 있던 물을 한 모금 넘긴 다음, 어깨를 으쓱이면서 대답했다.

"형이 이렇게 무사히 돌아왔으면 된 거 아니냐. 궁금한 게 뭐야?"

"전부 다. 10년 동안 저쪽 세계에서 지냈다면 도대체 뭘 하며 지냈고, 어떻게 돌아왔는지. 그게 제일 중요한 건데 왜 다 빼놓고 말해?"

"유쾌한 이야기는 아니라서."

악마들에게 대부분이 넘어간 세계가 얼마나 끔찍한 모습이었는지.

또, 그런 세계에서 살아남기 위해 내 손에 얼마나 많은 피를 묻혔는지.

오늘같이 기쁜 날에, 그 우울하고도 끔찍한 이야기를 굳이 인욱이에게 들려주고 싶지는 않았다.

앞서 나를 조사했던 이능관리부의 동식 씨와는 달리, 인욱이는 내 가족이니까.

나 때문에 마음고생 많이 했을 가족들이다.

그런 그들이 내가 돌아왔음에도 나를 걱정하고 안타까워하는 얼굴은 보기 싫었다.

그래서 나는 꽤 오랫동안 고민하다가, 슬쩍 미소를 지으면서 말했다.

"딱히 재미는 없을 건데."

"형. 세상에서 제일 나쁜 새끼가 어떤 새끼인지 알아?"

"어떤 새낀데?"

"잔뜩 궁금하게 해 놓고 이야기 안 해 주는 새끼."

"그럼 내가 그런 새끼냐?"

"아니길 빌어."

주둥아리가 건방진 걸 보니 역시 인욱이 녀석은 여전하다.

다만, 얼굴이 어두운 걸 보니 저렇게 말하면서도 속으론 나를 안쓰러워하고 있는 게 틀림없었다.

"딱 한 번만 말해 줄 테니까 잘 듣든가."

나는 그렇게 말한 다음, 아침에 동식 씨에게 해 줬던 이야기들을 인욱이에게도 늘어놓기 시작했다.

물론 몇몇 부분은 자체적으로 검열도 했다.

몽마의 여왕을 몇 조각 내어 죽였는지, 마룡왕의 드래곤 하트는 어떤 방식으로 뽑아냈었는지 등의 잔인한 이야기들은 그냥 적당히 '마왕들을 무찔렀다.' 정도로 순화.

쉽게 말하자면 '이세계로 넘어가서 교황이 되어 대륙을 구원한 썰'로 요약될 수 있는 이야기에다가, 오늘 아침에 지구로 돌아오면서 겪었던 이야기를 더해 줬다.

그렇게 한 30분은 이야기했나?

대치동 1타 강사들조차 감탄할 수밖에 없는 실전 압축 요약본을 감상한 인욱이는 나를 빤히 바라보면서 말했다.

"10년이라는 시간에 비해 너무 부실하다고 생각하지 않아, 형?"

"당연하지."

"왜 당연한 건데."

"말이 10년이지 7년은 싸우기만 했다니까? 그럼 내가 누구랑 언제 어디에서 어떻게 싸웠는지 일일이 얘기해 줄까? 너 그거 들으면 오늘 밤 무서워서 잠 제대로 못 잘걸."

내 말에 인욱이는 고개를 가로저으면서 한숨을 내쉰 다음, 나에게 물을 따라 주면서 말했다.

"그러니까 형 말은 10년 동안 에덴이라는 세계에서 악마들과 싸우다가 돌아왔다는 거잖아? 나중엔 교황이 되었고. 맞지?"

"믿기 힘들겠지만……."

"믿어."

"응?"

"믿는다고."

그 당당한 대답에 오히려 내가 더 당황스러울 지경이었다.

아까 전에 내 이야기를 귀담아들었던 동식 씨도 그렇고, 인욱이도 그렇고.

5년 전의 지구인들이었다면 정신병원에 감금시켰을 만한 이야기들을 왜 이렇게 쉽게 믿어 주는 걸까.

"형 원래 지어내서 말하는 거 못 하잖아."

"뭐진다."

"그리고 귀환자 정도야 뭐…… 아예 없지는 않으니까. 형 이야기를 못 믿어 줄 건 없지. 다만."

"다만?"

"그냥, 그냥 형이 이렇게 살아 있었다는 게 실감이 안 나는 거야."

인욱이는 그렇게 말하면서 살짝 인상을 찡그렸다.

기분 나쁘다는 의미의 찡그림은 아니었다.

눈가가 살짝 축축해져 있는 걸 보니, 눈물을 참기 위해 그러는 것 같았다.

새끼, 꼴에 가족이라고.

나도 녀석을 따라서 눈가가 촉촉해지려던 찰나, 녀석은 감동을 일방적으로 깨부수면서 말했다.

"하아…… 이럴 줄 알았으면 수목장 5년 단위로 계약할걸. 괜히 10년 단위로 계약해 가지고……."

"수목장?"

"형 이름 붙여 둔 나무 아주 잘 자라고 있는데, 내일 한번 가서 볼래? 시연이가 예쁘게 꾸며 뒀는데. 지난주에 잡초도 뽑고 왔다니까?"

아, 그 수목장?

내 장례까지 치러 줬구나? 허허.

"아, 몰라. 형이 직접 가서 환불받아. 그리고 할머니랑 친척 어른들한테 전화 꼭 돌리고…… 이렇게 되면 부의금도 환불해 드려야 되는 건가? 큰일 났네. 부의금 돌려드릴 돈은 지금 없는데…… 어떻게 하지, 형?"

"미안. 형도 죽었다가 살아 온 건 이번이 처음이라."

그렇게 나와 인욱이가 농담 반 진담 반 섞인 이야기를 나누고 있을 때쯤이었다.

삑삑삑-.

누군가 다급하게 현관문 도어락의 비밀번호를 누르더니.

벌컥!

한 여자아이가 박력 넘치게 문을 열며 집으로 들어왔다.

그리고 그 모습을 본 인욱이가 재빠르게 본인의 방으로 들어가면서 말했다.

"……형이 알아서 해."

"인욱아, 잠깐만."

콰아아아앙!

내 간절한 눈빛에도 불구하고 인욱이는 가차 없이 방문을 닫았고, 나는 최대한 밝은 미소를 지으면서 고개를 돌렸다.

그곳에는 내 생각보다 훨씬 커진 시연이가, 당장에라도 눈물을 터뜨릴 듯한 얼굴로 서 있었다.

"큰……오빠?"

"하하, 우리 시연이! 엄청 예뻐졌네? 오빠 많이 보고 싶었지? 이, 이렇게 좋은 날에 울…… 건 아니지? 응?"

울게 두면 안 된다.

"시연아. 잠깐……."

"나ㄴㅡ은…… 훌쩍. 큰오빠 죽은 줄…… 훌쩍…… 알았는데."

"시, 시연아. 스마일! 응? 오빠가 잘못했어. 오늘 오빠 다시 만난 좋은 날이잖아? 그러니까……."

시연이가 제대로 울게 되면.

"흐에에에에에엥!"

"시연이 뚝! 응?"

"흐에에에에에에엥!"

"안 돼……."

……경찰 신고는 기본 옵션이었거든.

하아.

큰일 났다.

다행스럽게도 시연이의 통곡은 경찰 신고가 아닌, 윗집 아랫집 이웃분들의 자택 방문으로 마무리되었다.

아마 늦은 시간에 이랬으면 진짜 경찰이 왔을지도 모른다.

그래도 이웃분들이 정말 친절하셨다.

이웃분들 모두가 시끄러워서 찾아온 게 아니라, 시연이한테 무슨 일 생긴 줄 알고 뛰어왔다고 하셨다.

시연이가 평소에 예의도 바르고 애교도 많아서, 아파트 주민분들이 많이 예뻐해 주신다더라.

아무튼.

내 귀환을 기념하던 시연이의 통곡쇼는 결국 체력적 한계에 맞부딪히며 마무리되었다.

쉽게 말하자면 울다가 지쳐서 낮잠 잔다는 소리다.

아마 이따가 깨어나면 2차 습격이 시작될 것 같긴 하지만, 아무렴 어때?

나중 일은 나중에 생각하면 되지 뭐.

"후우."

시연이가 침대에서 잠에 든 걸 확인한 나는 안도의 한숨을 내쉬면서 조용히 거실로 나갔다.

"김인욱…… 이 나쁜 새끼."

시연이 울면 못 말린다는 건 누구보다 잘 알고 있었을 텐데, 10년, 아니 5년 만에 귀환한 형을 모른 척해?

아주 괘씸하다.

나는 깔끔하게 정리되어 있던 거실을 한 번 둘러본 다음, 반쯤 열려 있던 인욱이의 방으로 들어갔다.

그러자 가장 먼저 모니터 두 개가 설치되어 있는 책상이 눈에 들어왔고, 뒤를 이어 그 앞에 앉아 있던 인욱이의 목소리가 들려왔다.

"시연이는?"

"낮잠. 진짜 죽는 줄 알았다. 옛날이나 지금이나 시연이 달래는 거 왜 이렇게 힘드냐?"

"나도 시연이 저렇게 우는 거 오랜만이야."

"마지막이 언젠데?"

"3년 전 형 장례식 때. 어려서 아무것도 모를 텐데 진짜 서럽게 울었어. 시연이 달래느라고 첫째 이모랑 할머니가 고생 많이 했고."

"나 사라진 건 여기 시간으로 5년 전이잖아?"

"처음 2년 동안은 형이 돌아올 거라고 믿었으니까."

인욱이는 무심한 목소리로 말하면서 키보드를 두드렸고, 나는 그저 조용히 입을 다물 수밖에 없었다.

그 말을 들으니 내가 기대감 뒤에 애써 묻어 두었던 미안함이 고개를 들기 시작했다.

내가 이곳으로 돌아오기 위해 노력한 만큼, 가족들도 나를 찾기 위해 노력했겠지.

우리 3남매는 꽤 애틋했었다.

특히, 부모님 두 분이 교통사고로 돌아가셨던 내 고등학교 3학년 시절 이후로는 더더욱.

타다다닥.

인욱이가 두드리는 키보드 소리가 방 안을 조금씩 채워 갈 때쯤이었다.

"고마워."

인욱이는 여전히 무심한 목소리로 말했다.

"뭐가?"

"무사히 돌아와 줘서 고맙다고."

그 말에 내가 대답하지 않자 인욱이는 본인이 말한 게 좀 쑥스러운 모양이다.

금세 화제를 돌린다.

"지구로 돌아오면 하고 싶었던 거 있어? 앞으로 뭐 하고 지낼 거야?"

"글쎄다. 일단 생각 중."

"하고 싶었던 거 없어?"

"하고 싶었던 거야 많았지."

나는 그렇게 말하며 은근슬쩍 눈앞에 떠오른 메시지 창을 바라보았다.

가족들과 재회하느라고 애써 무시하고 있던 시스템 메시지 창.

사실, 지구에 돌아와서 내 상태가 어떤지 자세히 확인도 안 했다.

저 메인 퀘스트야말로 지금의 내가 가장 먼저 해결해야 할 문제였다.

신도를 모아라.

말이야 참 쉽다. 에덴에서는 나를 만나기만 하면 다들 리멘의 이름을 부르짖으며 교리를 받아들였다. 굳이 내가 뭔가를 안 하더라도 내 밑의 사제들이 알아서 신앙을 전파했으니, 전도란 걸 해 봤을 리가 있나.

아까부터 계속 생각은 했었는데 아직 갈피는 못 잡겠다.

어떤 식으로 신도를 확보해야 할까?

내가 잠시 입을 다물면서 앞으로의 계획을 궁리하려던 찰나.

[오크들은 던전, 게이트, 웨이브에서 가장 자주 보이는 몬스터이기도 합니다. 그런 의미에서 제가 오크들의 급소에 대해서 알려 드리고자 합니다.]

인욱이의 모니터 화면 속에서 슈트를 입은 남자가 검을 든 채로 나를 바라보는 중이었다.

슈트와 검이라.

나에게는 마포대교에 매달려 있던 와이번만큼이나 어색했지만, 인욱이에게는 아닌 모양이다.

인욱이는 당연하다는 듯이 영상을 확인한 다음, 처음 보는 프로그램을 통해서 무언가를 시작했다.

나는 그런 인욱이에게 넌지시 물었다.

"지금 뭐 하고 있는 거야?"

"미튜브 영상 편집하고 있지. 형 실종되고 나서부터는 이 걸로 돈 벌었어. 나름대로 적성에 맞더라고. 일도 꽤 많이 들어와."

영상 편집에 관심이 있는 것 같더니만, 아예 이쪽으로 진로를 잡았구나.

적성에 잘 맞다니 다행이다.

미튜브야 내가 에덴으로 납치당하기 전에도 대세였으니 모를 리가 있나.

그런데 도대체 이건 무슨 내용의 영상인 걸까?

게임? 게임이라기에는 너무 리얼한데.

"형은 잘 모를 수도 있겠네."

내가 눈썹을 찌푸리면서 모니터를 들여다보자 곧 인욱이가 설명을 시작했다.

"이능관리부에서 지구가 어떤 식으로 바뀌었는지 말 안 해 줬어, 형?"

"그냥 대충 지구에 귀환자들이 좀 있다랑, 몬스터들이 등 장한다, 이 정도? 자세한 건 내일부터 알려 준다더라."

"흠."

인욱이는 잠시 고개를 끄덕이더니 말을 이어 갔다.

"형 옛날에 웹소설 많이 봤잖아."

"어."

"거기에서 보면 레이드물 있지? 막 지구에 게이트 나오고, 몬스터 나오고, 던전 같은 거 나오는 거. 그냥 그 소설들이랑 비슷해졌다고 생각하면 편해. 그리고 그에 맞춰서 미튜브 트렌드도 바뀐 거고."

그렇게 말한 인욱이는 모니터 화면을 잠시 정지했다.

그리고 손가락으로 슬쩍 화면 속 남자를 가리키며 말했다.

"요새는 저 사람들이 컨텐츠야. 플레이어(Player)들이라고 불러."

"친숙한 이름이네? 쟤네도 막 시스템 창 쓰고, 스킬 쓰고. 맞지?"

"웹소설 많이 읽어서 그런가 적응이 빠르네?"

"아아."

당연히 적응이 빠르지.

그 시스템 나도 쓰고 있었는데.

리멘이 이야기했던 '지구에서 가져왔다'라는 말과 관련이 되어 있는 걸까?

나는 고개를 작게 끄덕인 다음, 가만히 그 영상을 바라보았다.

그리고 잠시 후.

"생각났다."

"뭐가?"

"신도를 확보할 방법."

아주 괜찮아 보이는 아이디어가 떠올랐다.

⚜

지구가 분명 이상한 방향으로 바뀌긴 했지만, 그래도 내가 그토록 기대했던 귀환이었고, 그토록 원했던 재회였다.

앞으로 어떻게 할지 대충 방향성만 잡아 둔 다음에는 아무 생각 없이 가족들과 시간을 보냈다.

낮잠에서 일어나서 다시 울먹이던 시연이를 달랬으며, 할머니한테 전화를 걸어 손자가 돌아왔다고 말씀드렸다.

할머니 이야기가 나와서 말인데, 나는 어제 일어났던 일들 중에서 할머니의 반응이 가장 당황스러웠다.

─썩을 놈. 돌아왔으면 돌아오자마자 할미한테 연락했어

야지.

마치 내가 죽은 게 아니라 잠시 멀리 다녀온 것처럼 여기시는 말투였다.

그게 너무 의아해서 인욱이에게 물어봤는데, 인욱이 말로는 할머니가 종종 내 꿈을 꾸셨다고 했다.

꿈속에서 언젠가는 끝을 알 수 없는 지평선을 묵묵히 걸어가는 나를 목격하셨다고 했고, 또 가끔은 내가 날개 달린 괴물들이랑 싸우는 꿈도 꾸셨다고 했다.

그래서 내가 분명히 살아서 돌아올 거라고 믿으셨다고 한다.

다른 사람이었다면 그저 꿈으로 치부했겠지만, 우리 할머니가 그런 쪽으로는 꽤 예민하신 편이다.

소위 말하는 신기라고 해야 하나?

아무래도 나중에 리멘이랑 연락이 닿으면 한번 물어보긴 해야겠다.

할머니가 말씀해 주신 꿈 이야기들은 전부 내가 에덴에서 겪었던 일이라서 말이다.

아무튼.

할머니는 돌아올 놈이 돌아왔을 뿐이라면서, 여행을 마저 한 다음 귀국하신다고 하셨다.

그 뒤로 나는 시연이랑 인욱이와 함께 야식으로 치킨까지

시켜 먹은 다음, 귀환 첫날을 아주 행복하게 마무리 지을 수 있었다.

그리고 다음 날 아침인 지금.

"오빠! 오늘은 이따가 떡볶이 시켜 먹자. 알았지?"

"약속."

"좋아! 내가 떡볶이 엄청 잘하는 집 알고 있으니까 이따가 나가서 먹는 거다? 그럼 나 다녀올게!"

"다녀와."

나는 등교하는 시연이의 뒷모습을 보면서 미소를 지었다.

하루 종일 울먹거렸던 시연이는 어제보다는 확실히 나아졌다.

귀여운 우리 막둥이.

원래는 오늘 학교까지 데려다주려고 그랬는데, 본인이 한사코 거부했다.

학교 정도는 혼자 갈 수 있다나 뭐라나. 그래서 일단 이따가 학원까지 다녀온 다음, 맛있는 걸 사 주기로 약속했다.

물론 인욱이 돈으로 말이지.

"교육이 오늘부터라고 그랬나?"

내 옆에서 시연이의 등교를 지켜보고 있던 인욱이가 물었다.

"그렇다던데? 이따가 10시에 나 데리러 온대."

"형이 어제 말했던 계획을 위해서라면…… 분류부터 다시 받아야 할 것 같은데…… 형 근데 진짜 시스템은 있어?"

"진짜 있다니까."

진짜 억울해 죽겠네.

나는 그렇게 말하며 슬쩍 눈앞에 내가 10년 동안이나 함께했던 시스템의 인터페이스를 띄웠다.

「김시우」
●소속 종교: 리멘교
●칭호: 검은 교황 외 32개
-세부 능력 일람-
*현재 동기화 진행 중
*〈차원계: 에덴〉에서의 데이터가 1차 동기화 중입니다. 예상 소요 시간: 알 수 없음
*동기화 시간은 예상 못 한 변수를 통해 단축될 수 있습니다.

원래는 내가 보유한 스킬부터 시작해서 이런저런 특성들도 표기되어 있는데, 어쩐 이유에서인지 아직까지 제대로 표기는 안 되고 있다.

하지만 이렇게 눈앞에 메시지 창이 떠오르고 있다는 것 자체로도 내 시스템은 구동되고 있다는 뜻이다.

이걸 인욱이 녀석에게 보여 줄 수도 없는 노릇이고.

내가 꽤 억울한 표정처럼 느껴졌던 걸까?

나를 바라보고 있던 인욱이가 멋쩍다는 듯이 머리를 긁으면서 말을 이어 갔다.

"플레이어 전용 컨텐츠를 송출하려면 국가 공인이 필요해서 그러는 거야. 형 말을 못 믿는다는 게 아니라, 일단 그 마력 검출기가 형한테서 마력을 검출하지 못했잖아?"

"마력이 그렇게나 중요해?"

"당연히 중요하지. 플레이어를 플레이어답게 만들어 주는 게 딱 두 가지거든. 마력과 시스템. 대부분의 귀환자도 마찬가지라고 들었어."

"누가 그랬냐."

"나랑 친한 플레이어들한테 들었지. 이래 보여도 나 그쪽으로 꽤 인맥 넓다? 어제 형이 봤던 영상 주인공이랑도 꽤 친해. 형은 잘 모르겠지만 그 형이 대한민국 플레이어 100위권 안쪽으로 드는 사람이거든. S급을 넘보는 A급 헌터기도 하고."

어제 인욱이가 편집하고 있던 영상 속 주인공을 얘기하는 모양이다.

화면 속에서 오크 같은 몬스터들을 잡는 법을 설명해 주던 남자 말이다.

나는 인욱이의 말을 가만히 듣다가.

"X밥이던……."

"뭐?"

"아, 실수."

본의 아니게 진심을 말해 버렸다.

아니, 내가 봤을 땐 진짜 아무것도 아니었다니까? 우리 교단의 말단 성기사보다 검술이 구린 것 같더라.

하지만 내 말에 인욱이의 표정이 빠르게 굳는 걸 보니 생각보다 꽤 친한 사이인 것 같긴 하다.

이럴 때는 대화 화제를 빠르게 바꾸는 게 정답이지.

"어제 보니까 그분 구독자 되게 많으시던데, 형 나중에 시간 되면 소개해 줄 수 있을까?"

"어제 했던 이야기가 농담이 아니라 진짜 진담이었던 거야?"

"정확히 89일 남았다."

"뭐가?"

"제로부터 시작하는 지구 생활."

내가 어젯밤에 인욱이랑 나눴던 이야기는 바로 포교에 관한 거였다.

지구에서 신도를 확보하는 방식은 분명 에덴이랑 다를 수밖에 없다.

게다가 시스템이 규정하는 〈신도〉의 범위가 어디까지인지도 모르겠고 말이다.

하지만 딱 한 가지만큼은 확신할 수 있다.

교세를 늘리기 위해서는 가장 먼저 유명세가 필요하다.

종교 자체가 유명해지든지, 아니면 그 종교에 속한 누군가가 유명해지든지.

에덴에서의 리멘 교단은 실제로 그 후자의 방식으로 유명해졌다.

리멘의 이름을 앞세워서 마족들이랑 마수들을 싸그리 죽이고 다니니까 알아서 교세가 늘더라.

그리고 그건 이 지구에서도 크게 다를 것 같지는 않다.

게다가 교세 확장에 유리한 대중매체라고는 포교꾼 정도가 전부였던 에덴과는 달리, 지구에는 아주 다양한 대중매체들이 존재한다.

방송, 신문 등등.

그 수많은 대중매체 가운데서 내가 관심을 가진 건 바로…….

"형 믿고 소개 한번 시켜 줘라. 그 사람도 손해 보는 거 아니라니까?"

"……진짜 미튜브 하게?"

"어허. 미튜브를 하는 게 아니라, 온라인 예배를 미튜브로 드리겠다는 거 아니야."

미튜브였다.

때마침 인욱이도 미튜브 편집자로 일하고 있다. 거기에 능력까지 인정받는다고 한다.

그런 마당에 쉬운 길 놔두고 굳이 먼 길 돌아갈 필요 있겠어?

나는 씨익 웃으면서 인욱이를 쳐다보았고, 인욱이는 그런 나를 바라보며 한숨을 내쉬었다.

그러더니 곧 고개를 작게 끄덕이며 말했다.

"……일단, 형 플레이어 인증부터 받고 하자. 내가 귀환자 등급은 잘 모르겠는데, 확실한 건 형 등급으로는 자격 발급 안 될 것……."

"내가 등급 다시 분류받으면 되냐?"

"어떻게?"

"어떻게긴."

화끈하게 재분류받으면 되지 뭐.

안 그래?

❖

"현재 이곳은 작전 지역이므로 교육생들은 현 위치에서 잠시 대기해 주시길 바랍니다."

"현장 책임자가 오기 전까지 아직 여유가 있으니, 교육생들끼리 인사를 나누어도 좋습니다. 1주일 동안 함께할 동료들이라고 생각하시면 편할 것 같습니다."

나는 내 앞에서 열심히 정보를 전달하고 있는 이능관리부의 직원들을 바라보면서 심드렁하게 고개를 끄덕거렸다.

오전 10시에 맞춰서 나를 데리러 온 이능관리부 직원의 차를 타고 도착한 이곳.

귀환자 적응 프로그램이라고 해서 솔직히 학교 같은 곳에서 따분하게 교육을 받을 줄 알았다.

그러나 내가 도착한 곳은 다름이 아닌 와이번이 날아다니고 있는 여의도 한강공원이었다.

내가 어제 에덴에서 막 건너와서 마주했던 첫 장소 말이다.

물론 상황은 어제만큼 혼란스럽지는 않은 듯했다.

군복을 입고 있는 군인들이 분주하게 돌아다니고 있었으며, 또 검이나 창 등의 무기를 들고 다니는 사람들도 눈에 들어왔다.

나에게 있어서 여전히 어색한 풍경이기는 했지만, 그래도 최소한 어제와는 다르게 이 상황이 통제되고 있다는 느낌은 들었다.

사람들이 당황하지 않고 움직이는 모습들을 보아하니, 확실히 그들이 이런 상황에 익숙해져 있다는 것을 느낄 수 있었다.

서울 한복판에 와이번이 나타나는 게 당연한 세상이라…….

세상 참 요지경이다.

"커흠. 반갑소."

내가 아무 말 없이 사람 구경을 하고 있을 때, 한 남자가 쭈뼛거리면서 나에게 말을 걸어왔다.

나는 그 말에 슬쩍 고개를 돌려서 인사의 주인공을 바라보

우리 교황님 좀
말려 주세요

았다.

그러자 그곳에는 무협 드라마에서나 튀어나올 법한 검객 한 명이 서 있었다.

무협 드라마 속 엑스트라를 연상시키는, 진짜 검객 말이다.

"그쪽 분께서도 혹 다른 세계에서 귀환하신 거요? 이렇게 인연이 닿게 되니 정말 반갑소. 통성명이나 합시다. 본인은 남궁가의 속가제자 오현택이오. 앞으로 1주 동안 잘 부탁드리겠소."

나는 지끈거리기 시작한 머리를 손가락으로 짓누르면서 애써 미소를 지었다.

……그래, 꼭 판타지 세계 귀환자만 있으리란 법은 없지.

판타지 세계관을 차용한 세계도 있는 마당에 무협 세계관 이라고는 왜 없겠어?

이미 충분히 맛이 가 버린 지구다.

여기서 다른 맛을 섞는다고 해서 정상으로 되돌아갈 순 없 는 법이다. 그냥 겸허히 이 상황을 받아들이자.

"반갑습니다, 김시우라고 합니다."

"김 대협이라고 불러도 되겠소?"

"편하신 대로."

"감사하오. 김 대협!"

그는 그렇게 말하면서 포권 자세와 함께 다시 한번 고개를 숙였다.

미쳐 버리겠다.

이걸 도대체 어떻게 반응해 줘야 할까?

"무려 20년을 저쪽 세계에서 있던 바람에 지구에 적응하기가 여간 쉽지 않구려. 내가 지냈던 세계는……."

"무림?"

"오, 바로 맞혔소. 무림에 대해서 아시오? 하하! 중원이라고 불렸던 세계였는데……."

그 뒤로 그는 한참 동안이나 이야기를 주절거린다.

무림에서 위명이 어쨌느니, 인정받는 협객이었다느니.

참고로 그 역시 레귤러 등급으로 분류받았다고 한다.

차원 이동 과정에서 내공이 아예 소멸되었다는 이유에서였다.

그렇게 본인의 이야기를 모두 끝낸 오현택 씨는 가슴을 두드리면서 나에게 말했다.

"하하! 하지만 내공이 무인의 전부는 아닌 법이지. 김 대협! 걱정하지 마시오. 비록 내공은 전부 소멸했으나, 내 외공은 아주 굳건하게 단련해 왔으니 말이오. 지구에 나타난 괴물쯤이야 손쉽게 베어 낼 수 있을 거요."

"그러시군요."

"그런데 혹시 김 대협은 귀환하기 전에 어떤 일을……."

"아 저요? 교황이었습니다."

우리 교황님 좀
말려 주세요

나는 그의 말에 건성으로 대답하면서 다시 한번 주위를 둘러보았다.

귀환자로 보이는 사람은 나와 이 오현택 씨까지 포함해서 총 다섯 명.

힘을 잃은 귀환자들만 일부러 모아 둔 모양인지, 위협적으로 보이는 사람은 단 한 명도 없었다.

확실히 이능관리부가 본인들의 마력 검출기에 자신감을 가질 만하다.

나 빼고 나머지는 제대로 걸러 낸 것 같으니 말이다.

"자 자, 집중해 주세요."

그렇게 내가 오현택 씨와 잠시 이야기하며 탐색하고 있는 사이.

어제 나를 조사했던 이능관리부의 동식 씨가 우리 앞에 나타났다.

그는 빠르게 우리를 한곳으로 모으더니 곧 은은한 미소와 함께 이야기를 시작했다.

"1주일 동안 여러분들의 적응 프로그램을 담당하게 된 이능관리부의 김동식이라고 합니다. 원래대로라면 이능관리부의 건물에서 교육이 진행되지만, 흔치 않은 기회가 생겨서 말이죠."

동식 씨는 그렇게 말하며 손가락으로 한강 쪽을 가리켰다.

반투명한 막 뒤로 보라색의 아지랑이가 피어오르고 있었

으며, 하늘에는 어제 내가 목격했었던 검은색의 구멍이 자리 잡은 상태였다.

물론 어제에 비하면 그 구멍이 작아진 것 같긴 하다.

"여러분께서 현재 보고 계시는 현상은 〈카오스게이트〉라고 불리는 이상 현상입니다. 마수종으로 분류되는 몬스터들이 주로 출현하며, 게이트의 크기에 따라서 초대형, 대형, 중형, 소형으로 구분합니다. 현재 여러분들이 보고 계시는 이 C-42 게이트의 경우에는 중형으로 분류된 게이트며, 현재는 소강상태에 접어든⋯⋯."

귀환자들이 동식 씨의 친절한 설명을 가만히 듣고 있을 때였다.

우우우우우웅!

"⋯⋯게 아니었나?"

동식 씨의 당황하는 표정과 함께, 곧 눈앞에 갑작스럽게 새로운 메시지 창들이 떠오르기 시작했다.

〈차원계: 지구〉의 인과율이 당신이 지닌 힘을 제대로 파악하기를 원합니다.
돌발 퀘스트가 발생합니다!
[측정]
종류: 돌발
설명: 본 시스템은 당신의 힘을 수치화할 만한 단서가 부족하다고 판단하였습니다. 따라서 본 시스템은 인과율에 의거하여 데이터 수집을 진행합니다.
카오스게이트의 폭주를 막아 내십시오.
완료 조건: 눈앞의 카오스게이트를 봉쇄할 것
보상: ???

그리고 잠시 후.

콰우우우우우우!

끼에에에에엑—!

잠잠했던 하늘에 와이번들의 괴성이 울려 퍼지기 시작했고.

에에에에에에엥!

요란한 사이렌 소리와 함께 군인들을 비롯한 전투 병력이 빠른 속도로 전열을 가다듬기 시작했다.

"대공망 구성!"

"원거리 공격이 가능한 플레이어들은 결계를 벗어나려는 와이번을 최우선으로 요격해 주십시오!"

극도로 혼란스러운 상황.

끼에에에에엑—!

방어 병력이 재빠르게 대공망을 형성했음에도 불구하고 와이번 한 마리가 대공망을 뚫어 버렸고, 곧 그 와이번은 일체의 고민도 없이 우리 쪽을 향해 날아오기 시작했다.

그 모습을 본 동식 씨가 몸을 돌리면서 우리를 향해 소리쳤다.

"도망……!"

나는 일체의 고민도 없이 도망가려는 동식 씨의 앞을 가로막으며 물었다.

"동식 씨, 뭐 하나만 물어봐도 될까요?"

"이, 이 상황에요?"

"제가 등급이 잘못 분류된 것 같은데, 혹시 재분류 심사를 받으려면 어떻게 해야 하나요?"

"그걸 도대체 왜 지금 물어보려는……."

동식 씨가 얼빠진 표정을 짓고 있는 사이, 어느새 와이번이 아가리를 벌린 채로 날아들었고, 나는 그 와이번의 대가리를 오른손 주먹으로 가볍게 후려쳤다.

그러자.

끼에에에-!

콰아아아아앙!

와이번의 단말마 같은 비명과 함께 녀석의 대가리가 아스팔트 바닥을 뚫고 들어갔고, 그와 동시에 녀석의 거대한 몸이 축 늘어졌다.

"흐음."

나는 미동조차 하지 않는 와이번의 목에 슬쩍 걸터앉으면서 동식 씨에게 말했다.

"그러니까, 제가 재분류 심사를 받고 싶어서요. 아무래도 등급이 잘못 판정된 것 같거든요?"

"……규정상 재분류 심사는…… 아주 특별한 케이스가…… 아니면……."

"좋습니다."

"……예?"

우리 교황님 좀
말려주세요

특별한 케이스라.

뭐, 그렇게 어려운 거 아니지.

나는 조용히 자리에서 일어나며 말했다.

"지금부터 제가 아낌없이 보여 드릴 테니까, 특별한 케이스인지 아닌지는 알아서 판단하십쇼."

이레귤러

"……팀장님, 저는 아직도 혼란스럽습니다. 김시우 귀환 자는 분명히 레귤러 등급으로 판정 났는데 어째서……."

"야, 전 대리."

"예."

"내가 그걸 알았으면 현장 안 뛰고 있었겠지?"

김동식은 부하 직원의 말에 대충 대답하며 눈앞에서 벌어 지고 있는 끔찍한 장면을 조용히 바라보았다.

날개가 우악스럽게 뜯긴 와이번, 두개골이 함몰되어 뇌수 를 흘리는 와이번, 아니면 통째로 목이 분리된 와이번 등.

탱크조차 가볍게 씹어 먹어 버리는 와이번들이 아주 처참 한 꼴로 바닥에 뒹구는 중이었다.

누가 보면 거대한 포식자가 와이번을 마구잡이로 죽인 듯 보이는 현장이었지만, 놀랍게도 이 모든 것은 단 한 명의 남자가 벌인 일이었다.

그것도 맨손으로.

'……김시우.'

김동식은 저 앞에서 거친 짐승처럼 날뛰고 있는 남자의 이름에 대해서는 이미 알고 있었다.

모르려야 모를 수가 없었다.

이미 그가 어제 직접 조사했던, 레귤러 등급의 귀환자였기 때문이다.

게다가 그 남자의 귀환 전 이야기에 대해서도 이미 들었다. 에덴이라는 세계에서 악마들과 싸우고 왔다는, 그런 한 철 지난 웹소설 같은 이야기를 말이다.

하지만 어제까지만 해도 그 이야기를 믿지는 않았다.

아니, 정확하게 말하자면 믿을 수가 없었다.

'마력이 검출되지 않았으니까.'

김시우는 높은 신뢰도를 자랑하는 마력 검출기로 무려 세 번이나 검사를 진행했고, 단 한 차례도 마력이 검출되지 않았다.

'모든 각성자는 마력을 지니고 있다.'라는 가설은 아주 오랜 시간 동안이나 정설로 여겨졌으며, 실제로 거의 모든 경우에 적용되는 논리였다.

심지어 7개월 전에 대한민국으로 귀환한 최초의 디재스터급 귀환자인 이동하조차 마력 검출기를 통해서 성공적으로 탐색해 내지 않았는가.

그런 마당에 아무런 마력도 느껴지지 않는 귀환자의 말을 어떻게 믿어 줄 수 있을까?

따라서 김동식은 어제 김시우가 했던 이야기들을 그저 귀환자가 흔히 부리는 허세로 치부했다.

실제로 그런 말도 안 되는 허세를 부렸던 귀환자들이 상당히 많은 편이기도 했고 말이다.

하다못해 이번 교육생 중 하나인 오현택이라는 귀환자도 삼류 수준임에도 불구하고 본인이 무림맹주의 오른팔이었다는, 그런 말도 안 되는 이야기를 하지 않았던가.

끼에에에에에엑!

"팀, 팀장님. 방금 보셨습니까? 와이번이…… 와이번이 두려움을 느끼고 있습니다. 저기 저놈, 날고 있다가…… 몸이 굳은 채로 떨어진 거 아닙니까?"

"후우우."

김동식은 부하 직원의 호들갑에 한숨을 크게 뱉으면서 입술을 깨물었다.

그래, 처음부터 다시 생각해야만 한다.

원래의 계획대로라면 지금 진행하고 있을 귀환자 적응 프로그램?

그딴 건 이미 머릿속에서 잊었다.

지금 그의 눈앞에서 벌어지고 있는 상황은 분명 대한민국에서는 전례가 없었던 일이다.

저기서 와이번을 벌레 잡듯이 찢어 죽이는 귀환자가 고작 레귤러급이라고?

저런 건 디재스터급이나 보여 주는 퍼포먼스다.

그래도 한 가지 다행인 건 특수조사국에 이런 상황에 대비한 매뉴얼이 존재한다는 점이다.

특수조사국이 설립된 이후로는 단 한 번도 사용하지 않았던 매뉴얼이긴 했으나, 분명히 교육받았으며 숙지하고 있었다.

마력이 검출되지 않지만 디재스터급 이상의 힘을 지닌, 규격 외 귀환자.

일명 이레귤러.

가장 많은 귀환자를 확보한 미국에서조차 단 네 번만 경험했던 극히 드문 경우였고, 특수조사국 역시 그 경우를 감안하여 형식상으로나마 매뉴얼에 추가해 둔 것이다.

하지만 김동식은 바로 지금이 그 '극히 드문 경우'에 속한다는 것을 직감할 수 있었다.

그렇게 빠르게 상황을 판단한 그는 곧장 핸드폰을 꺼내서 상사에게 통화를 연결했다.

뚜우우. 잠시간의 통화 연결음 후, 스피커 너머로 상사의 목소리가 들려왔다.

−게이트가 폭주했다는 이야기는…….

"특수조사국에 긴급 대응 매뉴얼 7−9항에 의거, 특수조사국 전체에 대한 비상 소집령을 요청합니다."

−게이트 상황이 그렇게 심각한가?

"고작 게이트 폭주 따위로 이러는 게 아닙니다."

김동식은 핸드폰을 움켜쥔 채로 눈앞을 바라보았다.

불과 몇 분 전까지만 해도 와이번의 울음소리로 고막이 찢어질 듯했지만, 지금은 쥐 죽은 듯이 조용했다.

그 고요는 어찌 보면 당연하다고 볼 수 있었다.

울음소리를 낼 만한 와이번은 이미 그사이에 싸그리 죽어 버렸으니까.

그리고 그 고요 속에서 한 남자가 손을 털면서 그에게 다가왔고, 김동식은 멍하니 그를 바라보았다.

−김 팀장! 말을 똑바로 해야 알아들을 거 아니야! 어? 도대체 무슨 일인데!

"마력 검출이 되지 않았으나, 압도적인 이능을 보유하고 있는 귀환자를 확인하였습니다. 규격 외 귀환자, 그러니까 이레귤러가 틀림없습니다. 부장님. 시간이 별로 없습니다. 제가 일단 그와 이야기를 나누고 있을 테니, 후속 조치 부탁드립니다."

−야! 동식아! 너 지금 뭘 하려고…….

뚜우우우.

김동식은 일방적으로 정보를 전달한 다음, 핸드폰을 주머니에 넣으면서 침을 꿀꺽 삼켰다.

이런 상황에서 지금 당장 그가 할 수 있는 것은 오직 하나.

"고, 고생하셨습니다, 김시우 님! 다치신 곳은 없으십니까? 야! 니들 가만히 서서 뭐 해! 우리 귀하신 분 힘쓰셔서 피곤하실 텐데, 당장 물이나 요깃거리라도 가져와! 어?"

다년간 쌓인 사회생활뿐이었다.

⚜

와이번의 우두머리를 잡고 나서 내 눈앞에 떠올랐던 메시지 창은 다음과 같다.

〈차원계: 지구〉의 시스템이 당신이 보유한 신격과 가능성을 일부 확인하였습니다.

돌발 퀘스트 〈측정〉을 성공적으로 완료하셨습니다!

측정에 순순히 응해 주신 당신에게 감사를 표합니다. 본 시스템은 이번 건에 대한 보상으로 아이템 〈DLC 사용권〉을 지급합니다.

〈DLC 사용권〉
● 아이템 종류: 시스템 - 특수 이벤트
● 설명: 본 사용권을 지닌 플레이어는 1회에 한해 시스템에 모드를 추가할 수 있다. 새로운 모드를 추가할 경우, 플레이어는 해당 모드를 통하여 성장을 도모할 수 있게 된다.
● 현재 당신이 추가 가능한 DLC
1. 귀환자
2. 교황(★추천)
*주의! 본 사용권은 사용 시 소멸합니다.

우리 교황님 좀
말려 주세요

내가 에덴에서 10년 동안 사용했던 시스템보다 훨씬 본격적이다.

아까도 보았던 메시지 창을 다시 한번 보고 있자니 입에서 자연스럽게 무언가가 튀어나왔다.

"아주 그냥 지랄을 한다, 지랄을 해."

뭐라도 내가 알아들을 수 있어야지.

한 가지 확실해 보이는 건 한 번 선택하면 돌이킬 수 없다는 점. 이런 걸 함부로 선택했다가 큰코다쳤던 적이 꽤 있었으니, 잠시 생각을 해 보도록 하자.

에덴에서 사용했던 시스템도 이해하기까지 시간이 좀 걸렸는데, 아무래도 지구의 시스템은 조금 더 시간이 걸릴 모양이다.

그렇게 내가 무의식적으로 욕을 내뱉었을 때였다.

전혀 생각지도 않았던 곳에서 반응이 왔다.

"혹, 혹시 불편한 점이 있으셨습니까? 제가 정말 죄송……."

"아, 팀장님한테 한 말 아니에요. 신경 쓰지 마세요."

나는 김 팀장을 향해 손사래를 친 다음, 그가 손수 내려 준 드립 커피를 마시면서 미소를 지었다.

지금 이곳은 어제 아침에 내가 머물렀었던 이능관리부.

어제와 마찬가지로 여의도 한강공원에서 곧바로 이곳으로 오게 되었다.

물론 어제와는 상황이 180도 다르긴 하다.

가장 먼저 아까 전에 나를 이곳까지 데려다준 차량.

어제까지만 하더라도 검은색 승합차였지만, 오늘은 대기업 회장님이나 탈 법한 최고급 세단을 타고 왔다.

그뿐만이 아니다.

장소도 달라졌다.

어제 내가 조사받았던 지하 조사실이 아니라, 건물 가장 높은 층에 위치해 있으며 웅장한 북한산의 산세가 한눈에 들어오는 접객실까지.

아주 오랜만에 보는 북한산의 경치를 바라보면서 김 팀장의 핸드 드립 커피를 마시고 있자니.

"음, 좀 쓰네요?"

좀 썼다.

어제 마셨던 믹스커피는 달짝지근해서 좋았는데, 아무래도 10년 만에 마시는 에스프레소라서 그런 걸까?

옛날에는 좋아했는데 말이지.

"정말 죄송합니다. 다시…… 타 드릴까요?"

김 팀장이 한껏 경직된 목소리로 대답했고, 나는 그런 그를 향해 슬쩍 입꼬리를 올리면서 말했다.

"10년 만에 마셔서 어색해서 그런 것 같습니다. 뭐, 이 정도면 충분히 쉰 것 같은데. 제가 오늘 동생이랑 떡볶이를 먹기로 했거든요."

"일단, 시우 님의 등급에 대해서는 현재 비밀리에 국가 안전 보장 회의가 긴급 소집되어 토의가 진행될 예정입니다. 몇 가지 추가 조사만 협조해 주신다면 최대한 빠르게 귀가시켜 드리도록 하겠습니다."

일은 잘 풀린 것 같다.

협조만 해 준다면 등급 재분류도 끝내 준다고 하니 협조를 해 주도록 하자.

그렇게 어려운 일도 아니니까 말이지.

나는 천천히 고개를 끄덕이며 말했다.

"그러시죠."

그러자 김 팀장은 다시 한번 정중하게 고개를 숙이더니, 노트북을 두드리면서 물었다.

"어제 있었던 1차 조사 당시에는 이능을 소지하고 있다는 걸 따로 말씀해 주시지 않으셨는데, 그 이유를 말씀해 주실 수 있으시겠습니까?"

"귀찮기도 했고, 가족들을 빨리 보고 싶기도 했고. 그뿐입니다."

타다다다닥.

키보드 두드리는 소리가 잠시간 울려 퍼진 다음, 김 팀장이 고개를 끄덕거리면서 말을 이어 갔다.

"좋습니다. 그럼 다음 질문으로 넘어가겠습니다. 그렇다면 오늘 여의도 한강공원 게이트에서 힘을 사용하셨던 이유는 무엇입니까? 시우 님께서 원하셨다면 숨기셨을 수도 있었을 텐데 말입니다."

"제가 이곳에서 이루고 싶은 목표가 생겼거든요. 그런데 제 동생이 그 목표를 위해서는 국가 공인이 필요할 것 같다고 말하더군요."

내가 목표라는 단어를 내뱉은 순간, 김 팀장의 얼굴이 다시 한번 굳었다.

긴장한 기색이 역력하다.

"그 목표란 게 어떤 건지 한번 여쭈어봐도 될까요?"

"아, 그렇게 뭐 거창한 목표는 아니구요."

나는 커피를 한 모금 목으로 넘긴 다음, 슬쩍 미소를 지으면서 대답했다.

"제가 저쪽 세계에서 교황이었다고 말씀드렸었죠?"

"예예."

"그래서 제가 전도를 좀 해 볼까 합니다."

"예예…… 예?"

김 팀장의 표정 변화는 꽤 주목할 만했다.

방금 전까지만 해도 얼굴이 석상처럼 굳어 있었는데, 이번에는 눈가가 씰룩거린다.

아마 내 목표가 본인의 예상 밖을 벗어나서 그런 듯하다.

"전도요?"

"제가 에덴에서 모셨던 리멘이라는 신이 알고 보면 참 괜

우리 교황님 좀
말려 주세요

찮은 신이거든요. 그런 신을 지구에서 저 혼자만 믿는다는 게 정말 안타깝고 속상해서 그럽니다."

"아…… 그렇군요."

"김 팀장님께서도 혹시 종교가 없으시다면 리멘을 믿어 보시는 게 어떨까요? 진짜 괜찮은 신인데."

여태껏 무표정으로 어떻게든 버텼던 김 팀장의 표정이 드디어 무너져 내렸다.

그는 어느새 입가에 허탈한 미소를 짓고 있었다.

그래, 누가 봐도 영락없는 사이비 종교다.

하지만 이 상황에서 굳이 이 사람한테 '저 신도 1만 명 못모으면 힘 다 사라져요'라고 솔직하게 말할 필요가 있겠어?

죽어도 그렇게 못 하지.

차라리 사이비 교주 취급받는 게 속 편하다.

타다다닥.

다시 한번 방 안에 키보드 소리가 울려 퍼졌고, 이어서 이제는 아예 힘이 쭉 빠져 버린 목소리가 들려왔다.

"시우 님의 말씀은…… 전도를 하기 위해서 국가 공인이 필요하다는 말씀이신 거죠? 종교 법인 설립에 관한 거라면 제가 다른 부서를 연결해 드릴 수도 있습니다만, 그것과 등급 재분류과 무슨 연관성이 있을까요?"

"대중에게 조금 더 친화적인 모습으로 다가가기 위해서, 조금 색다른 방식으로 전도를 해 볼 생각입니다."

남녀노소를 불문하고 현대인이라면 모두가 일상을 함께하는 그것.

내가 어제 세운 청사진의 시작이 되어 줄 바로 그것.

"미튜브. 저는 미튜브를 통해서 전도를 시작해 볼까 합니다. 동생이랑 어제 이야기를 나눠 봤는데, 미튜브에서 각성자들이 제대로 활동하려면 국가 공인이 필요하다고 해서요."

내가 당당한 목소리로 나의 계획을 말해 준 순간이었다.

지금까지만 해도 어떻게든 키보드를 두드리고 있었던 김 팀장의 손이 멈춘다.

그는 두 손으로 본인의 얼굴을 쓸어내리면서 알 수 없는 미소를 지었다.

사람은 이해할 수 없는 상황에 맞닥뜨리면 웃는다던데, 그 말이 참 맞는 말인 것 같다.

그래도 그는 마지막 순간까지 프로 의식을 놓지 않았다.

김 팀장은 어지러워 보이는 와중에도 꿋꿋이 나에게 말을 건넸다.

"그러니까…… 시우 님의 말씀을 정리하자면, 미튜브를 통해서 전도를 하기 위해서 등급 재분류를 원했다. 이거 맞습니까?"

"맞습니다. 온라인 예배라고 생각하시면 될 것 같습니다. 처음은 그렇게 시작해 볼까 합니다."

"아."

마지막에 그의 '아'는 감탄이었을까, 아니면 탄식이었을까?

아무튼.

그렇게 내가 내 계획에 대해서 동식 씨에게 마침내 이야기를 다 털어놓았을 때였다.

내 눈앞에 전혀 예기치 않은 일이 발생했다.

DLC 선택을 완료하셨습니다!
당신이 선택한 DLC 이름: 교황
DLC의 특성에 맞게 시스템을 업데이트하도록 하겠습니다.
예상 소요 시간: 4시간

"……내가 언제?"

❧

솔직히 말하자면 나는 김 팀장이 집에 빨리 돌려보내 주겠다고 말했을 때, 딱히 믿지는 않았다.

국가 안전 보장 회의까지 소집되었다는데 정작 당사자인 나를 쉽게 집에 돌려보내 줄 리가 있나, 하는 생각에 말이다.

하지만 나는 얼마 가지 않아 김 팀장의 말이 사실이었다는 것을 깨달을 수 있었다.

"형 왔다."

내가 힘을 공개한 이유에 대해서 조사받은 지 정확히 3시간 12분이 경과한 지금.

나는 아무런 제지 없이 집으로 귀가할 수 있었다.

물론 진짜 '아무런' 조치가 없었던 건 아니다.

아까 전에 내가 고급 리무진에서 내렸던 순간부터 꽤 적지 않은 숫자의 요원들이 배치되었음을 느꼈다.

그들 모두가 평범한 이웃으로 위장하긴 했으나 그들을 감지하는 건 그다지 어려운 일은 아니었다.

나에게 있어서 마력을 감지하는 건 누워서 떡 먹는 것보다 몇 배는 쉬운 일이다.

누워서 떡을 먹으면 목이 막히는 법이지만, 마력을 감지하는 건 숨 쉬는 것처럼 간단했기 때문이다.

그리고 이미 이능관리부 장관이 나에게 직접 임시 신분증을 건네주면서, 우리 집 주위에 배치될 요원에 대한 것들도 말해 줬다.

─당분간 시우 님 주변에 요원들이 배치될 겁니다. 분명 기분이 나쁘시겠지만, 제 이름을 걸고서 아무런 피해를 끼치지 않겠다는 것을 약속드리겠습니다. 대한민국에 이레귤러 등급이 나타난 건 전례 없는 일이라, 저희의 대처가 미흡한 것을 용서해 주십시오.

무려 장관이나 되는 사람이 이름을 걸고 약속한 말이다.

물론 내가 저쪽 세계에서 제국의 황제, 드워프들의 왕, 엘프들의 섭정, 이런 고위직들조차도 벌벌 떨게 하긴 했어도 그건 당시의 내 신분 자체가 특별했던 영향도 있다.

그 시절 나는 대륙을 멸망에서 구해 낸 리멘의 사도이자 제1 교단이었던 리멘 교단의 교황이었으니까.

하지만 지구에서의 나는 아직까진 그냥 정체가 제대로 확인되지 않은 시한폭탄이나 다름없는 상태다.

그런 상황에서 장관이나 되는 사람이 고개를 숙이면서 부탁하는데, 그걸 굳이 거절할 이유가 있었을까?

게다가 그들은 아직까지 나에게 권위를 앞세워서 피해를 끼친 사실도 없다.

이럴 땐 그냥 좋은 게 좋은 거다.

차라리 나를 가만히 내버려 두겠다는, 그런 말도 안 되는 약속 같은 것들이 의심이 가지, 초장부터 저렇게 솔직하게 말하면 크게 기분 나쁠 것도 없다.

게다가 지금 당장 그것보다 중요한 문제에 당면했기도 하고 말이지.

어쨌든 그렇다.

나는 신발을 벗으면서 거실로 들어섰고, 곧 다크서클이 눈에 확 보이는 인욱이가 피곤한 기색으로 방에서 걸어 나왔다.

"왔어? 진짜 빨리 왔네. 내일도 교육받으러 오래?"

"아니? 그런 소리는 안 하던데?"

"일주일짜리라면서."

"원래는 일주일짜리긴 한데, 나는 대상에서 제외야."

"왜."

"등급 재분류 심사 들어갔거든."

인욱이는 내 말에 눈을 둥그렇게 뜨면서 반문했다.

"진짜로? 하루 만에? 그게 그렇게 쉽게 되는 거야?"

"카오스게이트? 그거 하나 혼자서 박살 내 주니까 알아서 다 처리해 주던데. 이레귤러 등급 재분류라던가."

이레귤러, 이레귤러.

입에 막 달라붙는 어감도 아니었고, 나로서는 어색한 단어였기 때문에 뭔가 자연스럽게 느껴지지는 않았다.

하지만 인욱이는 아니었던 모양이다.

"다시 말해 봐, 형. 무슨 등급?"

"이레귤러."

"……설마 카오스게이트 말하는 거면, 오늘 오전에 소멸했다는 여의도 게이트 말하는 거야? 형이 어제 걸어 나왔다고 했던?"

"게이트 소멸한 건 어떻게 알았어?"

내 말에 동생은 핸드폰을 보여 주면서 한숨을 내쉬었다.

―10월 12일 오전 11시 42분: 여의도 한강 공원에 출현한 C-42 게이트는 현 시간부로 소멸. 마포대교를 비롯한 주변 도로에 내려진 대피령은 오후 6시부터 해제 예정

나는 그 문자를 바라보면서 작게 감탄사를 내뱉었다.

"세상 참 좋아졌네. 요새는 이런 것도 재난 문자로 오는 거냐?"

"진짜 형이 한 거야?"

불신에 가득 찬 인욱이의 목소리.

역시, 형제란 이 맛이지. 끝도 없이 서로를 불신하는 이것이야말로 형제가 아니겠는가.

사실, 한 번에 믿어 줄 거라고는 딱히 기대도 안 했다.

오늘 아침만 해도 그렇다. 내가 재분류 받아 오겠다니까 나를 이상한 눈으로 바라보던 인욱이의 표정이 눈앞에 선하다.

그러나 인욱이는 내가 뭐라고 설명하기도 전에 갑작스럽게 진지한 표정을 지으면서 고개를 끄덕였다.

"형 표정 보면 거짓말 같지는 않네."

"내 표정이 뭐 어때서?"

"어떻긴? 자랑 못 해서 안달 난 유치원생 표정인데? 형 예전에 첫 월급 할머니 가져다드렸을 때랑 아주 그냥 똑같아."

"……그러냐?"

이걸 욕해야 하나, 말아야 하나.

나는 잠시 고민했지만 지금 당장 중요한 건 그것이 아니기 때문에 일단 넘어가기로 했다.

내가 속으로 고민을 하건 말건, 인욱이는 한껏 심각해진 표정으로 말을 이어 갔다.

"사실, 어제 형 말이 사실이었다면 이레귤러 등급이 나올 거라고는 생각했는데…… 진짜였네?"

"너 이레귤러가 뭔지는 아냐?"

"대충은 알지. 공식적으로는 미국에 4명. 유럽에 2명. 중국 2.0명. 마력이 없으면서 디재스터급 이상, 플레이어로는 최상위 랭커의 힘을 지닌 사람들."

"중국은 왜 2.0명이냐?"

"아, 그거?"

내 순수한 질문에 인욱이는 고개를 끄덕이면서 순순히 대답했다.

"다른 이레귤러들은 마력 검출 과정과 전투 장면을 공개하면서 인증받은 건데, 중국에서 이레귤러라고 주장한 귀환자들의 전투 장면은 공개 안 해 줬거든. 자기들은 4명이라고 주장하긴 하는데, 확실하진 않아서 1명당 0.5명으로 계산해서 2.0명이라고 불러. 일종의 밈 같은 거지."

"음, 역시. 중국이니까."

"중국이니까."

5년 전이나 지금이나 크게 다를 바 없구만.

그나저나 인욱이의 이야기를 들어 보니 대충 이레귤러가 어떤 존재인지는 아는 것 같은데, 도대체 왜 이렇게 침착한 걸까?

형이 한국 최초의 이레귤러로 판정받는다는데 별다른 감흥도 못 느끼는 것 같다.

이런 내 생각을 대충 눈치챈 걸까?

인욱이는 어깨를 으쓱이면서 말했다.

"죽은 줄 알았던 사람이 이세계에서 살아 돌아온 마당에, 그 사람이 이레귤러라는 것 정도야 딱히 놀랍진 않아. 실감이 안 나는 것 정도지."

이런 걸 보면 인욱이가 정신력이 강한 것 같기도 하고, 아니면 그냥 정신세계가 이상한 것 같기도 하고.

아무튼.

그렇게 내가 오늘 아침에 있었던 일을 간략하게 이야기해 줬을 때였다.

가만히 이야기를 들은 인욱이가 고개를 끄덕거리면서 나에게 물었다.

"이제부터는 뭐 할 거야, 형?"

"뭐 하긴."

나는 인욱이의 말에 슬쩍 대답하면서 눈앞을 바라보았다.

DLC 업데이트가 완료되었습니다!
인과율이 본 업데이트의 적용을 승인합니다.
〈DLC: 교황〉 컨텐츠가 당신의 시스템에 본격적으로 적용됩니다.
〈명령어: 교단〉이 당신의 권한에 추가됩……

4시간이나 기다렸던 그 빌어먹을 놈의 업데이트.

이놈이 도대체 어떤 놈인지 한번 알아보도록 하자.

"교단."

❧

내가 에덴에서 사용했던 시스템은 무려 10년 동안이나 한결같았다.

레벨이라는 개념은 없었지만, 대신 스킬 레벨이랑 칭호, 능력치는 있었다.

덕분에 성장이 좀 수월한 편이기는 했다.

솔직히 말해 게임 시스템이라는 게, 동기부여적인 측면에서도 그렇고 편의성에서도 그렇고, 여러모로 괜찮았기 때문이다.

그렇게 10년 동안 바뀌지 않았던 시스템이다.

리멘이 마지막에 남겼던 '지구에서 가져온 거야!'라는 말을 생각해 보면 아마 다른 플레이어들의 시스템과 크게 다를 것 같지도 않고 말이다.

우리 교황님 좀
말려 주세요

하지만 이건 리멘을 걸고 맹세컨대, 시스템을 얻게 된 10년 이래로 처음 보는 시스템 창이었다.

리멘 교단
● 주신(主神): 태초의 여신 - 리멘
● 출신 차원계: 에덴
● 신도 수: 1명
-보유 특성-
해당 사항 없음
-산하 집단-
해당 사항 없음

정말 굉장하다.

이걸 보고 있노라면 마치 갈비뼈가 생각이 난다.

살점이라곤 붙어 있는 거 없고, 덜렁 뼈만 남아 있는 앙상한 갈비뼈 말이다.

그 처참할 정도로 앙상한 모습에 나도 모르게 욕을 지껄이려던 순간.

눈앞에 메시지 창 몇 개가 추가로 떠올랐다.

〈DLC: 교황〉의 목표는 최대한 많은 신도를 확보하는 것입니다. 교세를 확장하거나 숨겨진 업적을 달성할 때마다 〈신성 점수〉를 획득합니다. 획득한 〈신성 점수(Divine Point - 이하 DP)〉는 〈DLC 상점〉에서 사용할 수 있습니다. 〈DLC 상점〉에서 구매 가능한 품목은 당신의 교단을 따르는 신도 숫자에 비례하여 증가합니다.

"이건 좀 신박하네? 빈칸 내가 알아서 채워 넣으란 거지?"

어떤 시스템인지 이해하는 건 그렇게 어려운 건 아니었다.

에덴에서 있을 때 내가 성장할 수 있도록 유도해 줬듯이, 지구에서는 교단을 성장시킬 수 있도록 유도해 주는 개념인 것 같다.

더불어 교단 성장에 도움이 될 수 있는 요소는 상점 시스템으로 구현해 둔 것이고 말이다.

에덴과는 확연히 다른 시스템이라서 그런지 확실히 흥미가 동한다.

그리고 저 시스템 중에서 가장 주목할 만한 부분은 바로 100DP로 구매할 수 있다는 〈자애〉라는 특성이다.

"형, 왜 그래?"

맞다. 인욱이가 앞에 있었지?

궁금한 게 있으니 바로 물어봐야겠다.

"인욱아, 현재 플레이어 비율이 어떻게 되냐?"

"정확한 숫자는 잘 모르고, 매년 1천 명당 한 명 비율로 각성한다고 들었어."

"한국이면 대략 1년에 5만 명씩 각성한다는 거네?"

1년에 5만 명이라.

딱 봐도 게이트나 그런 곳에서 죽는 사람도 상당할 테니, 생각보다 많지는 않은 숫자다.

"그런 셈이지."

"기준은 딱히 없어?"

"없어. 진짜 무작위야. 서울역 노숙자가 갑자기 각성한 경우도 있고, 재벌집 아들이 각성한 경우도 있어. 그냥 진짜 무작위야. 과학자들이랑 통계학자들이 매달렸는데도 연관성을 못 찾았어."

그렇단 말이지?

진짜 인욱이가 이쪽 방면으로 전문가이긴 전문가인 모양이다. 미튜브 편집하면서 다양한 지식을 섭렵한 듯한데, 내가 원하는 대답을 딱딱 해 준다.

나는 만족스럽게 고개를 끄덕인 다음, 인욱이에게 은근한 목소리로 물었다.

"그러면 만약에 플레이어로 만들어 주는 능력이 있다고 하면?"

"미쳤어? 그런 능력이 있으면 미국이나 중국에서 침 질질 흘리면서 간이고 쓸개고 다 내줄걸. 세상에 그런 능력이 있을 리가…… 잠깐만 형. 설마?"

"그 설마가 맞는 것 같은데."

이래서 눈치 빠른 꼬맹이는 싫다니까?

인욱이는 내 대답을 듣자마자 갑작스럽게 내 두 손을 움켜쥐면서 말했다.

"형. 나 예전부터 플레이어 되는 게 소원이었는데, 어떻게 안 될까? 아니다, 이러고 있을 게 아니야. 그 능력이라면 세계 어디를 가도……."

"한국말은 좀 끝까지 들어라."

나는 흥분하는 인욱이를 제지하면서 어떤 능력인지 간략하게 설명을 해 줬다.

그렇게 한 5분 정도를 설명해 줬을까?

대략적으로 내 새로운 시스템을 파악한 인욱이가 여전히 눈을 빛내면서 말했다.

"내가 플레이어가 아니라서 시스템에 공감하긴 힘들긴 한데…… 신도가 늘어나면 새로운 능력을 개방할 수 있다는 거잖아."

"그렇지?"

"신도 숫자를 늘리면서 개방을 하다 보면 확정적으로 플레이어로 각성시킬 수 있는 특성도 나올 가능성도 있지 않을까?"

벌써 거기까지 갔구나.

인욱이의 말이 확실히 일리가 있는…….

응?

내가 당황스러운 표정으로 메시지 창을 바라보고 있을 때였다.

방금 전까지만 해도 피곤에 찌들어 있던 인욱이가, 그 어느 때보다 뜨겁고 열성적인 목소리로 나에게 말했다.

"뭐 해, 형? 난 이미 준비 끝났어."

"……무슨 준비?"

"뜨거운 신앙심으로 전도할 준비."

                        ✿

"와, 진짜네. 싹 다 처리해 뒀네. 형, 지금 당장 라이브 스트리밍 가능해. 미튜브뿐만 아니야. 파프리카, 트위팟 계정도 다 만들어 줬네. 이거 어지간하면 2주는 걸리거든?"

"확실히 일 처리는 빠르네."

"그렇겠지. 지금 대한민국에서 가장 많은 권한을 가지고 있는 기관이 이능관리부인데. 와, 그런데 진짜 3시간 만에

다 처리해 줬네. 대단하다."

인욱이는 키보드를 두들기면서 작게 감탄사를 내뱉었다.

미튜브를 비롯한 모든 인터넷 플랫폼에 대한 플레이어 권한이 승인된 걸 확인한 직후였다.

아까 김 팀장이 처리해 준다고 하긴 했었는데, 그걸 벌써 처리했을 줄이야.

–현 시간부로 시우 님은 이능관리부의 VIP가 되신 겁니다. 처리해야 할 일이 있으면 가장 먼저 저희에게 연락을 주십시오.

이능관리부 장관이 신신당부했던 말이 문득 떠올랐다.

아직까진 긴가민가하지만, 어쩌면 이능관리부 쪽부터 해결한 게 잘된 일일지도 모르겠다.

나는 천천히 고개를 끄덕인 다음, 인욱이를 바라보면서 말했다.

"맞다. 형이 말 안 해 준 거 하나 있는데."

"뭔데?"

"일단 당분간 내 특혜는 디재스터급 기준으로 적용될 거래. 아직까지 대한민국에 명확한 기준은 없다고 해서, 관련 법안 발의해서 빠르게 처리해 주겠다네?"

"특혜는 어떤 게 있는 거야?"

"엄청 많았는데 기억에 남는 건 면세 특권? 그냥 세금 싹
다 면제라더라. 대신 1년에 한 번 국세청에서 세무조사는 받
아야 한대."

그 말을 들은 인욱이가 입을 떡 벌리면서 대답했다.

"미쳤네. 세무조사는 다른 사람이 형 통해서 불법으로 탈
세하려는 거 막으려는 걸 테고."

"이야, 똑똑해?"

"그렇다고 세금까지 면제를…… 아니지. 생각해 보면 당
연한 거지."

인욱이는 사뭇 진지한 표정을 짓더니, 나를 자랑스럽다는
눈빛으로 바라보면서 말했다.

"형이 대한민국에 남아 주겠다는데 그 정도는 해 줘야지.
형이 어떤 사람인데. 안 그래?"

"오늘따라 가족애가 넘치는구나. 그래서 형 장례식 치러
준 거니?"

"형을 위해 수목장에 심었던 묘목이 얼마나 비쌌던 건 줄
알아? 나만큼 가족애 넘치는 사람이 어디 있어."

뻔뻔한 것도 사실 유전이긴 하지.

역시 형제라서 그런가, 이런 건 참 닮았다.

나는 얼굴색 하나 안 바뀌고 거짓말을 술술 내뱉는 인욱이
를 바라보면서 피식 웃은 다음, 녀석의 등짝을 가볍게 후려
치면서 말했다.

"형이 부탁했던 거나 말해 봐. 계획도 세워 뒀다면서?"

"거창하게 계획이랄 것까지야."

그렇게 말한 인욱이는 키보드를 두드렸고, 곧 모니터에 구독자 542만 명이 찍혀 있는 미튜브 채널 하나가 떠올랐다.

채널명은 아주 심플했다.

〈플레이어 K〉.

그리고 나는 단번에 이 채널이 어떻게 해서 인기를 얻었는지 알아차릴 수 있었다.

"잘생겼네."

"형이 봐도 그렇지? 성격도 좋아. 여태까지 논란도 딱히 없었고, 내가 일 도와줄 때마다 입금 바로바로 해 줬고."

"입금을 안 밀렸어? 그럼 좋은 사람이네."

"그렇지. 그리고…… 아니다."

입금을 재깍재깍 해 줬다는 건 신뢰도에 있어서 아주 중요한 부분을 차지한다.

일단 신뢰할 만한 사람인 것 같기는 하다.

인욱이는 계속해서 스크롤을 내리면서 말을 이어 갔다.

"형도 알다시피 방송 처음 시작하는 사람들이 관심을 받기 가장 쉬운 방법은 대기업들의 도움을 받는 거야. 속된 말로는 빨대를 꽂는다고 하지? 개인 방송 생태계는 크게 바뀌지 않았으니까 이해하기 쉬울 거야."

"내가 또 빨대 하나는 기가 막히게 꽂지. 그런데 이 사람한테 뭐라고 말했어? 너 내가 이레귤러인 것도 모르고 있었잖아."

"아, 때마침 이 형이 진행하는 컨텐츠 중에서 형이 참여할 만한 컨텐츠가 있거든."

녀석은 그렇게 말하며 다시 한번 마우스를 클릭했다.

그러자 잠시 후 눈앞에 새로운 재생 목록이 떠올랐고, 나는 그 재생 목록의 제목을 보면서 피식 웃음을 지었다.

제목은 아주 심플했다.

〈뉴비 사관학교〉.

다른 영상들과 비교해서도 압도적인 조회수를 자랑하고 있는, 누가 봐도 핵심 컨텐츠.

"이제 막 각성한 플레이어들을 뉴비라고 불러. 이 형, 그러니까 민수 형은 그런 뉴비들을 가르쳐 주는 컨텐츠를 진행하지. 마침 최근에 컨텐츠 결원도 발생했고."

"결원?"

"한 명이 크게 다쳤다나? 몬스터 잡다가 다쳤다고는 했는데, 아무튼 그래서 최근에 인원을 구하고 있었다고 해. 내가 형 이야기 해 주니까 한번 면접이라도 보러 오라던데?"

꽤 그럴듯한 컨텐츠 같기는 하다.

동영상 조회수를 보면 확실히 히트한 컨텐츠인 것도 맞고.

다만, 이건 애초에 전제부터 잘못되었다.

나는 미간을 살짝 찌푸린 채로 인욱이에게 말했다.

"네가 봤을 땐 내가 뉴비냐?"

아니, 까놓고 말해서 이 채널의 주인인 저 플레이어 K라는 사람도 내 눈에는 초식동물이나 다름없었다.

그런 내가 뉴비라는 이름을 붙이고 출연하는 것부터가 말이 안 된다는 이야기다.

하지만 인욱이는 그런 내 지적에 오히려 기다렸다는 듯이 미소를 지었다.

"바로 그거야 형."

"뭔 개소리야."

"우린 그 컨셉으로 참여하는 거야. 프로젝트 이름도 방금막 떠올랐는데 들어 볼래?"

인욱이는 잠시 뜸을 들이더니, 사뭇 진중한 목소리로 말했다.

"주인공이 힘을 숨김. 어때 형? 내 계획 끝내주지? 아직 자세한 건 민수 형한테 이야기 안 해 줬는데, 가서 이야기하면 아마 긍정적으로 받아 줄 거야. 민수 형도 이런 컨셉 좋아하거든. 뉴 페이스에겐 최고의 컨셉이지."

도대체 나는 어떤 괴물을 깨운 걸까.

주인공이 힘을 숨김.

그것은 20년대 초에 웹툰이랑 웹소설에서 아주 많이 사용되었던 클리셰 중 하나다.

그냥 간단하게 말해서 주인공이 힘을 숨긴 채로 진행되는 클리셰를 의미한다.

[3번 훈련생! 힘들면 포기합니다. 플레이어가 그렇게 만만합니까? 각성했다고 해서 다 같은 플레이어라고 생각하는 겁니까?]

[죄송합니다! 시정하겠습니다!]

[고블린이 사용하는 맹독에 노출되면 저항력이 낮은 플레이어는 사망하게 됩니다! 그리고 당신이 사망하게 되면 동료들 역시 무너져 내리는……]

"저거 저렇게 하는 거 아닌데."

나는 인욱이의 컴퓨터를 통해서 〈뉴비 사관학교〉라는 컨텐츠를 시청하고 있었다.

어째 플롯이 예전에 유행했던 〈페이크 사나이〉라는 컨텐츠와 비슷한 것 같다만, 유행은 돌고 도는 거니까 넘어가도록 하자.

"그런데 인욱아. 이렇게까지 할 필요가 있을까? 그냥 형이 여의도 게이트에서 보여 줬던 걸 찍은 영상본을 이능관리부 한테서 받은 다음에, 편집해서 올려도 되잖아."

아까부터 궁금한 건 바로 그 지점이었다.

인욱이가 나름 나를 위해서 제 딴에는 계획을 세워 준 것 같기는 한데, 그럴 거 없이 그냥 시원하게 영상 공개하면 더 효과적일 수도 있다.

하지만 인욱이는 내 말에 그저 미소만 짓는다.

그러더니 곧 내 앞에 있던 마우스를 클릭해서, '실시간 급상승 순위 동영상 1위'를 보여 준다.

Smartcrow라는 프로필 사진 없는 계정에 '히든 플레이어?'라는 제목으로 1시간 전에 올라온 영상 하나.

1시간밖에 되지 않았음에도 불구하고 조회수는 벌써 1,500만을 돌파했으며, 댓글은 10만 개를 훌쩍 돌파했다.

영상의 내용은 정말 단순했다.

"이거 형 맞지?"

"그러네."

영상의 주인공은 나였다.

내가 여의도 게이트에서 와이번을 일방적으로 학살하는 영상.

미튜브의 검열을 조심하려고 했는지, 와이번의 처참한 시체와 피 등은 싸그리 모자이크가 되어 있는 상태였다.

영상은 그렇게 화려하지는 않았다.

그도 당연한 것이 내 전투 스타일이 원래 그랬으니까.

어디까지나 적을 효율적으로 줄여 나가며, 잔동작 따위는 없었다.

그것은 내가 10년에 가까운 시간 동안 수많은 대군을 홀로 상대했기 때문에 얻었던 버릇이다.

최대한 빠르게 적의 숫자를 줄여야 하는데, 멋들어진 자세를 잡을 시간 따위란 없었으니까.

어찌 되었든, 그 영상은 하늘을 날아다니고 있던 와이번들이 전기에 감전된 듯이 떨어져 내리는 것을 끝으로 마무리되었다.

약 3분짜리의 짧은 영상.

나는 그 영상을 다 본 다음에 머리를 슬쩍 긁으면서 말했다.

"분명히 이능관리부에서 2주 동안 엠바고 걸겠다고 했는데."

"그 자리에는 외부에서 고용한 플레이어들도 있었을 텐데, 전부 통제하기란 쉽지 않았겠지. 나도 저거 방금 전에 봤거든. 근데 형. 마지막에는 어떻게 한 거야? 마법 같은 건 못 쓴다면서 왜 와이번이 알아서 떨어져?"

나는 그 질문에 대한 마땅한 답을 생각해 봤다.

그리고 대충 비슷한 표현을 떠올리자마자 인욱이에게 말해 줬다.

"무서운 걸 보면 오줌 지린다고 그러잖아?"

"그렇지."

"오줌 지리다가 방광이 터져서 죽었다고 생각하면 돼."

"……음, 심오하네."

"너도 와이번 수십만 마리 잡다 보면 이런 능력쯤은 얻을 수 있을 거야."

인욱이는 내 대답을 듣더니 잠시 입을 다문다.

그런데 농담이 아니라 그 정도는 잡아야 살기로 와이번을 기절시키는 경지에 오를 수 있다.

정확히는 〈마수의 천적〉이라는 패시브 스킬을 통해서 벌어지는 현상이다.

간만에 스킬 확인해 보고 싶었는데 아직 내 개인 시스템 창은 완벽하게 동기화가 안 되어 있거든.

아무튼.

이렇게까지 영상이 퍼졌으면 지금 당장 방송을 해도 되는 거 아닐까?

"인욱아, 굳이 그 뉴비 사관학교 그런 거 들어갈 필요 있겠냐? 바로 시작해도 될 것 같은데. 영상 주인공 나라고 하면 다들 알아서 들어오지 않을까?"

"좋은 지적이야, 형. 자, 이것 좀 봐 봐."

인욱이는 그 말과 동시에 검색창에 '여의도 한강 게이트 주인공'이라는 검색어를 입력했다.

그러자.

[여의도 히든 플레이어? 그거 사실……]
[여의도 히든 플레이어. 제 미튜브에서 최초 공개합니다.]
[여의도 히든 플레이어? 글쎄.]

셀 수 없이 많은 영상이 소나기처럼 쏟아져 내렸다.
"어지럽네."
"봐 형. 이래서는 힘들다니까. 사이버 렉카들도 냄새 맡고
달려드는데, 그렇게 해서는 쉽지 않을걸. 알바들 써서 소문
내는 것도 방법 중 하나겠지만, 그건 좀 멋이 안 살잖아."
나는 살면서 인욱이가 이렇게 논리정연한 건 처음 본다.
그러나 인욱이의 말에는 한 가지 맹점이 존재했다.
"그럼 그냥 내가 이능관리부 찾아가서 기자회견 해 달라고
하면 되잖아."
굳이 미튜브에서 시작 안 해도 된다.
기성 언론을 통해서 파급 효과를 발생시킨 다음, 그걸 미
튜브로 끌어오면 되는 거 아닐까?
하지만 그 말에 인욱이는 당연하다는 듯이 고개를 끄덕였
다.
"그것도 당연히 해야지."
"어?"

"형. 왜 하나만 할 생각해? 미튜브 대기업 도움받아서 영상도 찍고, 기자회견도 하면 되잖아. 그러면 시너지 효과가 아주 극대화되지 않을까?"

짝짝짝.

나는 인욱이의 참신한 발상에 그저 박수를 칠 수밖에 없었다.

서당개 3년이면 풍월을 읊는다 했던가.

미튜브 편집자 5년 차가 되니 생각하는 사고방식이 이젠 거의 미튜버에 가깝다.

그래, 인욱이의 말이 맞다.

짜장면을 먹을지 짬뽕을 먹을지 고민할 상황이 아니었던 거다.

그냥 두 개 다 시켜 먹으면 되는 거지. 암.

"그럼 내일 찾아가겠다고 바로 연락 넣는다? 내일 촬영이 있을 텐데, 운 좋으면 참여할 수 있을 것 같기도 하고."

"어차피 내일 할 것도 딱히 없으니까, 뭐 그렇게 하든가. 그런데 인욱아. 어째 네가 나보다 더 적극적인 것 같다?"

내가 슬쩍 미소 지으면서 말하자 인욱이는 나를 똑바로 바라보면서 대답했다.

"형이 가지고 있는 힘 시한부라면서……."

"그렇긴 하지."

"당연히 적극적이어야 하는 거 아닐까? 나 시연이 먹여 살리는 것만으로도 힘들었어……."

"……형도 노력할게."

뭔가 마무리가 짠한걸.

그렇게 나와 인욱이가 열심히 미래에 대한 계획을 세우고 있을 때쯤이었다.

삐삐삐─!

"다녀왔습니다! 큰오빠! 큰오빠!"

학교에 갔던 시연이가 집으로 돌아왔고, 시연이는 돌아오자마자 나에게 안기면서 미소를 지었다.

"막둥이 왔어?"

"헤헤. 오빠가 다시 사라졌을 줄 알고 금방 돌아왔지. 나 잘했지, 큰오빠?"

"그럼. 오빠 사라지는 거 무서우면 그냥 내일 학교 가지 말고 오빠랑 있을래?"

"그건 안 돼! 개근상 받아야 한단 말이야. 오빠, 떡볶이 시켜 먹자!"

"그래, 그럼. 인욱아? 떡볶이 시켜라."

"시연아, 매일 먹던 그거?"

"응! 작은오빠."

"알았어."

나는 시연이를 안은 채, 미소를 지으면서 속으로 생각했다.

나 때문에 힘들었을 내 가족들, 반드시 호강시켜 줘야겠다고.

　　그러니까 일단 뭐라도 해 보자.

　　기껏 얻은 힘을 마냥 앉아서 썩힐 생각이라고는 눈곱만큼도 없었으니까.

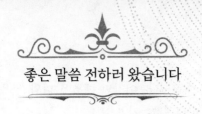

좋은 말씀 전하러 왔습니다

일단, 오늘 아침까지만 해도 더할 나위 없이 완벽했다.

아침에 일어나서 시연이 아침을 챙겨 주고, 주말에 놀이공원을 가자는 약속도 잡고, 등교 인사까지 받아 주고.

정말 내가 원했던 가족들과의 행복한 아침이었다.

게다가 이능관리부로부터 미튜브 방송 촬영 허가까지 받았다. 처음에는 그들이 반대하면 어떻게 하나 걱정했지만, 오히려 그들은 내 결정에 반색하는 눈치였다.

대신에 그들은 딱 하나만 당부했다.

귀환자인 건 공개해도 좋으나, 이레귤러임을 공개하는 건 반드시 이능관리부 주최의 기자회견에서 해 달라고.

나로서는 그렇게 어려운 부탁이 아니었기 때문에 망설임

없이 곧바로 수락했다. 어차피 애초에 나와 인욱이가 세운 계획이 그것 아니었겠는가?

그렇게 이능관리부의 허가까지 받은 우리는 곧바로 플레이어 K, 그러니까 구민수가 미튜브를 촬영하고 있다는 장소로 향했다.

그래, 여기까지는 정말 계획대로 완벽했다.

그러나 문제는.

"담배 한 대 피우기 딱 좋은 분위기네. 인욱아. 여기 맞기는 하냐?"

"맞는데, 좀 이상하네."

"전화는 아직도 안 돼?"

"……어, 전화가 꺼져 있네."

우리가 현장에 도착하고 나서부터 발생했다.

나는 우리가 타고 온 SUV의 문에 살짝 몸을 기대면서 슬쩍 눈앞을 바라보았다.

지금 우리가 있는 이곳은 경기도 여주시에 위치한 마감산이라는 곳의 초입.

구민수 씨의 미튜브 촬영이 진행되고 있다는 장소였다.

플레이어 컨텐츠로 미튜브를 한다는 사람이 이곳에 있는 것도 꽤 웃길 노릇인데, 진짜 문제는 그딴 게 아니었다.

정작 우리가 만나러 온 사람인 구민수 씨는 연락도 안 되고 있고, 무엇보다 이 마감산이라는 곳에서 느껴지는 이 흉

우리교황님좀
말려주세요

흉한 기운.

직감적으로 무언가 잘못되었다는 걸 깨달을 수밖에 없었다.

누가 들으면 직감이 정확한 건 아니라고 말할 수도 있겠다만, 내 직감은 조금 다르다.

아주 오랜 시간 동안 싸우면서 자연스레 얻게 되었으며, 거기에 리멘의 축복으로 인하여 식스 센스라고 부르기에 충분할 정도로 발달했다.

예지력에 가까울 정도로 발달했다고 볼 수 있는 내 감각에, 이렇게 노골적인 마기가 감지된다는 것은 분명히 무슨 일이 벌어졌다는 것을 의미한다.

나는 눈살을 찌푸린 채로 산을 바라본 다음, 몸을 돌리면서 인욱이에게 말했다.

"돌아가자. 주인공이 힘을 숨김인가 뭔가 하는 프로젝트는 잠정 중단이다."

"아니야, 형. 지금 아마 촬영이 한창 진행 중인 거라서 전화를 못 받는 걸 거야. 그러니까 일단 우리가 올라가서 직접 찾아가면……."

"인욱아. 그 구민수라는 사람, 진짜 괜찮은 사람 맞냐? 뭐 안 좋은 소문이나 그런 거 안 돌았었어? 사람을 제물로 바쳤다든가, 악마를 숭배한다든가. 뭐 그런 거."

"전혀. 그럴 리가 없잖아. 말이 돼, 그게? 그 사람 잘나가는 미튜버라고."

"그렇단 말이지."

"그런데 그건 왜 갑자기 물어봐?"

인욱이의 질문에 나는 입꼬리를 슬쩍 올리면서 대답했다.

"아니, 적어도 괜찮은 사람이면 지인을 이런 끔찍한 구렁 텅이에 밀어 넣을 생각은 안 할 것 같아서."

"구렁텅이? 그런 게 어디 있는데."

그 말에 그저 손가락을 들어서 산을 가리켰다.

"저기."

구렁텅이, 지옥 등등의 여러 단어가 생각나지만, 개인적으 로 지옥까지는 아닌 듯하여 구렁텅이로 표현했다.

끊임없이 내 심기를 자극하는 이 불쾌한 기운.

이건 분명 마수나 마족들만이 뿜어낼 수 있는 마기였기 때 문이다.

물론 저쪽 세계에서 경험했던 마왕들의 지독한 마기와는 비교도 할 수 없이 저급한 마기였으나, 틀림없는 마기였다.

마기는 어제 내가 여의도 한강공원에서 확인했던 플레이 어들의 마력과는 근본부터가 다른 기운이다.

플레이어들이 말하는 마력은 보통 마나라고 불리는 힘이 지만, 마기는 말 그대로 악마의 기운이다.

오로지 마족, 마수들과 계약을 맺은 흑마법사들만이 보유 할 수 있는 힘.

솔직히 와이번을 조우했을 때 이미 마기가 지구에 있을 거라고 예상은 했다만, 이렇게 빨리 찾게 될 줄이야.

하지만 아무리 옅더라도 마기는 마기다.

나에게는 아무런 영향도 끼칠 수 없지만, 인욱이 같은 민간인에게는 맹독만큼이나 치명적인 기운이란 뜻이다.

게다가 산 전체에 이 정도로 마기가 분포되어 있다는 건.

"마기가 퍼진 지 최소 4일은 된 것 같은데, 이런 곳으로 우리를 부른 의도가 뭘까? 형은 그게 너무 궁금한걸."

아무리 생각해 봐도 좋게 생각할 수가 없었다.

인욱이나 내가 별다른 힘이 없었다면 저 산에 들어간 순간 두 가지의 결말이 기다렸을 거다.

마기에 미쳐 버린다든가, 아니면 마기에 미친 사람들의 손에 죽게 되든가.

그 어느 쪽이든 비극적인 결말이다.

나는 주먹을 가볍게 쥐면서 인욱이에게 말했다.

"형이 진짜 레귤러였다면 우리 여기서 죽은 거야. 알겠어?"

"그럴 리가…… 그럴 리가 없는데."

"입금 안 밀리고 해 준 건 좋은 사람 맞는데, 고작 그것 가지고 사람 너무 믿는 거 아니냐? 너 그러다가 나중에 제대로 뒤통수 맞는 거야. 알겠어?"

내 말에 인욱이는 한숨을 내쉬더니, 고개를 숙이면서 말했다.

"3년 전에 할머니 입원하셨을 때, 민수 형이 병문안 왔다가 아무 말 없이 병원비까지 다 결제하고 가 줬거든. 막 월세를 얻었을 때라서 돈도 여유 없었는데⋯⋯."

"그럼 진작에 그렇게 말하든가."

"그래도 나중에 민수 형이 내 준 병원비는 다 돌려줬어. 그런데 그걸 형한테 말하기에는 쪽팔리잖아."

어쩐지 안절부절못한다 했다.

금전적으로 여유 없을 때 도와주는 사람들을 의심한다는 건 쉬운 일이 아니긴 하지.

대충 인욱이의 사정은 알아들었다.

게다가 그 사람이 우리 할머니의 병원비까지 대신 내 줬다고 하니, 일단 상황 판단은 나중으로 미뤄야 할 것 같다.

3년 전이었다면 아직 인욱이의 경력이 그렇게 많지 않았을 때다.

그런데 그런 편집자의 할머니가 입원하셨다고 병문안까지 와서 병원비까지 내 주고 갔다는 건, 인욱이의 말대로 괜찮은 사람일 가능성이 높다는 뜻이다.

"좋아."

나는 잠시 고민을 하다가 고개를 끄덕였다.

그리고 인욱이를 바라보면서 말을 이어 갔다.

"일단, 넌 차 타고 집에 돌아가서 기다리고 있어. 여긴 너무 위험해."

"형은?"

"네가 세운 계획은 글러 먹은 것 같으니까, 다른 쪽으로 선회를 해야지."

그렇게 말하며 왼손으로 오른쪽 어깨를 두 번 두드렸고.

사르륵ㅡ.

그러자 곧 내가 지구에 돌아올 때 입었던 검은색 사제복이 내 몸을 휘감았다.

내 갑작스러운 의상 체인지를 본 인욱이가 조심스레 묻는다.

"뭐 하려고?"

그 말에 나는 어깨를 으쓱이며 대답했다.

"이왕 이렇게 된 거 현장 전도라도 해 봐야지."

　　　　　　　　　　※

내가 아주 어렸을 때 봤던 만화의 주인공이 하나 있다.

명탐정이 어린 초등학생의 몸에 빙의해서 추리를 하는 내용의 만화였는데, 나는 가끔 그 만화의 주인공이야말로 그 세계의 진정한 흑막이 아닐까 생각했다.

왜냐하면 주인공이 가는 곳마다 살인 사건 같은 강력 범죄들이 일어났었으니까.

내가 지금 이런 이야기를 하는 이유 역시 간단하다.

바로 내가 그런 만화나 소설 속 주인공이 된 게 아닐까, 그런 생각이 들고 있기 때문이다.

어비스 지역에 입장하였으므로 관련된 DLC 퀘스트가 발생합니다.
구원
종류: 서브 - 어비스 던전
설명: 당신은 익숙한 마기로 넘실거리는 지역을 발견하였습니다. 성스러운 책임을 진 당신은 반드시 그 마기를 정화하여, 이 지역을 사악한 자들로부터 되찾아야만 합니다.
교황이시여. 그대가 따르는 신의 성스러운 분노로 적들을 벌하십시오. 그리고 마기에 사로잡힌 가여운 어린 양들을 죄악에서 구원해 내소서.
보상: 신성 점수(DP) 50점
*본 퀘스트는 서브 퀘스트로, 당신이 원하지 않는다면 수행하지 않으셔도 됩니다.

"나야 좋지."

나는 눈앞에 떠오른 퀘스트를 수락하면서 고개를 끄덕였다.

어차피 퀘스트가 있건 말건, 그 구민수라는 미튜버는 구해 낼 생각이었다. 그 와중에 신성 점수도 지급해 준다니, 굳이 거절할 이유가 없었다.

단순히 신도를 늘리는 것 말고도 이런 서브 퀘스트를 통해서 점수가 수급이 가능한 구조라는 것도 꽤 주목할 만한 요소다.

퀘스트 시스템은 에덴과 큰 차이는 안 보이는 것 같다.

크게 메인과 서브로 나뉘는 시스템.

그 둘의 차이는 아주 간단하다. 메인은 필수, 서브는 옵션.

간단하게 추가 보상을 얻고 싶을 때 수행하는 게 서브 퀘스트인데, 아마 지구에서는 계속 신성 점수를 보상으로 하는 서브 퀘스트가 발생할 것 같다.

나는 다시 한번 퀘스트 창을 읽어 내린 다음, 조용히 창을 닫았다. 그리고 천천히 앞으로 걸어가면서 주위를 둘러보았다.

겉으로 보기에 이곳은 정말 평범한 산이다.

솔방울과 낙엽이 가득했고, 솔방울 냄새가 솔솔 풍겨 오는, 한국의 평범한 산.

그러나 이 공기 속에 섞인 불쾌한 마기가 내 신경을 자꾸만 건드린다.

아마 그 원인은 퀘스트 창에 적혀 있던 〈어비스 던전〉일 가능성이 높았다.

어비스 던전은 나로서는 꽤 생소한 단어여서, 아까 전에 인욱이에게 전화도 걸어 봤다.

하지만 통화가 연결되지 않았다.

휴대폰에 통화권 이탈이라는 표시가 뜨는 걸 봐서는, 이 현상 역시 마기와 관련되어 있을 가능성이 농후했다.

마기란 게 원래 그렇다.

온갖 현상을 일그러트리는 데에는 마기를 따라갈 기운이 없다.

파스스슥-.

사방이 쥐 죽은 듯이 조용했고, 이 때문에 유독 내가 낙엽을 밟는 소리가 크게 들렸다.

얼핏 보면 크게 이상하지 않을 수도 있다만, 이건 지나치게 조용하다.

산이라면 응당 들리는 새의 지저귐 소리조차 들리지 않는다.

그렇게 내가 얼마나 걸었을까?

마침내 나는 제자리에 멈춰 섰고, 옆을 바라보면서 말했다.

"형제님들. 날씨도 좋은데 거기서 뭣들 하고 계십니까?"

5초 정도의 정적이 울려 퍼진 후, 곧 나무 틈 사이에서 네 명의 남자가 걸어 내려왔다.

그들은 내 앞에 서더니, 곧 내 위아래를 훑어본다. 그리고 그들 중 어깨에 큰 카메라를 들고 있던 남자가 고개를 살짝 숙이면서 말했다.

"일부러 놀래키려고 한 건 아닙니다, 선생님. 저희가 미튜브 촬영을 하고 있었거든요. 죄송합니다. 그런데 혹시 이곳에 어쩐 일로 오셨는지 여쭤봐도 될까요? 지금 이곳에 던전이 출현해서 꽤 위험하거든요."

그는 사람 좋은 미소를 지으면서 부드럽게 말을 건넸다.

나는 그런 그의 친절한 말에 따라 웃어 주면서 고개를 살짝 숙였다.

"아, 제가 오늘 구민수 씨를 만나러 왔습니다. 동생 녀석이 연락을 드렸을 텐데 혹시 전달 못 받으셨나요?"

"아! 그 귀환자 되시는 분인가요? 민수 형님한테서 이야기는 전해 들었습니다. 전화라도 따로 주셨으면 저희가 입구로 갔을 텐데……."

"전화가 자꾸 안 돼서요."

"또 그래요? 허 참. 통신사에서는 이유를 모르겠다고 하던데…… 그래도 다행입니다. 제가 민수 형님한테 모셔다드리겠습니다. 그런데 혹시 동생분은 같이 안 오셨나요?"

"동생이 오늘 일이 있어서 혼자 왔습니다."

"그렇군요. 그럼 따라오시죠. 저희가 지금 던전에서 촬영 진행 중이라서, 조금 더 가야 합니다."

그는 그렇게 말한 다음 웃으면서 앞으로 걸어가기 시작했고, 나 역시 그를 따라서 함께 걷기 시작했다.

나머지 세 명은 그런 우리를 따라 묵묵히 따라왔다.

길을 걷는 동안 카메라맨의 입은 잠시를 쉬질 않는다.

내가 입고 있는 사제복은 어떤 컨셉인 것이냐며 물었고, 또 본인은 귀환자를 처음 만나 본다면서 유난까지 떨어 댔다.

다른 세계의 여자들은 어떻게 생겼는지, 그 세계에서 인기는 많았는지 같은 쓰잘데기없는 질문까지.

진짜 쉬지 않고 입을 연다.

카메라맨이 아니라 미튜버라고 해도 믿을 법한 설력.

유명 미튜버의 카메라맨은 이 정도 혓바닥은 지니고 있어야 되는 걸까?

특이한 건 그를 제외한 나머지 세 명은 아무런 말도 안 하고 있다는 점이었다.

그래서 나는 이상하다는 듯이 카메라맨에게 물었다.

"뒤에 세 분은 아까부터 조용하시네요?"

그러자 그는 무슨 소리냐는 듯이 눈을 둥그렇게 뜨면서 말했다.

"예? 쟤네들 아까부터 계속 시끄럽게 떠들고 있지 않습니까."

"아아, 그런 거구나. 음, 혹시 이름이 어떻게 되십니까?"

"설세명이라고 합니다."

"좋아요, 세명 형제님. 지금부터 제가 하는 이야기 잘 들으세요. 아시겠죠?"

"갑자기 무슨 말씀이신가요?"

설세명 씨는 내 말에 눈을 둥그렇게 떴고, 나는 그런 설세명 씨를 바라보면서 가볍게 손등을 두드렸다.

좌르르륵.

그러자 곧 검은색 가죽 장갑이 손을 휘감았다.

"세명 형제님은 운이 참 좋았어요. 각성자도 아니신 것 같은데…… 음, 이게 선천적으로 마기에 저항력을 지니고 태어나는 사람들이 있어요. 꽤 흔치 않은 경우긴 한데, 세명 형제님 부모님한테 감사해야 할 필요가 있을 것 같네요."

"예?"

"오늘 여기서 살아 돌아가시면 바로 부모님께 전화드려서 감사합니다 세 번 하시는 겁니다. 아시겠어요?"

"도대체 무슨-."

콰지지지지직-!

그의 말은 끝까지 이어지지 못했다.

왜냐하면 내가 그의 뒤에 있던 남자들의 대가리를 싸그리 부쉈기 때문이다.

"히이익!"

묵직한 파골음은 있었으나, 피는 전혀 튀기지 않았다.

왜냐하면 대가리가 박살 난 남자들에게서 검은색 연기가 피어오르고 있었기 때문이다.

"입구부터 아주 징조가 상큼하네요. 일단 나머지는 안에 있는 것 같으니, 이곳은 안전할 겁니다. 여기서 쉬고 계세요."

"당, 당신…… 뭐, 뭐 하러 오신 분입니까. 이게 도대체 무슨……."

"저요? 딱 보면 아시잖습니까."

나는 얼굴이 하얗게 질려 있는 세명 씨를 향해 최대한 인자한 미소를 지으면서 말을 맺었다.

"좋은 말씀 전하러 왔습니다."

❧

현재 당신이 있는 던전 〈사령술사의 실험실〉은 어비스화가 진행되는 중입니다.
이에 던전의 이름이 〈사령술사의 실험실〉에서 〈교만의 교두보〉로 변경되었습니다.
어비스 던전의 우두머리를 처치하지 못할 시, 반경 5km 이내 모든 지역이 어비스에 오염됩니다. 현재 남은 시간은 2시간 7분입니다.

"시간은 충분하네."

대략 2시간 정도면 곤죽을 만들고도 남을 시간이지.

나는 눈앞에 떠오른 메시지 창을 읽어 내리면서 가볍게 고개를 끄덕인 다음, 천천히 주위를 둘러보았다.

적막이 감도는 칙칙한 통로.

벽면에 드문드문 설치된 횃불은 조명의 역할보다는 오히려 을씨년스러운 분위기를 자아낸다.

중세 시대에서나 볼 법한 지하 구조물이다.

내가 에덴에서 경험했던, 어느 성당의 지하 무덤 같은 분위기가 느껴진다고 해야 할까.

"후우."

확실히 던전 내로 직접 진입해 보니까 마기가 더 짙어졌다.

강대한 마기가 한꺼번에 느껴져 오는 건 아니었다만, 특정 대상이 아니라 이 던전 전체가 마기를 머금고 있는 듯했다.

메시지 창에 표기되어 있던 〈어비스화〉라는 단어와 연관된 듯싶은데, 중요한 건 이 마기 사이로 일부 플레이어들의 마력 역시 함께 감지되고 있다는 점.

아마도 마기에 저항하는 플레이어들이 남아 있는 듯했다.

나는 짧게 숨을 뱉어 낸 후 조용히 앞으로 걸어갔다.

구불구불 이어진 통로들.

알 수 없는 표식이 새겨진 벽들을 낀 채로 한참을 걷고 나서야 드디어 내 눈에 처음으로 무언가가 들어왔다.

푸른색의 흉갑을 입고 있는 성인 남성 둘이 바닥에 널브러져 있던 것이다.

멀리서 봤을 땐 죽어 있는 줄 알았는데, 가까이 보니 둘의 신체는 상처 하나 없이 멀쩡했다.

다만, 섬뜩할 정도로 기괴한 부분이 눈에 들어왔다.

"얼굴이 없다라."

말 그대로 '얼굴'이 없었다.

인간이라면 당연히 가지고 있어야 할 이목구비가, 있어야 할 자리에 없었다.

이목구비를 대신하는 건 기괴한 검은색 연기뿐.

나는 남자 둘의 상태를 확인하고 나서야 아까 전에 던전 앞에서 박살 낸 괴물들의 정체를 확신할 수 있었다.

"미믹."

마기를 통해서 상대방을 기절시킨 다음, 기절시킨 대상으로 변장하여 활동하는 기이한 마수.

이때 상대방을 죽이지 않고 기절시키는 이유는 아주 간단했다.

녀석들의 변장은 일종의 거울이다. 거울에 비출 대상이 없으면, 변장할 수 없다.

겉으로는 분간할 수 없을 정도로 완벽한 변장이지만, 아무래도 저급한 마수인 탓에 분명한 단점이 존재한다.

미믹은 말을 할 수 없다.

애초에 발성 기관이 없는 녀석들이기 때문이다.

이쯤 되니 이 빌어먹을 상황을 만들어 낸 그 우두머리라는 녀석도 짐작이 갔다.

시스템이 당신의 몸에서 일어나는 변화를 감지합니다.
현 공간을 점유하는 기운에 반응하여, 〈차원계: 에덴〉에서 축적한 스킬들이 자동적으로 발현됩니다. 시스템이 해당 스킬들을 분석합니다.

미믹은 절대로 홀로 존재할 수 없는 마수다.

반드시 미믹을 지휘하는 상위 개체가 있어야 하며, 녀석들은 어디까지나 그 상위 개체의 하수인이다.

"교만의 척후병, 도플갱어인가."

키워드 〈도플갱어〉를 확인하였습니다.
어비스 던전의 우두머리가 〈도플갱어〉로 밝혀졌습니다.

도플갱어.

목소리를 낼 수 없는 미믹과는 달리, 상대방을 보는 것만으로도 완벽하게 복제할 수 있는 상위 개체.

아마 그 녀석이 이 사태의 원흉일 거다.

도플갱어는 본체의 전투력은 보잘것없지만, 복제한 대상의 힘을 일부 흉내 낼 수 있기 때문에 상황에 따라서 상대하기 껄끄러운 놈에 속한다.

물론 그건 어디까지나 다른 사람에게 적용되는 경우고, 나에게는 아니다.

어차피 그놈도 대가리 터지면 죽는다. 만약 대가리 터트렸는데도 운이 좋게 살아남는다면, 몸뚱어리 전체를 으스러뜨리면 된다.

나는 상황을 판단하자마자 서둘러 앞으로 향했다.

도플갱어와 미믹은 알고도 대응하기 힘든데, 모르는 상태에서 습격을 당하면 진짜 생지옥을 맛보게 된다.

동료를 신뢰할 수 없는 상황.

전장에서 그것만큼 끔찍한 경우도 없거든.

꺄아아아아악-!

그때였다.

통로 저 멀리서 날카롭고 높은 비명 소리가 들려왔다.

이런 상황에서 비명 소리를 낼 수 있다는 건 생존자거나 도플갱어라는 소리다.

일단, 저쪽으로 가 보자.

생존자가 기다리고 있든, 아니면 도플갱어가 기다리고 있든.

나로서는 손해 볼 거 없으니까.

※

결론부터 말하자면, 생존자가 있기는 했다.

"아, 씬 좋았는데…… 거기서 갑자기 나오시면 어떻게 해요. 예? 다시 찍어야 하잖아요."

그것도 좀 많이.

나는 나를 원망의 눈초리로 바라보는 생존자들을 향해 멋쩍게 웃으며 말했다.

"갑자기 비명 소리가 들려서 저도 모르게 그만…… 미안합니다."

"……입구에 있는 저희 애들이 그냥 보내 줬습니까? 여기 던전 저희가 입찰받아서 촬영 진행 중인 건데, 이렇게 무단으로 들어오시면 곤란해요."

생존자긴 생존자인데, 내가 생각했던 만큼 급박한 상황은 아니었던 것 같다.

현재, 이 사람들은 이 던전에 어떤 일이 벌어졌는지도 모른 채로 미튜브 촬영을 진행하고 있었다.

던전 안이어서 그런지, 바깥과는 다르게 카메라를 들고 있는 사람조차도 플레이어였으며, 이 자리에 있던 다섯 명 전원이 아직까지 마기에 잠식된 상태는 아니었다.

사실, 이게 훨씬 더 심각한 문제다.

이 사람들은 아직까지 현재 본인들에게 어떤 일이 벌어지고 있는지 깨닫지 못했다는 뜻이니까.

다르게 말하자면, 도플갱어가 주연을 맡은 연극이 성황리에 진행 중이라는 의미기도 하다.

나는 쓴웃음을 지으면서 그들에게 말했다.

"구민수 씨 뵈러 왔다고 하니까 알아서 비켜 주시던데요."

"민수 형님을요?"

"오늘 미리 약속 잡고 왔거든요. 여기 와서 한번 직접 보면서 이야기 나누자고, 뭐 그런."

"아아, 그 귀환자! 귀환자 맞죠."

"그게 바로 접니다."

"진작에 그렇게 말씀하시지. 야 야, 막내야. 무전기 아직도 안 되지? 이분 민수 형님께 안내해 드려라. 너도 아까 이분 이야기 듣지 않았냐?"

"아, 새로운 참가자 후보요? 당연히 들었죠."

바깥에서 이야기를 나눴던 설세명 씨처럼, 이들도 나에 대해서 전달받은 사항이 있는 것 같긴 하다.

그들은 서로 잠시 이야기를 주고받았고, 곧 막내라고 불린 남자가 나를 향해 가볍게 고개를 숙이면서 말했다.

"제가 안내해 드리겠습니다! 따라오시죠."

"감사합니다."

그는 그렇게 말하면서 나를 향해 따라오라고 손짓을 했고, 나는 조용히 그를 따라갔다.

첫 생존자 무리를 조우한 이후로 꽤 적지 않은 숫자의 생존자들이 눈에 보이기 시작했다.

그리고 그 사이에 조금씩 섞여 있는 미믹들 역시 눈에 들어왔다.

한 가지 특이한 점은 그들 중 그 누구도 미믹들이 입을 다물고 있는 걸 이상하게 여기지 않는다는 점이었다.

같이 일을 하던 사람이 갑자기 말을 하지 않으면 이상할 법도 한데, 그들 중 아무도 문제를 제기하지 않는다.

"그러니까…… 맞아! 어. 내 말이 그 말이라니까? 네가 생각해도 그렇지?"

"빨리 집에 가고 싶다고? 나도."

아니, 오히려 입을 다물고 있는 미믹을 상대로 대화를 나누고 있는 생존자들도 있었다.

그 일방적인 대화는 불쾌할 정도로 기괴했고, 나는 곧 그것이 이 눅눅한 공기에 섞인 마기로부터 비롯한 현상이란 것을 깨달았다.

이미 이 공간은 도플갱어의 극장이 되어 버린 상태였다.

아직 마기에 잡아먹힌 플레이어들이 많지 않았지만, 그들은 이미 단체로 환각을 마주하고 있는 상태인 것이다.

그들의 눈과 귀에는 동료들의 탈을 쓴 저 미믹들이 말을 하고 있는 것처럼 느껴질 것이다.

도플갱어가 이 정도 수준의 집단 환각을 사용한다는 건, 그만큼 힘을 많이 모았다는 뜻이기도 했다.

그래, 그 정도는 모았으니까 던전 밖으로 마기가 흘러나오는 거겠지.

그렇게 내가 주변을 바라보면서 흥미롭다는 듯이 눈을 빛내고 있을 때였다.

내 표정을 오해했는지, 나를 안내해 주던 남자가 웃으면서 말했다.

"던전이라고 해서 긴장하실 것 전혀 없습니다. 이미 던전은 저희들이 통제하고 있는 상황이라서요. 이미 던전의 보스도 저희가 포획해 둔 상태입니다."

포획?

이건 또 무슨 신선한 개소리인 걸까.

"포획이요?"

"아! 원래 던전 촬영이란 게 그런 식으로 진행되거든요. 보스를 죽이면 던전이 소멸합니다. 그렇다고 가만히 내버려 두기에는 위험하잖아요? 그래서 보스는 일부러 무력화만 시킨 채로 포획합니다. 그렇게 하면 던전 내 몬스터들도 약화돼서, 촬영 각 잡기가 편해지죠."

그러니까 미튜브 촬영을 위해서 일부러 보스를 죽기 직전까지만 만들어 두고, 촬영이 끝날 때까지 살려 둔다는 거지?

진짜 가끔 이런 거 보면 사탄도 인간한테 한 수 배워 가야 하는 게 아닐까 싶다.

이야기를 듣고 보니 이런 상황도 결국 자업자득인 거다.

그동안 이런 식으로 던전 컨텐츠를 촬영해 왔다는 건데, 이번에는 운 나쁘게 도플갱어한테 걸린 거지 뭐.

아무튼.

그는 이런저런 이야기를 해 주면서 나를 민수 씨가 있다는 보스 방으로 안내해 줬다.

"안에서 이야기 나누시고, 이따가 다시 뵙겠습니다. 촬영 같이하면 좋을 것 같아요!"

"예예, 저도요. 그럼 수고하십쇼."

본인의 책무를 다한 그 '막내'는 빠른 속도로 물러났다.

나는 멀어지는 그의 뒷모습을 바라본 다음, 슬쩍 방 안으로 들어섰다.

그러자 그곳에는.

"편집점을 좀 다르게 잡는 게 좋지 않을까? 그래, 거기 거기. 딱 좋네."

이미 영상 속에서 몇 번 봤던 플레이어 K.

구민수 씨가 스태프들과 활발하게 이야기를 주고받는 중이었다.

그는 그렇게 한참 동안을 일에 열중하더니, 어느 순간 나를 바라보면서 묻는다.

"못 보던 얼굴인데…… 여긴 어쩐 일로 오신 거죠?"

이 질문만 오늘 몇 번째인지 모르겠다.

나는 그의 질문에 싱긋 미소를 지으면서 대답했다.

"인욱이 소개받고 왔습니다. 인욱이 형인 김시우라고 합니다."

"아! 시우 씨! 어제 인욱이한테 이야기 많이 들었습니다! 안 그래도 언제 오시나 기다리고 있었어요. 인욱이가 이야기했던 것보다 훨씬 멋있으신데요?"

민수 씨는 소위 말하는 '인싸'의 표본이었다.

영상으로 봤을 때보다 훨씬 잘생긴 데다, 목소리도 딱 듣기 좋은 중저음의 목소리였다.

그는 얼굴 가득 자신감 넘치는 미소를 짓더니, 곧 옆에 있던 접이식 의자를 손수 끌어오면서 말했다.

"오시느라고 고생하셨을 텐데 일단 여기에 앉으시죠. 얘들아? 내가 얘기했던 대로 편집점 잡아 주고, 잠시 밖에 나가 있어 줄래? 손님이랑 이야기 좀 나누게."

"네."

"고맙다. 이따가 보자."

그는 부하 직원으로 보이는 사람들을 밖으로 내보낸 다음, 나를 바라보면서 말했다.

"이 컨텐츠가 현장감이 엄청 중요해서, 편집자 중에서 현장에 올 수 있는 친구들은 다 데리고 오거든요."

"아, 그럼 저분들도 플레이어신가요?"

"그렇죠. 각성은 했지만 헌터로 뛰기에는 부족한 친구들이 저한테 많이 지원합니다. 플레이어라고 해서 다 같은 플레이어는 아니니까요. 대신 보수는 확실하게 챙겨 주는 편입니다. 하하…… 내 정신 좀 봐. 먼 길 오셨는데, 대접해 드릴 게 믹스커피뿐이네요? 괜찮으신가요?"

"믹스커피 좋아합니다."

"다행이네요!"

내 대답을 들은 민수 씨는 옆에 놓여 있던 종이컵에 능숙하게 커피를 탔다.

그리고 나에게 건네주면서 말을 이어 갔다.

"인욱이는 플레이어가 아니라서 밖에 있는 건가요?"

"오늘 인욱이가 몸이 좀 안 좋아서, 그냥 저 혼자 왔습니다."

"쯧쯧. 또 보약이라도 지어 보내야겠네. 혹시 그 녀석 어릴 때도 몸이 안 좋았나요? 제 영상 편집해 줄 때도 자주 몸살에 걸리곤 했거든요."

어색한 사이일 때는 둘의 공통분모를 이야기하는 게 가장 효과적인 대화법이다.

이런 것만 보더라도 이 사람의 붙임성을 짐작할 수 있는 부분이다.

원래 성격이 이런 걸까, 아니면 방송을 하면서 이렇게 바뀌게 된 걸까?

나는 그가 타 준 믹스커피를 한 모금 마신 다음, 고개를 끄덕거리면서 대답했다.

"재밌는 놈이네."

"예?"

"아아, 인욱이 말이에요. 어렸을 때부터 원체 약골이었죠."

"하하! 그럴 것 같았어요. 음, 이렇게 인물도 좋으시고. 던전에 들어오신 걸 보면 플레이어도 맞으시니까 더 볼 것 없이 슬슬 일 이야기를……."

"그 전에 저 뭐 하나만 물어봐도 될까요?"

꽤 갑작스러운 타이밍의 질문이었지만, 민수 씨는 여전히 웃으면서 고개를 끄덕였다.

"얼마든지요."

"제가 걱정이 좀 많은 편이라…… 혹시 촬영 과정이 안전한 건 맞나요?"

내 질문에 민수 씨는 이해한다는 듯이 고개를 끄덕이더니, 방 한구석에 설치되어 있는 가리개를 향해 다가가면서 말했다.

"던전이 처음이실 테니 충분히 그럴 수 있습니다. 자, 한번 보시죠."

그는 그렇게 말하며 가리개를 치웠고, 곧 연푸른색의 반투명한 막이 모습을 드러냈다.

그 막 너머에는 '그것'이 금색의 줄에 결박된 채로 갇혀 있었다.

민수 씨는 '그것'을 손가락으로 가리키면서 말을 이어 갔다.

"보시다시피 저는 안전을 항상 최우선으로 생각합니다. 미튜브 영상에서는 위험해 보이는 장면이 많이 나오지만, 사실 모든 영상은 저를 비롯한 전투 인원들이 이렇게 안전을 확보해 둔 채로 촬영됩니다."

"동생 이야기 들어 보니까 한 분이 아프셔서 하차하신 거라던데."

"아, 그분은 원래 지병이 악화되신 경우라…… 안전이 걱정이시라면 천천히 촬영을 참관하시면서 결정하셔도 좋습니다. 귀환하신 지 얼마 안 되셨다는데, 그 정도는 이해해 드릴 수 있습니다."

"좋네요."

"강요할 이유는 없으니까요."

그는 그렇게 말을 맺었고, 나는 종이컵에 남아 있던 믹스커피를 모두 마시면서 자리에서 일어났다.

그리고 민수 씨에게로 걸어간 다음, 그에게 손을 내밀면서 말했다.

"좋습니다. 그럼 우리 악수나 한번 할까요?"

"좋죠."

민수 씨는 내 악수 요청에 흔쾌히 응하면서 나와 손을 맞잡았다.

마침내 그의 새하얀 손이 내 손에 맞닿은 그 순간.

화르르륵―!

내 팔에서 피어오른 하얀색 불꽃이 순식간에 그를 뒤덮었고, 곧 그의 입에서 끔찍한 비명이 튀어나왔다.

"끄으으으으으윽!"

패시브 스킬 〈성화(聖火)〉의 정보가 동기화됩니다.

"너희만 우리 속이는 건 딱히 재미가 없잖아. 연극이란 게

반전이 좀 있어야지. 안 그래?"

"끼아아아아악!"

나는 고통스러워하는 민수 씨, 아니 도플갱어의 귓가에 입을 가져다 댄 채로 조용히 속삭였다.

"내 연기는 어땠어?"

⚜

5분 전까지만 하더라도 구민수는 이 던전이 자신과 동료들의 무덤이 될 것이라고, 그렇게 생각하고 있었다.

저 알 수 없는 괴물이 자신을 무력화시키고 자신의 모습으로 변신한 순간, 이 비극의 결말은 이미 정해져 있었던 거다.

그런 상황에서 그가 할 수 있는 건 아무것도 없었다.

그저 빨리 죽음을 바랄 뿐.

그러나 괴물은 그의 반응을 즐기기라도 하듯, 일부러 그를 살려 뒀다.

그뿐만이 아니었다.

자신이 어떤 식으로 기만을 하는지 관람하라는 듯, 모든 과정을 그의 눈앞에 보여 주었다.

그 과정 속에서 구민수는 그를 믿어 줬던 동료들이 하나하나씩 괴물로 대체되는 모습을 바라보며 그저 울부짖을 수밖에 없었다.

하지만 그의 절규는 그 누구에게도 닿지 못했고, 그가 울부짖을수록 괴물은 짙게 웃으면서 그를 조롱할 뿐이었다.

그렇게 절망으로만 가득했던 시간들이었다.

희망이라고는 전혀 찾아볼 수 없었던, 살아 있는 것이 더 고통스러운 순간들이었는데.

화르륵-!

"끼아아아아아아악!"

그런 그의 앞에 기적이 일어났다.

살면서 단 한 번도 기적이라는 것을 믿지 않았던 구민수였으나, 그것은 오로지 기적이라고밖에 할 수 없었다.

그의 눈앞에는 이상한 옷을 입은, 난생처음 보는 남자가 서 있었다.

얼핏 보면 신부복을 입고 있는 듯한 남자.

남자의 몸에서 피어오른 하얀색 불꽃이, 지금까지 자신을 흉내 내며 끊임없이 기만해 왔던 괴물의 전신을 잡아먹는 중이었다.

'꿈인가.'

구민수는 그 장면을 바라보면서 속으로 중얼거렸다.

어쩌면 이것 역시 저 괴물의 질 나쁜 장난인 게 아닐까.

하지만 곧 그는 스스로의 생각을 부정할 수밖에 없었다.

꿈이라고 하기에는 저 불꽃에서 전해지는 온기가 너무나

도 따듯했다.

괴물은 쉬지도 않고 비명을 내지르는 중이었지만, 그에게는 어머니의 품이 생각날 정도로 포근했던 것이다.

그리고 그 따스한 온기를 타고, 그 남자의 목소리가 귓가에 울려 퍼졌다.

"구민수 씨. 이 던전에서 가장 고통스러웠을 사람은 당신이니까, 특별히 당신에게 선택권을 주겠습니다."

구민수는 그의 말에 화들짝 놀랄 수밖에 없었다.

"제가…… 보입니까?"

여태까지 그 누구도 자신을 알아보지 못했다.

5년을 동고동락했던 동료들조차도 괴물의 술수에 당한 건지, 그를 몬스터 보듯이 바라보았기 때문이다.

그래서 그가 아무리 도망가라고 외쳐도 그들은 알아듣지 못했다.

하지만 눈앞의 남자는 달랐다.

그는 정확하게 자신의 눈을 바라본 채로 씁쓸하게 미소를 짓고 있었다.

"제가 시력이 좋은 편이라서요. 아, 제 소개가 좀 늦었네요? 인욱이 형 되는 사람입니다."

"인욱이……."

아끼는 동생의 이름이었다.

나이도 어린데, 동생이랑 할머니 먹여 살리겠다고 열심히 미튜브 편집을 하는, 싹싹하고 기특한 녀석.

형이 있다는 이야기도 들었다.

다만, 그 형이 5년 전에 실종되었다는 딱한 이야기도 함께 들었었는데, 그렇다면 눈앞에서 인욱이의 형을 자처하는 저 남자는 누구란 말인가?

구민수는 잠시 고민하다가, 곧 그 고민을 멈췄다.

고민해 봤자 달라질 건 하나도 없었으니까.

남자는 그런 구민수의 반응에 고개를 살짝 끄덕인 다음, 여전히 괴물의 멱살을 잡은 채로 말을 이어 갔다.

"민수 씨가 선택할 수 있는 건 두 가지 중 하나입니다."

구민수는 뒤이어질 남자의 말을 예상할 수 있었다.

이미 저 괴물에게 자신을 빼앗긴 순간부터 짐작하고 있었던 일이기도 했다.

그렇기 때문에 그는 남자가 말을 해 주기도 전에 고개를 끄덕이면서 말했다.

"절 죽이십시오. 괴물에게 저를 뺏긴 순간부터 짐작하고 있었습니다. 차라리 같은 인간의 손에 죽는 것이……."

"거, 상상력이 쓸데없이 뛰어나신 형제님이네. 사람 말은 끝까지 들으세요, 좀."

남자는 구민수의 말에 재밌다는 듯이 미소를 지으면서 말을 이어 갔다.

"첫 번째. 이 녀석의 대가리를 단번에 깨부순다. 두 번째.

지금처럼 성화로 불태워 죽인다. 참고로 저는 두 번째 방법을 추천합니다. 그쪽이 훨씬 고통스럽거든요. 보시다시피 이놈은 고통을 느낄 수 있습니다."

화르르륵-!

남자의 말과 함께 불길이 이전보다 훨씬 더 거세졌고.

"끼아아아악!"

괴물의 비명 역시 더욱더 높아졌다.

새하얀 불길은 어느새 구민수가 있던 자리까지 번져 오면서 구민수의 몸을 휘감았지만, 구민수에게는 아무런 해를 끼치지 않았다.

고통에 몸부림치고 있는 괴물과는 완전히 대비되는 모습이었다.

이것이 기적이 아니면, 도대체 무엇이 기적이란 말인가.

구민수는 본인에게 일어난 기적을 바라보면서 그저 눈물을 흘렸다.

이것이 목숨을 구제했다는 안도의 눈물인지, 아니면 눈앞에서 지켜 내지 못한 동료들에 대한 자책의 눈물인지. 본인 스스로도 알 수 없었지만, 그건 아무래도 상관없었다.

이 기적의 순간에 그가 원하는 건 딱 하나뿐이었으니까.

구민수는 입술을 피가 날 정도로 세게 깨문 다음, 남자를 향해서 소리쳤다.

"고통스럽게. 반드시 고통스럽게 죽여 주십시오!"

우리 교황님 좀
말려 주세요

셀 수 없이 많은 감정이 섞인 그의 외침에, 남자는 만족스럽다는 듯이 미소를 지으면서 대답했다.

"주문이 마음에 듭니다. 역시, 악마들은 불태워 죽여야 제맛이죠. 그럼 두 번째 방법으로 보내 주도록 하겠습니다. 굽기는 원래 제가 레어를 좋아하지만, 이번만큼은 특별히 웰던으로 바짝 구워 드리겠습니다."

화르르르르르륵-!

"끼아아아악! 끼아아아아아악-!"

거센 불길 속에서 괴물의 몸이 바스러져 내렸고, 비명은 녀석이 완전하게 전소되기 전까지 한참 동안 끊임없이 이어졌다.

구민수는 괴물의 고통스러운 죽음이, 억울하게 죽은 동료들을 조금이라도 위로해 주길 빌었다.

그렇게 얼마만큼의 시간이 지났을까.

괴물의 몸은 완전한 잿가루가 된 채로 바닥에 쌓였다.

그리고 그것을 멍하니 바라보고 있던 구민수의 눈앞에 그동안 보지 못했던 하얀색 테두리의 메시지 창이 떠올랐다.

당신은 성스러운 불꽃을 통하여 구원받았습니다.
숨겨진 업적 〈구원〉을 달성하셨습니다.
이계의 신격이 당신의 눈물에 응답합니다.

그 메시지 창이 떠오르고 나서 잠시 후, 남아 있던 새하얀 불길 속에서 눈부시게 아름다운 여인이 모습을 드러냈다.

여신.

평생을 무신론자로 살아왔던 그의 머릿속에 오로지 그 단어만 떠오르는 이유가 무엇이었을까.

불길 속에서 피어오른 그녀는 멍하니 서 있던 구민수를 부드럽게 껴안으면서 말했다.

"당신 탓이 아니랍니다."

"아…… 아…….."

기적의 순간은 여전히 계속되고 있었다.

⚜

도플갱어 놈을 완벽하게 전소시키자 상황은 알아서 종료되었다.

> 어비스 던전을 클리어하셨습니다. 해당 던전은 1시간 뒤에 자동으로 소멸됩니다.
> 던전 클리어 보상으로 〈신성 점수〉 50점을 획득하셨습니다.
> 퀘스트 〈구원〉을 완료하셨습니다. 보상으로 〈신성 점수〉 100점이 지급됩니다.

"쯧."

나는 그 메시지 창을 훑어보면서 혀를 찼다.

보상을 떠나서 이 상황 자체가 썩 유쾌하지 않았기 때문이다.

아침에 편한 마음으로 집 밖을 나섰던 걸 생각하면 입맛은 더욱 썼다.

차라리 내가 어제 곧바로 왔었다면 희생자가 조금 더 적지 않았을까, 하는 마음이었다.

물론 최악의 상황은 면했다.

도플갱어의 연극이 끝나기 전에 최대한 많은 사람을 구할 수 있었으니, 불행 중 다행이라고 해야 할까.

일단 어떻게든 위험한 상황은 정리했고, 그만큼이나 중요한 게 남았다.

"나는 또 헤어지기 전에 다급하게 소리치길래, 몇 년은 되어야 다시 만날 줄 알았지. 이렇게 금방 다시 볼 줄 알았나?"

"그건 우리 교황님께서 열심히 일해 주신 덕분이지! 내가 금방 다시 볼 수 있다고 했잖아. 헤헤."

"보통 그런 상황에서 금방은 최소 1년은 넘기지 않나? 그게 3일인 줄은 몰랐네."

"난 시우 얼굴 이렇게 다시 보니까 너무 좋은데!"

어찌 된 영문인지, 내가 아까 전에 일으켰던 성화 속에서 리멘이 나타났다.

그리고 리멘은 등장하자마자 민수 씨의 상처를 치료해 버렸고, 민수 씨는 그대로 기절해 버렸다.

신성력을 처음 접하는 사람들에겐 흔히 있는 현상이라 신기하진 않았다.

나는 접이식 의자에 앉으면서 리멘에게 물었다.

"이번에는 얼마나 있냐?"

"음, 이번에도 5분 정도? 이곳 환경이 좀 특이한 편이라 가능한 거야. 신기하게 여기만 차원의 틈이 열려 있더라구. 그 틈을 통해서 시우의 성화가 느껴졌고, 바로 온 거야. 이렇게."

차원의 틈이라.

어비스 던전이랑 연관이 있는 걸까.

"그건 내가 따로 알아봐야겠네."

"겉으로는 싫은 척하지만, 속으론 내 얼굴 자주 보고 싶구나? 시우는 항상 그런 식이라니까?"

"헛소리 그만하고, 너 원래 인간 직접 치료해 주는 건 별로 안 좋아하지 않아? 민수 씨는 어쩐 일로 치료해 줬냐."

에덴에서조차 리멘이 직접 현신(現身)하는 경우도 꽤 드문 편이었는데, 현신하고 나서 누군가를 권능으로 치료해 주는 것도 몇 번 본 적이 없었다.

내 질문에 리멘은 부드럽게 미소를 지으면서 대답했다.

"좋은 사람인 것 같아서. 동료의 죽음을 자책하는 사람 중에서는 나쁜 사람은 없어. 그리고 무엇보다 시우의 계획에 들어 있는 사람 아니야?"

"그런 셈이긴 하지."

"시우가 불모지에서 노력하는 셈인데, 그런 시우에게 도움이 될 만한 사람이면 도와줘야지."

리멘은 그렇게 말하면서 내 옆에 있던 의자에 앉았고, 나와 눈을 마주쳤다.

여신은 여신인지라 이렇게 가만히 보고 있자면 참 예쁘다는 생각이 든다.

리멘은 나를 저쪽 세계로 납치해 갔던 장본인이기도 하지만, 결과적으로 봤을 때 그녀의 선택은 옳았다.

만약 그녀가 나를 에덴으로 데려가지 않았다면?

오늘 이 던전에서 도플갱어에게 농락당해서 죽었을 사람이 나였을지도 모르는 일이었다.

"시우."

"말해."

"짧은 시간이었겠지만, 지금까지 시우가 바라본 고향은 옛날에 비해 어떻게 바뀐 것 같아?"

나는 그 질문에 잠시 미간을 찌푸린 다음, 한숨을 내쉬며 답했다.

"기괴해. 하나부터 열까지."

"그때 내가 시간이 없어서 말을 못 해 준 게 하나 있어. 잘 들어."

리멘은 저번처럼 내 손을 잡더니, 조심스럽게 말을 이어 갔다.

"차원계 전체에 적용되는 인과율은 신격을 지닌 존재에게 도 여지없이 적용돼. 그렇기 때문에 그 인과율에 따라서, 다른 차원의 신격은 지구에서 영향력을 끼칠 수 없어."

"그렇다면 우리는 도대체 뭔데? 너 방금도 민수 씨 네 권능으로 치료해 준 거잖아."

"그러니까 앞으로 조심해야 해."

그녀는 걱정스럽다는 표정을 지으면서 말을 이어 갔다.

"인과율은 천칭 같은 거야. 지구의 인과율이 시우와 내 계약을 허가해 줬다는 건, 천칭의 반대편에 그만큼 무거운 것이 올려져 있다는 뜻이거든."

"그 무거운 것에 대해서는 앞으로 내가 알아가야 하는 거고?"

"안타깝게도."

"……이해했다."

쉽게 말해서 농땡이 피울 생각 하지 말라는 거구나.

멀쩡했던 지구에 갑자기 몬스터들이 나타나는 것부터가 확실히 글러 먹기는 했지.

어찌 되었든 숙제가 하나 더 늘어난 셈이다.

나는 답답한 마음에 한숨을 내뱉은 다음, 리멘을 바라보면서 말했다.

"알았어."

"화 안 내?"

"왜 내가 너한테 화를 내? 사후 처리도 이렇게 확실하게 해 주고 있는데, 화를 낼 이유가 없지. 누가 보면 내가 성격 파탄자인 줄 알겠다?"

"흐음."

"그 침묵은 또 뭘까?"

"시우가 알아서 판단해."

리멘은 장난스럽게 미소를 지은 다음, 다시 의자에서 일어섰다.

벌써 갈 시간인가 보다.

나도 10년 동안 정이 들어서 그런가, 막상 또 헤어질 시간이 되니 아쉽다.

"다음에는 같이 사진이라도 하나 찍자."

"사진? 그게 뭐야?"

"그런 게 있어. 있는 모습 그대로를 담는 거. 네 사진만 있으면 신도들이 알아서 걸어 들어올지도 모르겠네."

"이쁘다는 칭찬으로 알아들을게, 시우. 고마워."

리멘은 방긋 웃으면서 나에게 손을 흔들었다.

"다음에는 이렇게 어두컴컴한 곳보다는 밝은 곳에서 다시 보고 싶어. 그러려면 어떻게 해야 하는지 알지?"

"어떻게 해야 하는데?"

"당연히 내가 현신하기 쉽게, 나를 위한 신전을 만들어 줘야지. 신도도 많이 늘리고."

대한민국에 리멘을 위한 신전을 짓는다라……

그것도 참 쉽지 않은 일이 될 것 같다.

괜찮은 곳 땅값이 워낙 비싸야 말이지.

"또 봐, 시우."

"들어가."

화르르륵ー.

리멘은 불꽃으로 왔던 것처럼 불꽃으로 사라졌고, 나는 리멘이 사라진 자리를 한참 동안 말없이 쳐다보았다.

그렇게 내가 얼마 동안이나 말없이 있었을까.

"허어어억."

곧 바닥에서 기절해 있던 민수 씨가 감전이라도 된 듯이 몸을 떨면서 일어났고, 나는 그런 민수 씨를 향해서 반갑게 인사했다.

"일어났어요? 몸은 좀 어때요."

"여신…… 여신님은요?"

"아깝네. 방금 막 떠났는데."

내 대답에 민수 씨는 눈을 몇 번이나 끔벅거렸다. 그러더니 곧 간절한 목소리로 나에게 물었다.

"제가 여신님을…… 여신님을 다시 뵐 수는 있을까요?"

나는 그의 질문을 듣고는 피식 미소를 지을 수밖에 없었다.

그리고 잠시 후, 방금 전까지 리멘이 앉아 있었던 의자를 권하며 말했다.

　"글쎄요. 그건 지금부터 좋은 말씀을 나눠 보면서 천천히 알아가 보도록 할까요?"

간증

2일 전, 여주의 던전에서 일어났던 도플갱어 사건은 어떻게든 잘 마무리되었다.

다행스럽게도 사망자는 발생하지 않았고, 부상자만 12명인 걸로 확인이 되었다.

게다가 12명의 부상자 모두 눈에 보이는 신체적인 부상이 아니라, 정신적인 측면에서 고통을 호소했다.

사실, 그건 어떻게 보면 너무나도 당연한 고통이었다.

미믹이랑 도플갱어에게 당하면 흔히 겪게 되는 후유증이었기 때문이다.

만약 내가 하루라도 더 늦었으면 그들 중에서 상당수가 목숨을 잃었을 거다.

도플갱어 놈을 죽이고 난 다음, 녀석의 계획이 어떤 거였는지 알아낼 수 있었거든.

"만약에 형, 도플갱어? 그놈이 의식에 성공했으면 어떻게 되는 거야?"

"어떻게 되긴. 거기 있던 사람들 전부 제물로 바치고 다른 악마들을 불러들였겠지."

에덴에서도 도플갱어의 역할이 바로 그것이었다.

인간들을 본인의 연극에 몰아넣어 마기에 오염시킨 후, 그 인간들을 산 제물 삼아 데모닉 게이트를 소환하는 것.

나는 실제로 녀석들이 시골 도시 하나를 제물로 바쳐서 거대한 데모닉 게이트를 소환하는 장면을 본 적이 있었다.

사람들이 도플갱어를 보고 교만의 척후병이라고 했던 이유도 바로 거기에 있었다.

도플갱어가 소환해 낸 데모닉 게이트를 통해 교만의 군단이 등장했었으니 말이다.

"운이 나빴는데, 또 한편으로는 운이 좋았던 거지. 내가 봤을 땐 그래."

결론적으로는 큰 문제 없이 잘 마무리된 일이다.

대신 찜찜한 건 있었다.

왜 대한민국에 몇 번 나타나지도 않았다는 그 〈어비스 던전〉이, 하필이면 내 앞에 모습을 드러냈단 말인가.

마냥 우연이라고 치부하기에는 너무 노골적인 우연이다.

지난번에 리멘이 나에게 말했던 〈인과율〉과 관련되었을 가능성이 높은데, 그렇단 말은 내가 정말 추리 만화의 '그 주인공'처럼 지나가는 곳마다 사고를 끌어들이는 운명이 되었단 뜻일까?

"인욱아, 형 그냥 밖에 나가 살까?"

"뭔 개소리야, 또."

"그냥."

리멘한테서 인과율 이야기는 괜히 들었다.

이래서는 사건 사고를 몰고 다니는 토템이 된 기분인걸.

그렇게 속으로 이런저런 것들을 생각하고 있던 찰나, 인욱이는 갑자기 뭐가 생각났는지 먹고 있던 샌드위치를 내려놓으면서 말했다.

"맞다, 형. 나 어제부터 물어보고 싶은 거 있었어."

"뭔데."

진짜 궁금했었던 모양인지 눈까지 반짝거린다.

인욱이가 저런다는 건 정말로 궁금하다는 이야기다. 어렸을 적부터 꼭 궁금한 게 있으면 저렇게 눈을 빛내더라.

"도대체 민수 형을 어떻게 한 거야?"

"그러니까 뭘를?"

"민수 형이 진짜 지독한 무신론자였거든? 그런데 이것 좀 봐."

인욱이는 그렇게 말하면서 본인이 들고 있던 스마트폰을

내게 보여 줬다.

녀석의 스마트폰 화면에는 민수 씨가 어제 인욱이에게 보냈던 톡이 떠올라 있었다.

─인욱아, 교황님이야말로 여신님께서 이 세상을 사랑하신다는 증거야. 앞으로 너랑 나랑 열심히 노력해서 교황님을 잘 모셔야만 한다. 알겠지?

"형 혹시 안 믿으면 안 구해 준다, 뭐 이런 거 아니지?"

"에이, 너 형 못 믿냐? 형은 그냥 좋은 말씀 나눈 게 끝이야. 더 없어."

진짜 나는 억울하다.

누가 보면 내가 민수 씨를 묶어 둔 채로 가스라이팅이라도 한 줄 알겠다.

민수 씨의 이런 자발적인 신앙심은 어디까지나 본인 스스로의 선택이었다.

정확하게 말하자면.

"물론 거기서 외압이 좀 있기는 했지."

"형이 직접 세뇌한 거야? 540만 미튜버라서 쓸모 있으니까? 형. 그거 범죄야."

"넌 날 도대체 뭐라고 보는 거냐?"

내 질문에 인욱이는 잠시 고민하더니, 고개를 끄덕이면서 대답했다.

"사이비 교주?"

"뒈진다, 진짜."

"그러니까 민수 형이 갑자기 왜 이러는 거냐고. 그 외압이 도대체 뭐야?"

대충 넘어가려고 했는데 안 되겠다.

나는 한숨을 내쉰 다음, 진실을 말해 줬다.

"그 짧은 시간에 반해 버릴 줄은 몰랐지. 1분도 안 걸린 것 같은데."

"……형한테?"

"너 그러다 죽어."

"아니, 그러니까 누구한테 반했는데."

"리멘한테."

난 아직도 민수 씨가 깨어나자마자 지었던 표정을 잊지를 못한다.

무언가에 홀려도 단단하게 홀린 것 같던 표정.

아마 전 상황을 몰랐으면 서큐버스한테 홀린 게 아닐까 오해하기에 충분한 얼굴이었다.

뭐, 민수 씨가 그러는 것도 크게 이상한 건 아니긴 하다.

리멘의 외모라면 내가 봐도 홀릴 수밖에 없는 외모다. 보는 것만으로도 정신이 아득해질 정도로 아름답고, 그녀만이 뿜어내는 그 특유의 분위기가 있다.

그 누구라도 그녀가 여신이라는 것을 납득하게 만드는 고고하고 성스러운 분위기.

확실히 나도 리멘을 처음 봤을 땐 그런 충격을 받긴 했었다.

그뿐만이 아니다.

민수 씨는 리멘이 직접 치료까지 해 줬고, 본인이 직접 그녀의 권능을 체험했다.

신의 기적을 체험했음에도 그녀를 부정할 수 있는 사람이 과연 몇이나 될까?

내 설명에 인욱이는 이해했다는 듯이 고개를 끄덕였다.

"민수 형이 금방 사랑에 빠지는 경향이 있기는 해. 그나저나 여신님이 착한 건 알고 있었는데, 거기다 예쁘시기까지 한 모양이네."

"외모는 그렇다고 쳐도, 착한 건 네가 어떻게 확신하냐? 리멘이 내 납치범이라니까?"

"그래도 이렇게 끝까지 책임져 주시잖아. 나도 언제 한번 뵙고 싶다."

맞는 말이라서 뭐라 반박을 못 하겠다.

아무튼.

그렇게 내가 커피와 함께 평화로운 아침을 맞이하고 있을 때쯤이었다.

우우우웅―.

내 휴식을 가만히 지켜볼 수 없다는 듯, 갑작스럽게 식탁

위에 올려 둔 스마트폰이 진동했다.

발신자는 이능관리부의 김동식 팀장.

나는 커피를 한 모금 마신 다음, 천천히 전화를 받았다.

"여보세……."

내 말이 채 끝나기도 전에, 전화기 너머로 다급한 김 팀장의 목소리가 들려왔다.

─시우 님, 이른 아침부터 정말 죄송합니다. 긴히 드릴 말씀이 생겨서 이렇게 결례를 무릅쓰고 전화드리게 되었습니다.

그 말에 나는 커피 잔을 내려놓으면서 한숨을 내쉬었다. 그리고 씁쓸하게 웃으면서 대답했다.

"이야기나 들어 보죠."

─시우 님의 도움이 필요합니다. 혹시 시간 괜찮으시면 제가 직접 찾아뵙고 나서 이야기드려도 되겠습니까?

하아.

내가 쉬는 꼴을 못 본다니까.

⁂

얼마나 급한 일이었는지는 몰라도, 김 팀장은 곧바로 우리 집 앞의 카페에 도착했다.

전화하고 나서 20분이었나?

이 정도 시간이면 분명 우리 집 쪽으로 이미 출발을 한 다음에 전화한 게 아닐까 싶다.

나는 평범한 시민으로 위장한 채 카페 안을 가득 채운 이능 관리부의 직원들을 슬쩍 바라본 다음, 김 팀장에게 말했다.

"굳이 이렇게까지 하실 필요가 있었을까요. 이럴 거면 그냥 저희 집에서 이야기 나눠도 되는데."

"목이 마른 사람이 우물을 판다는 말이 있습니다. 저희가 부탁을 드리려고 온 건데, 어떻게 저희가 감히 시우 님과 시우 님 가족분들의 소중한 공간에 들어갈 수 있겠습니까?"

"……아니면 제가 직접 이능관리부로 가든가."

"귀빈을 귀찮게 하지 말자는 것이 저희 원칙이거든요."

음, 그냥 말을 말자.

이 이능관리부라는 집단도 뭔가 이상하다니까? 분위기만 보면 사이비 종교 저리 가라다.

김 팀장은 앉은 채로 연신 고개를 숙이더니, 곧 서류 가방에서 태블릿 PC를 꺼냈다.

"어제 저희가 별다른 연락을 못 드린 점은 정말 죄송합니다. 그저께 시우 님께서 해결해 주신 어비스 던전 건도 그렇고, 이런저런 일이 많았거든요."

"죄송하실 것까지야. 덕분에 시연이랑 같이 놀이공원도 잘 다녀왔습니다. 김 팀장님이 챙겨 주신 프리패스 이용권도 잘 썼구요."

세상 참 좋아졌다.

무조건 우선순위로 탈 수 있는 이용권 덕에 어제 시연이랑 놀이기구 잔뜩 타고 왔다.

내 대답에 김 팀장은 부드럽게 웃으면서 말했다.

"다행이네요."

"슬슬 일 이야기를 해 볼까요?"

"그럼 간략한 브리핑 시작하겠습니다. 잠시 이 영상을 좀 봐 주시겠습니까?"

그는 그렇게 말하면서 나에게 누군가 핸드폰으로 촬영한 것 같은 영상들을 보여 줬다.

영상 속에서는 하얀색의 로브를 입은 사람들이 무릎을 꿇고 있었고, 그중에서도 지도자로 보이는 한 중년 남성이 누군가의 머리 위에 손을 올리고 있었다.

[위대하신 분의 의지를 받들어, 그대를 전사로 임명하노라. 그대는 열과 성을 다하여 그분의 원대한 계획에 동참……]

누가 봐도 종교의식 같은 느낌이 물씬 풍기는 영상.

게다가 영상은 그것 하나뿐이 아니었다.

내가 첫 번째 영상을 다 보자마자 김 팀장은 곧바로 두 번째 영상, 세 번째 영상을 이어서 보여 주었다.

그 영상들의 주인공들 역시 첫 번째 영상에서 본, 하얀색 로브를 입은 사람들이었다.

그들은 이번엔 종교의식이 아니라 각자의 무기를 든 채로 몬스터들과 전투를 벌이고 있었다.

[위대한 뜻을 위하여!]
[우리를 구원하소서!]

두 번째 영상은 게이트로 보이는 곳에서, 세 번째 영상은 던전으로 보이는 곳에서.

그렇게 나는 그 세 영상을 15분 정도 시청했고, 내가 영상을 다 보자마자 김 팀장의 질문이 이어졌다.

"어떤 것 같습니까?"

나는 그의 질문에 당연하다는 듯이 고개를 끄덕이며 대답했다.

"더할 나위 없는 사이비 종교군요."

"역시…… 시우 님이 보셔도 그렇습니까?"

"따지고 보면 업계 동료라고 볼 수도 있으니까요."

김 팀장이 씁쓸하게 웃음을 지었다.

나는 얼음물 한 모금을 목으로 넘긴 다음, 김 팀장에게 장난스럽게 물었다.

"혹시 저한테 이런 종교 만들 생각이면 꿈도 꾸지 마라, 이런 의사를 전달하기 위해서 오신 건가요?"

"어우, 절대 아닙니다. 절대, 절대요. 저희 막 종교 탄압하는 그런 정부, 그런 국가 아닙니다."

"알고 있어요. 저 많이 도와주고 계시잖아요."

농담이 아니라 이능관리부에서 직접 내 종교 법인 설립을 도와주는 중이다.

나보고 그냥 가만히 있으면 모든 절차까지 해결해 준다고 호언장담을 했고, 실제로도 종교 법인 설립 절차가 진행 중이었다.

하나부터 열까지 내 편의를 봐주고 있는 상황에서, 굳이 내 신경을 건드릴 이유가 없지.

하지만 김 팀장은 내 장난이 꽤 당황스러웠던 모양이다.

본인의 앞에 놓여 있던 물컵을 빠르게 비우더니, 곧 꽤 심각해진 표정으로 말을 이어 갔다.

"이들은 스스로를 백명교라고 칭하는 집단입니다. 이틀 사이에 저희 이능관리부를 정신없게 만든 주범이기도 하죠."

"영상만 보면 크게 문제는 없어 보이는데."

"그렇죠. 하지만 이 영상들이 촬영된 장소를 생각하면 이야기가 달라집니다."

그는 그렇게 말한 다음 태블릿 PC를 가볍게 두드렸다.

그러자 곧 대한민국의 지도와 함께 붉은색 점 3곳과 보라색 점 1곳이 지도상에 표기되었다.

"붉은색 점은 예고되지 않았던 돌발 게이트를 의미하며, 보라색 점은 돌발 던전을 의미합니다. 보라색 점에 대해서는 이미 시우 님도 알고 계실 겁니다. 시우 님이 직접 처리하신 곳이니까요."

"이해했습니다."

"돌발 게이트, 돌발 던전은 대한민국에서 그렇게 흔한 현상이 아닙니다. 아주 희귀한 편에 속하죠. 그런데 그런 현상이 고작 2일 동안 네 번이나 발생한 겁니다. 원칙대로라면 각 지역에 대기하는 상비 병력과 지역 길드들의 협조를 통하여 대응하게 되어 있습니다만……."

"이 백명교라는 놈들이 선수를 쳤다, 이거네요?"

"……맞습니다. 저희들이 대응하기도 전에 백명교도들이 나서서 게이트를 해결해 버렸습니다. 공교롭게도 세 곳 전부 말이죠. 그리고 그들은 이 영상들을 미튜브에 올렸고, 그들이 모시는 신께서 예지력을 주었다 주장합니다."

"정말 재밌는 친구들이네요."

예지력이라.

벌써부터 사짜 냄새가 진동을 한다.

"백명교는 6개월 전에 대중들 앞에 등장한 신흥 종교지만, 음지에서 무시할 수 없는 속도로 성장한 조직입니다. 게다가 극도로 폐쇄적이며, 그 때문에 저희 이능관리부에서도 제대로 파악하지 못한 조직이기도 합니다. 그런 조직이 이번 게이트 영상들을 통해 양지로 진출하려는 겁니다."

한마디로 통제할 수도, 알 수도 없는 집단이라는 거다.

그런 집단이, 그 누구도 예측하지 못한 돌발 게이트 세 곳에서 전부 모습을 드러냈다?

"구린내가 나네요."

구려도 너무 구려서, 썩은 내가 진동할 지경이다.

"흠."

이제야 이 사람들이 왜 나를 급히 찾아왔는지 알겠다.

나는 작게 고개를 끄덕인 다음, 김 팀장을 향해 조용히 말했다.

"그러니까, 사이비에 사이비로 대응을 하시겠다? 적어도 나는 말이 통하니까?"

"크흠. 꼭 그런 건 아니지만……."

"같은 사이비 취급해 버리시면 우리 여신님께서 섭섭하시겠는데요. 마음이 굉장히 여리신 분이라."

"……죄송합니다."

"뭐, 좋습니다. 마침 저도 관심이 생겼거든요."

나는 그렇게 말한 다음, 손으로 턱을 가볍게 쓸었다. 그리고 은근슬쩍 웃으면서 김 팀장에게 말했다.

"대신 조건이 있습니다."

❧

내가 이능관리부 측에 요구한 조건은 그쪽에서도 그렇게

부담스러워하지 않을 만한 조건이었다.

원래는 다음 주 수요일로 예정되어 있던 공식 기자회견 일정.

즉, 3일 뒤에 있을 기자회견 일정을 내가 원하는 대로 바꾸는 것이었다.

이에 대한 김 팀장의 대답은 즉각적이었다.

"그렇게 어려운 조건은 아니네요."

"기자회견 일정 막 취소해도 되는 겁니까?"

"아예 취소하는 것이 아니니까요. 그 정도는 조건도 아니라고 생각합니다. 시우 님께서 일부러 정체를 숨겨 달라고 하는 것도 아니잖습니까?"

"그렇긴 하죠."

"일정을 아예 취소만 안 하신다면 상관없습니다. 사실, 저희 이능관리부에서 이미 시우 님을 전제로 하는 계획들을 준비해 뒀거든요."

팀장 선에서 이렇게 순순히 대답을 해 주는 걸 보면 아마 진작에 이능관리부 차원에서 이야기가 있었던 것 같다.

내가 과한 조건을 붙이지 않아서일까?

살짝 경직된 표정이었던 김 팀장이 어느새 안도의 한숨을 내쉬었고, 나는 그런 그를 바라보면서 말했다.

"사실상 제가 대중들 앞에 나서는 건 일종의 쇼케이스지 않습니까?"

"그렇죠."

"이번에 제가 어비스 던전에서 연을 맺게 된 민수 씨와 같이 그림을 하나 그려 볼까 하거든요. 예전에 그렸던 그림은 사실 어비스 던전에서 망가진 거라, 새로운 그림이 필요할 것 같아서요."

"극적인 쇼케이스를 원하시는군요. 이해합니다. 원래 첫 인상이 중요한 법이죠. 저희가 공식 기자회견을 원하는 이유는 어디까지나 정부에 대한 국민들의 신뢰 때문입니다. 시우 님은 대한민국 최초의 이레귤러이며, 그것을 가장 먼저 정부 측에서 확인했다는 것. 그 상징성이 중요하니까요."

김 팀장은 목이 탔는지 그렇게 말하면서 물을 들이켰다. 그리고 한층 편안해진 듯한 목소리로 말을 이어 갔다.

"저희는 그저 그 상징성만 챙기면 됩니다. 시우 님이 미튜브 활동하는 것? 그건 오히려 저희 쪽에서 환영할 일입니다. 적어도 시우 님이 대한민국에 기반을 두고 활동하실 거라는 증표잖습니까."

"가족들도 이곳에 있고, 굳이 다른 나라 가서 시작할 생각은 없어서요."

"그렇기 때문에 매번 감사하다는 말씀을 드리는 겁니다. 아직까지도 저희는 시우 님이 지닌 힘을 모두 파악하진 못했으나, 시우 님이 대한민국에 나타났다는 것만으로도 많은 것들을 꿈꿀 수 있게 되었습니다."

쉽게 공감할 수는 없는 이야기였다.

이 뒤바뀐 세상에 대해서는 내가 아직 잘 모르고 있기도 하고, 5년 동안 대한민국에 어떤 일이 있었는지도 잘 몰랐으니까.

하지만 김 팀장의 눈빛은 그의 말이 진심이라는 것을 어렴풋이 증명해 주고 있었다.

그래서 나는 그의 진심에 그저 희미하게 웃으면서 고개를 끄덕였다.

"백명교에 관한 것은 저희 쪽에서도 새롭게 정보가 들어오는 대로 제공을 해 드리겠습니다."

"쇠뿔도 단김에 빼라는 속담이 이럴 때 필요하지 않을까요."

"지금까지 저희가 파악하는 바에 따르면 단순한 쇠뿔이 아니기 때문입니다. 벌써부터 정재계 쪽으로 끼치는 힘도 상당한 편입니다. 어디까지 뻗어 있을지는 잘 모르겠지만, 현재 특수조사국에서 직접 조사하고 있습니다."

하긴.

6개월 동안 음지에 있었던 조직이 하루아침에 올라올 생각을 한 건 아니겠지.

이능관리부 역시 신중하게 상황을 관리하려는 모양이다.

뭐, 나야 좋다.

저 녀석들이 저렇게 적극적으로 대중매체들을 이용하는

걸 봐서는 앞으로 내 경쟁자가 될 것이 틀림없었다.

한마디로 밥그릇 싸움을 하게 될 거란 뜻이다.

그런 마당에 이능관리부에서 내 편에 서 준다면 더할 나위 없이 좋은 일이지.

그렇게 나와 김 팀장은 이런저런 이야기를 나누면서 시간을 보냈고, 순식간에 30분이라는 시간이 흘러갔다.

김 팀장은 천천히 자리에서 일어나면서 말했다.

"제가 귀하신 분의 시간을 너무 많이 빼앗은 게 아닌가 싶네요. 죄송합니다."

"일요일이라서 한가합니다. 김 팀장님이야말로 고생하시네요."

"하하, 당연히 국가를 위해서……."

나와 김 팀장이 인사를 나누고 헤어지려던 찰나.

"팀, 팀장님!"

카페 한쪽에서 일반인으로 변장해 있던 직원 하나가 소스라치게 놀라면서 이쪽으로 달려왔다.

"귀빈이랑 이야기 나누고 있는 거 안 보여? 그렇게 티 나게 행동하면 시우 님께서 얼마나 불편……."

"이거, 이것 좀 보십시오."

"도대체 뭔데 호들갑이야? 시우 님, 잠시 실례하겠습니다."

김 팀장은 나에게 몇 번이나 고개를 숙인 후, 부하 직원이 들고 온 태블릿 PC를 들여다보았다.

몇 초가 지났을까.

태블릿 PC를 들여다보고 있던 김 팀장의 얼굴색이 하얗게 변했다.

곧 그는 나에게 태블릿 PC를 넘겨주면서 말했다.

"시우 님도 보셔야 할 것…… 같습니다."

"음?"

나는 그가 넘겨준 태블릿 PC를 확인했다.

태블릿 PC에는 미튜브가 틀어져 있었는데, 영상의 제목은 딱 다섯 글자였다.

〈죄송합니다〉.

어떤 미튜버가 또 사과 영상을 올리나 싶어서 채널명을 봤는데, 그 채널명을 확인한 나는 나도 모르게 미간을 찌푸릴 수밖에 없었다.

"플레이어 K?"

[안녕하세요. 플레이어 K입니다. 저는 여러분들에게 2일 전에 어떤 일이 있었는지에 대해서 이야기하고자 이 영상을 올립니다. 영상을 시작하기에 앞서, 죽을 뻔한 저와 저희 촬영팀을 구원해 주신 그분께 다시

한번 감사의 말씀을 올림…….]

약 2분가량의 영상.

그 뒤로 이어진 민수 씨의 이야기와, 그 영상에 달린 댓글까지 모두 확인한 나는 손으로 이마를 짚으면서 말했다.

"……제가 직접 만나고 오죠."

"부탁드리겠습니다……."

광신도가 일을 저질러 버렸다.

❧

김 팀장과 헤어진 후에 내가 곧바로 향한 곳은 바로 옆동네에 위치한 구로 한국대 대학병원이었다.

물론 내가 아파서 온 건 아니다.

만날 사람이 있어서 여기 온 거지.

똑똑똑-.

나는 1인실의 문을 두드린 다음, 심호흡을 하며 안으로 들어갔다. 그리고 병상에 앉아 있던 남자를 향해서 최대한 나지막한 목소리로 말했다.

"형제님. 저 왔습니다."

그러자 병상에 앉아 있던 남자가 나를 바라보면서 환하게 미소를 지었다.

무난한 환자복조차 잘 어울리는 미남.

민수 씨였다.

"오셨습니까, 교황 성하?"

"……성하라는 호칭은 또 어디서 배우셨습니까?"

"트리위키에서 제가 따로 검색을…….”

트리위키라면 없는 정보가 없다는 그곳을 말하는 모양이다.

성하라.

에덴에서도 사람들이 나를 보고 교황 성하라고 칭하긴 했었기에 그렇게 어색한 호칭은 아니다.

다만, 이제 막 교단을 세운 마당에 구태여 저렇게 불편한 칭호로 불리고 싶지는 않았다.

나는 병상 앞에 있는 의자에 앉으면서 손을 내저었다.

"그냥 편하게 시우 씨라고 부르세요. 그게 정 불편하시면 시우 님이라고 하시든지."

"그래도…….”

"존중은 좋지만, 불편한 수준의 존중은 오히려 괴롭습니다."

"알겠습니다, 교황님. 부디 교황이라고 부르는 것만큼은 막지 말아 주십시오."

"……좋을 대로 하세요, 그냥.”

호칭 문제는 간단하게 정리했고.

우리 교황님 좀
말려 주세요

환자를 앞에 두고 굳이 길게 얘기할 생각은 없었기에, 나는 곧바로 본론으로 들어갔다.

"왜 그러셨어요?"

민수 씨가 1시간 전에 올렸던 〈죄송합니다〉라는 제목의 영상.

내가 장담하건대 저 다섯 글자만큼이나 시청자들의 어그로를 끄는 제목은 없었을 것이다.

그것도 여태까지 단 한 번도 구설수에 올라간 적이 없고, 플레이어 미튜버 중 최고의 민심을 자랑하는 민수 씨라면 더더욱 그럴 것이다.

2분짜리의 그 영상은 온통 나와 리멘의 이야기로 가득 찼었다.

내 이름을 실제로 언급만 안 했다 뿐이지, 나를 두고 생명의 은인이며 그분이 모시는 초월적인 존재가 본인을 치료해주었다. 이런 식의 맹목적인 찬양이 계속되었던 것이다.

나로서는 썩 만족스러운 결과는 아니었다.

개인적으로 조금 더 극적인 연출을 원했기 때문이다.

하지만 이런 내 질문에 민수 씨는 당연히 해야 했을 것을 했다는 듯, 당당한 목소리로 대답했다.

"언제라도 제 모든 것을 바칠 준비가 되어 있습니다. 리멘 님의 이름을 널리 알릴 수 있다면 언제라도 제 전 재산을 헌납할 생각입니다."

〈리멘 교단〉의 세 번째 신도 〈구민수〉가 본인의 신앙심을 고백합니다.
특수 업적 〈광신도〉를 달성하셨습니다. 칭호 보상으로 〈신성 점수〉 20점을 추가 획득합니다.
해당 업적을 해금함에 따라 특수 직분 〈이단심문관〉이 DLC 상점에 새롭게 업데이트됩니다.
[이단심문관(Inquisitor)
●종류: DLC – 직분
●조건: 특수 업적 〈광신도〉 보유
●대표 특성
—〈심판〉: 교단의 적이나 악마를 상대할 경우, 모든 능력치가 최대 10프로로 증가한다. 특수 능력치 〈신앙〉이 높을수록 증가율이 높아지며, 〈일반인〉이나 소속된 교단이 없는 〈일반 플레이어〉에게는 발동하지 않는다.
●구매 비용: 500DP

현대 시대에 이단심문관이라.

이 얼마나 시대착오적인 직분이란 말인가.

게다가 당장 저 직분을 구매할 수도 없다.

단번에 구매하기에는 구매 비용이 너무나도 무지막지했기 때문이다.

나는 그 메시지 창들을 천천히 읽어 내린 다음, 한숨을 내쉬면서 그것을 닫아 버렸다.

시스템은 거짓말을 하지 않는다.

시스템이 이런 식으로 반응한다는 것은, 즉 민수 씨의 저 열렬한 신앙심이 전부 진심이라는 것을 의미한다.

……그래, 이럴 때일수록 최대한 긍정적으로 생각하자.

어차피 미튜브를 통해서 관심을 끌어모을 생각이었다. 이

우리 교황님 좀
말려 주세요

건 내가 원했던 방식은 아니지만, 아직은 괜찮다.

"왜 이런 일을 벌였는지나 들어 봅시다."

나는 씁쓸하게 웃으면서 민수 씨에게 물었고, 민수 씨는 고개를 끄덕이면서 방금 전까지 자신이 들여다보고 있던 스마트폰을 건네주었다.

"반응을 봐 주시겠습니까?"

"안 될 건 없죠."

건네받은 폰으로 확인한 영상의 조회수는 벌써 100만을 돌파한 상태였다.

불과 10분 전까지만 해도 60만대였는데, 조회수 올라가는 속도가 심상치 않다.

그리고 그에 걸맞게 영상에 달린 댓글 수도 벌써 1만을 돌파했다.

─ㅋㅋㅋㅋㅋ백명곤가 뭔가 하는 걔네 때문에 새로운 컨텐츠 하는 거냐?

─민수 형;; 아무리 그래도 사이비 컨셉은 좀 그렇잖아;;

─형. 난 형이 어떤 역한 컨셉 잡아도 좋으니까 빨리 영상이라도 올려 줘

─큰 거 온다 ㄷㄷ 도대체 뭘 하려고 이렇게 밑밥 까냐?

─주접떨지 말고 빨리 새로운 영상이나 올려라, 민수야. 명심해라. 항상 건강보다 미튜브가 먼저다. 알겠지?

이것이 참된 미튜버의 삶이란 말인가.

내가 봤을 땐 진심을 가득 담아 찍은 영상이었는데, 아무것도 모르는 시청자들이 보기에는 이것도 컨셉으로 받아들여지는 모양이다.

"나쁘지 않네요. 의도하신 겁니까?"

내 질문에 민수 씨는 당연하다는 듯이 고개를 가로저었다.

"전혀 그렇지 않습니다."

"……그렇군요."

"저는 그저 백명교라는 놈들이 관심을 받는 게 싫었을 뿐입니다. 정작 그 관심을 받아야 할 건……."

"리멘이다, 이거죠?"

"역시, 교황님이십니다. 모든 영광은 오로지 여신님의 것입니다."

원래 미쳐 있던 사람인 걸까, 아니면 리멘과 내가 이 사람을 미치게 만든 걸까?

아무래도 오늘 집에 돌아가자마자 인욱이에게 물어봐야겠다.

민수 씨는 거기에서 그치지 않았다.

그는 그 어느 때보다 의욕적인 모습으로 말을 이어 갔다.

"하지만 제 구독자들이 이런 반응을 보일 것이란 건 예상하고 있었습니다. 그래서 저는 다음 영상으로 또 다른 신도의 간증을 준비했습니다."

"누구죠?"

"이미 교황님의 기적을 두 눈으로 목격한 친구입니다. 설세명이라고, 던전의 입구에서 교황님께서 마주친 카메라맨을 기억하십니까?"

"아아."

어쩐지.

신도가 네 명으로 집계되더라. 시스템 메시지가 대충 설명한 걸 봐서는 일반인이겠다 싶었다.

"안 그래도 이미 간증 영상은 찍었습니다. 오늘 저녁에 업로드 예약을 걸어 뒀……."

"우리 그러지 말고 차라리 이렇게 합시다."

나는 그렇게 말한 뒤, 내가 병원까지 오면서 세웠던 계획을 민수 씨에게 말해 줬다.

잠시 후.

내 계획을 모두 들은 민수 씨는 한껏 벅차오르는 표정으로 나에게 말했다.

"……감히 제가 그렇게 중요한 역할을 맡아도 되겠습니까?"

그 말에 나는 그저 인자하게 웃으면서 고개를 끄덕였다.

"물론이죠. 리멘께서 아주 기뻐하실 겁니다."

540만 미튜버는 역시 540만 미튜버였다.

내가 부탁했던 대로 민수 씨는 얼마 뒤에 라이브 스트리밍을 진행했다.

라이브 스트리밍의 주제는 너무나도 간단했다.

바로 내가 지난번에 혼자서 처리했던 여의도 중형 게이트에 관한 이야기.

급조된 라이브 스트리밍이었음에도 불구하고 민수 씨는 전문가 두 명과 유명 플레이어 미튜버 두 명을 추가로 섭외했고, 그들과 함께 내 여의도 영상을 분석하는 시간을 가졌다.

덕분에 백명교의 영상으로 쏠리고 있던 관심이 분산되었고, 많은 사람이 다시금 내 영상에 관심을 가지기 시작했다.

게다가 그 라이브 스트리밍의 마무리 역시 백미였다.

[다음 스트리밍 때는 해당 영상의 주인공을 직접 모시도록 하겠습니다. 일정이 확정되면 제 채널에 공지하도록 할 테니, 기다려 주시면 감사하겠습니다.]

우리 교황님 좀
말려 주세요

일부러 떡밥을 남기는 마무리.

덕분에 파급 효과는 배가되었고, 미튜브를 비롯한 인터넷 커뮤니티에서는 곧바로 투기장이 열렸다.

-플레이어 K 이제 거품 빠지니까 주작도 하냐?ㅋㅋ

-ㅋㅋㅋㅋ이능관리부에서도 히든 플레이어 정체 제대로 파악 못 한 것 같던데 미튜버 따위가 어떻게 섭외를 함ㅋ

-ㄹㅇㅋㅋ 걍 대충 코스프레한 사람 앞혀 두고 주작이나 하겠지. 미튜버들 그러는 거 하루 이틀임?

-우리 형 그런 사람 아닌데;;

-플레이어 K 주작 논란 있던 적이 있었냐? 없었잖음

-환자복까지 입고 저러는 거 보면 뭔가 설득력 있지 않음? 보니까 병원에서 찍었던데

그 어떤 사이트를 가더라도 해당 주제로 인해서 사이버 투기장이 개최되었고, 덕분에 반나절 사이에 나에 대한 관심도가 하늘을 찍기 시작한 것이다.

"흐음."

나는 침대에 누운 채로 스마트폰으로 인터넷 커뮤니티 반응을 확인한 다음, 가볍게 숨을 뱉어 내면서 스마트폰을 내려놓았다.

540만 미튜버가 직접 식어 가던 떡밥에 기름을 부어 버리

니까 내가 생각했던 것보다 훨씬 화끈하게 불타오른다.

이대로라면 내가 세운 계획대로 무난하게 흘러갈 것 같다.

내가 세운 계획은 그렇게 복잡한 계획은 아니다.

민수 씨를 통해서 라이브 스트리밍까지 진행하면서 어그로를 끌어 둔 다음, 이능관리부에서 기자회견을 하면서 확실히 대중들에게 각인을 시키는 것.

그 후부터는 이제 본격적인 교세 확장과 신도 확보에 들어가는 셈이다.

일종의 쇼케이스라고 보면 되는데, 계획대로만 무난하게 흘러간다면 아마 큰 어려움 없이 대중들에게 첫인상을 각인시킬 수 있을 것이다.

그렇게 내가 내일의 계획을 정리하면서 하루를 마무리하려고 할 때쯤이었다.

우우우웅- 우우우우웅-.

침대에 엎어 두었던 스마트폰이 거칠게 진동하기 시작했고, 나는 짜증을 내면서 스마트폰을 집어 들었다.

그리고 도대체 무슨 알림이 떴는지 확인하려던 찰나.

벌컥-!

방문이 열리면서 다급한 표정의 인욱이가 뛰쳐 들어왔다.

"형!"

"기다려 봐. 형 잠시 폰 좀 확인하고."

우우우우웅-.

스마트폰이 자꾸 진동하길래 일단 스마트폰부터 확인했다.

스마트폰에서는 지난번에 인욱이가 보여 줬던 재난 문자가 계속해서 울리는 중이었다.

—10월 17일 오후 9시 32분, 구로구 한국대 대학병원 인근에 반경 1.5km 중형 돌발 카오스게이트 출현. 게이트 타입 언데드(Undead)로 확인됨.

—상황이 통제되기 전까지 해당 지역 인근의 모든 국민은 대피 요원들의 지시에 따라 신속히 대피소로 이동할 것.

—플레이어 긴급 동원령 선포. 본 재난 문자는 대상자에게만 발송되는 문자로서, 해당 문자를 수신한 플레이어들 중 C급 이상의 헌터들은 동원령에 응할 것.

에에에에엥—!

내가 재난 문자를 다 읽기도 전, 아파트 방송에서 사이렌이 울리기 시작했다.

그리고 곧 대피를 권고하는 방송이 이어졌고, 나는 그 방송을 들으면서 눈살을 찌푸렸다.

어째서 돌발 게이트가 하필이면 지난번 어비스 던전에서 생존한 민수 씨네 촬영팀이 입원해 있는 병원에 나타났단 말인가.

"……빌어먹을 인과율."

이건 우연이라고 치부하기에는 너무나도 작위적이었다.

차라리 노골적인 함정에 가까운 모습이었다.

"큰오빠…… 작은오빠……."

"시연이 놀랐지? 괜찮아. 오빠들 있잖아."

갑작스러운 소란에 놀란 시연이가 울먹이면서 거실로 나왔고, 인욱이는 그런 시연이를 애써 달래면서 나에게 말했다.

"시연이랑 같이 대피해 있을 테니까 다녀와, 형."

"나 아직 다녀온다는 이야기는 안 했는데."

"옆 나라 이레귤러는 혼자서 초대형 게이트도 해결한다더라. 어차피 말려도 갈 거잖아. 형이 옆 나라 애들보다 못한 건 아니지?"

"그럴 리가 있겠냐?"

도대체 누가 이런 질 나쁜 장난질을 하고 있는지 궁금하기도 하고 말이지.

그렇게 내가 인욱이랑 잠시 대화를 나누는 사이.

띵동.

누군가 우리 집의 벨을 눌렀다.

인욱이는 곧바로 집의 문을 열어 주었고, 곧 정갈하게 정장을 차려입은 이능관리부의 요원들이 고개를 정중하게 숙이면서 말했다.

"가족분들은 저희가 모시도록 하겠습니다. 시우 님의 가족분들을 최우선적으로 대피시키라는 장관님의 명령입니다."

"잘 좀 부탁드립니다."

"안전 구역에 있는 이능관리부의 안가로 모시겠습니다. 시우 님은 밑에서 대기 중이신 김 팀장과 함께 이동하시면 되겠습니다."

나는 가볍게 고개를 끄덕인 다음, 잠시 무릎을 구부린 채로 시연이와 눈을 마주쳤다.

벌써부터 눈물이 글썽거리는 시연이.

시연이는 떨리는 목소리로 나에게 물었다.

"오빠, 어디 가?"

"잠깐 다녀올게. 시연아. 작은오빠랑 같이 있을 수 있지?"

"금방 돌아올 거야?"

그 말에 나는 씁쓸하게 미소 지은 다음, 시연이를 껴안아 주면서 대답했다.

"금방 돌아올게. 약속."

"늦으면 벌금이야, 큰오빠. 알지?"

"벌금은 혹시 떡볶이?"

"맞아!"

아직까지는 내가 백수라서 내 돈으로 떡볶이 못 사 주는데.

아무래도 빨리 해결하고 와야겠다.

우리 집에서 돌발 카오스게이트의 통제 지역까지는 고작 15분밖에 걸리지 않았다.

김 팀장은 현장으로 가는 차량 안에서 나에게 현재까지 파악된 게이트의 정보에 대해서 말해 줬다. ,

언데드가 주로 출현하며, 현재까지 게이트 코어가 확인되지 않았고, 입장 제한은 C급 헌터 자격증 이상을 소지한 플레이어라는 점.

김 팀장의 말에 따르면 도심에 돌발형 카오스게이트가 생성된 것은 3년 전 부산 참사 이후로 처음이라고 했다.

"도착했습니다, 시우 님."

김 팀장의 설명을 듣는 사이에 어느새 우리는 목적지에 도착할 수 있었다.

나는 고개를 끄덕이면서 차에서 내렸다.

그러자 곧 눈앞에 아비규환이 펼쳐지기 시작했다.

"게이트 토벌 작전에 참여하실 플레이어분들은 이쪽으로 와 주시길 바랍니다!"

"시민 여러분들께서는 대피 작전에 최대한 협조해 주시면 감사하겠습니다. 현재, 플레이어들로 구성된 구조대가 해당 지역 내로 진입할 예정……."

대피하고 있는 시민들과, 그들을 통제하고 있는 군인들.

그뿐만이 아니다.

가족들을 찾겠다고 통제 구역 안쪽으로 진입하려는 사람들과, 군인들을 부여잡고 애원하는 시민들까지.

혼돈이라는 단어를 그대로 구현해 내면 저런 모습이 아닐까 싶은 장면들이었다.

그나마 다행이라고 할 수 있는 건 최소한의 질서는 지켜지고 있다는 점 정도.

도심에 게이트가 등장한 심각한 상황 속에서도 사람들은 어떻게든 움직이는 중이었다.

"이쪽으로."

나는 김 팀장의 안내에 따라 곧바로 통제 구역 내부로 진입했다.

그러자 곧 새로운 풍경이 펼쳐졌다.

몇몇 시민들의 절규, 비명이 울려 퍼졌던 밖과는 다르게 통제 구역 내부는 놀랍도록 정돈된 분위기였다.

해당 지역에서 〈카오스게이트〉의 불길한 기운이 감지됩니다.

만약 내 눈앞에 떠오른 이 메시지 창만 아니었다면 현재 상황이 위급 상황이라는 것도 깨닫지 못할 정도였으니 말이다.

플레이어로 보이는 무리가 곳곳에 모여서 대기하고 있었

고, 그중 몇몇은 농담이라도 주고받는 듯, 큰 소리를 내며 웃는다.

나는 그런 플레이어들의 모습을 보면서 눈살을 찌푸렸다.

썩 좋아 보이진 않았다.

당장 몇 걸음만 걸어가도 다른 사람들이 울부짖는 소리가 들린다.

아무리 긴장을 풀기 위해 농담을 주고받을 순 있다지만, 이런 상황에서 저렇게 소리를 내어 웃는 건 신경에 거슬렸기 때문이다.

이런 내 모습에 내 눈치를 보고 있던 김 팀장이 이해한다는 듯이 말했다.

"길드 소속 플레이어들이군요. 적응이 안 되겠지만, 그들로서는 당연한 겁니다. 섹터 배분이 완료되기 전까지는 쉽사리 투입하려 하지 않거든요. 특히, 이런 돌발 상황일 때는 더더욱 말이죠."

"섹터 배분이요?"

"일반인들에게 카오스게이트는 그저 재앙일 뿐이지만, 플레이어들에게는 비즈니스의 일종이니까요. 지금쯤이면 아마 각 길드의 대표가 서로 토벌 구역을 정하고 있을 겁니다."

참 재밌는 세상이다.

개인적으로 내 스스로를 성인군자라고 생각하진 않지만, 그런 나조차도 이 상황이 달갑지 않았다.

아니, 솔직히 말해서.

"좀 역겹네요."

역겨웠다.

그만큼 플레이어 위주의 세상으로 재편되었다는 거?

당연히 이해해 줄 수 있다.

어찌 보면 당연한 변화다.

플레이어들의 힘이 가장 중요한 세상에서, 당연히 플레이어 위주로 모든 것이 바뀌었겠지.

하다못해 미튜브만 보더라도 플레이어 위주의 컨텐츠로 바뀌었잖은가?

그 변화가 잘못되었다고 하는 게 아니다.

그저 내가 보기에 마음에 안 든단 뜻이다. 그래서 이번에 심술을 좀 부릴까 한다.

나는 그들을 한참 동안 미간을 찌푸린 채로 바라본 다음, 김 팀장에게 말했다.

"저번에 백명교 건과 관련해서 제가 이능관리부 측에 요구했던 조건 있잖습니까?"

"예."

"그 조건을 좀 바꿨으면 합니다."

"……말씀하십시오."

김 팀장이 침을 꿀꺽 삼키면서 나를 바라봤고, 나는 나른한 목소리로 말을 이어 갔다.

"여기 게이트, 그냥 저 혼자 해결하겠습니다. 저한테 다 주시죠."

"예?"

"저 말고 나머지 인원들은 그냥 생존자 구출에 투입하시고, 전투와 관련된 모든 것은 제가 담당하겠습니다. 물론 그 부산물이라는 것도 제가 가져갑니다."

나는 그렇게 말하면서 가볍게 기지개를 켰다.

그리고 지난번처럼 가볍게 어깨를 두드렸다.

우우우웅!

순식간에 신성력이 내 온몸을 휘감는다.

내 몸 주위에 잠깐 동안 하얀색 불꽃이 피어올랐고, 곧 그 불꽃은 검은색 사제복으로 뒤바뀌며 내 몸을 뒤덮는다.

남은 불꽃은 자연스럽게 사방으로 퍼져 나가며 어두운 거리를 환하게 밝혔다.

그 모습에 김 팀장뿐만 아니라 주위에 있던 모든 플레이어들의 목소리가 멎어 들었다.

눈 깜짝할 사이에 찾아온 고요한 침묵.

나는 그 침묵에 만족스럽게 웃으면서 김 팀장에게 말했다.

"오늘 낮에 그런 말씀을 하셨잖아요. 아직 이능관리부는 제 힘을 다 파악하지 못했다고."

"……아."

"이번 기회에 한번 파악해 보시는 것도 나쁘지 않을 겁니다. 뭐, 정확히 파악이 될지는 모르겠지만…… 아, 그리고 기자회견도 미리 준비해 주세요."

극적인 연출?

이미 이 상황 자체가 극적인 상황이다.

멀쩡하던 도심에 갑자기 게이트가 생겨나는 것만큼이나 극적인 상황이 어디에 있을까.

미튜브, 라이브 스트리밍.

내가 오늘 하루 종일 세웠던 계획은 그냥 없던 걸로 치자.

아니, 어쩌면 그냥 애초에 계획을 안 하는 게 더 나을지도 모르겠다.

"참 재밌어."

그래, 뭐 지금 그딴 게 중요한가.

계획이 어그러졌으면, 그냥 지금 당장 내가 하고 싶은 거하면 되는 거지.

에덴에서 그러했듯이 말이다.

나는 피식 실소를 지은 다음, 내 부름을 기다리고 있던 신성력을 끌어올렸다.

그리고 오른쪽 발을 가볍게 굴렸다.

파아아아앗!

액티브 스킬 〈신성화〉의 정보가 동기화됩니다!
일정 시간 동안 당신 주변 일대의 지역에 〈신성화〉 효과가 깃듭니다!
해당 지역에 위치한 악마나 언데드의 힘이 대폭 줄어들며, 일정 수준 이하의
언데드들은 즉시 소멸합니다.
차원을 관장하는 인과율이 당신을 주시합니다.

내 발에서 쏟아져 나간 신성력이 아스팔트 바닥을 물들이
며 뻗어 나갔고, 곧 그 신성력들은 하얗게 빛나면서 어두운
하늘을 빛으로 물들이기 시작했다.

밤하늘에 쏟아져 내리기 시작한 찬란한 광휘.

보는 것만으로 눈이 멀어 버릴 것 같은, 그 찬란하고도 아
찔한 광휘 속에서, 나는 오른쪽 무릎을 꿇은 채로 조용히 기
도를 읊었다.

"저 빌어먹을 놈들에게 당신의 비정한 심판을 내려 주시옵
소서. 사악한 자들의 비참한 최후를 기꺼이 바치겠나이다."

❧

콰지지직—!

"끝이 안 보이네. 씨발! 민수 형! 우리 도대체 언제까지 버
텨야 하냐고!"

"조금만, 조금만 버텨 보자. 아직까지는 버틸 만하잖아."

"도대체 언제까지! 딱 봐도 길드 놈들은 개새끼처럼 영역

다툼 하고 있을 거고, 이능관리부 놈들은 꼼지락대고 있을 게 뻔하잖아! 누가 저 언데드 새끼들 뚫고 우리 구해 주겠냐고!"

"분명히 오실 거야."

"그러니까 누가!"

"기적이."

푸욱-!

구민수는 유재성의 말에 애써 미소를 지으면서 검으로 좀비의 모가지를 베어 버렸다.

그리고 3년이라는 시간 동안 동고동락하면서 함께해 온 동료이자 동생, 유재성을 바라보면서 물었다.

"강령술사 위치 파악은 아직이야?"

언데드 타입의 카오스게이트는 다른 카오스게이트와 차별화되는 특징을 지니고 있었다.

그것은 바로 게이트 코어가 정해져 있다는 점인데, 그것이 바로 강령술사라는 존재다.

죽지 않는 군대를 통솔하는 지휘관, 강령술사.

강령술사의 종류는 수도 없이 다양하다.

가장 미개한 형태라고 할 수 있는 키메라부터 시작해서, 강력한 대인전 능력을 지닌 데스 나이트나 끔찍한 흑마법을 사용하는 리치까지.

강령술사의 종류에 따라서 공략법이 달라지지만, 근본적으로 카오스게이트를 종결짓기 위해서는 답은 하나뿐이었다.

강령술사를 제거하는 것.

카오스게이트의 코어인 강령술사만 제거하면 불사의 군대
는 무너진다.

이 때문에 구민수는 10분 전에 탐색 능력을 지닌 팀의 막
내를 수색 작전에 내보냈지만.

"막내가 아직 안 돌아왔어. 안 돌아오는 건지, 못 돌아오
는 건지."

"……흐음."

아직까지 막내는 돌아오지 못한 듯 보였다.

유재성의 대답에 구민수는 입술을 작게 깨물면서 눈앞을
직시했다.

돌발 게이트가 생성된 지도 벌써 15분째였다.

지금까지는 스켈레톤이나 좀비 같은 저급한 언데드들이
주를 이루고 있었기 때문에, 병원 1층을 중심으로 방어하는
게 가능했다.

거기에 병원 주변에 있던 플레이어 상당수가 병원에 합류
했기에 그나마 견딜 만했던 것이다.

하지만 구민수는 이 균형이 얼마 가지 못할 것이란 걸 알
고 있었다.

'곧 있으면 중급 언데드들이 나타날 거야. 듀라한이 한 구
라도 등장하는 순간에는…….'

불사의 군대는 희생자의 원혼을 동력으로 성장한다.

인구 밀집도가 상대적으로 현저히 떨어지는 시골 지역에 생성된 언데드 타입의 카오스게이트가 손쉽게 토벌되는 이유도 바로 거기에 있었다.

하지만 이곳은 높은 인구 밀집도를 자랑하는 서울이다.

시간을 끌면 끌수록 희생자는 기하급수적으로 늘어날 것이며, 그들의 원혼을 흡수한 불사의 군대는 빠른 속도로 진화할 것이다.

'토벌이야 되겠지.'

아이러니하게도, 이곳은 서울이었으니까.

수많은 A급 헌터들이 이곳에 기반을 두며, 심지어 대한민국 S급 헌터 70프로가 자리를 잡은 곳이었으니까.

아무리 늦어도 3시간 안에 해결될 것이다.

다만.

'여기에 있는 사람이 다 죽고 난 다음에 말이야.'

그때쯤이면 이곳에 살아 있는 생명이란 없을 것이다.

"후우."

도대체 어디서부터 잘못된 건지는 모르겠다.

불과 2일 전 어비스 던전부터 시작해서, 이 돌발 카오스게이트까지.

그가 플레이어로 살아왔던 5년간의 세월 동안 단 한 번도 경험해 보지 못했던 일들이, 고작 사흘 사이에 일어났다.

이걸 과연 우연이라고 치부할 수 있을까?

구민수의 생각이 거기까지 이르렀을 때쯤.

"플레이어 K 님. 옥상으로, 빨리 옥상으로!"

옥상에서 주변 지역을 정찰하는 임무를 맡았던 한 남자가 다급하게 구민수를 불렀다.

남자의 표정은 하얗게 질려 있었고, 목소리는 잔뜩 떨리고 있었다.

구민수는 군말 없이 남자를 따라 옥상으로 향했다.

그리고 그곳에서 그는 어째서 정찰을 내보낸 막내가 돌아오지 못했는지를 깨달을 수 있었다.

"저건……."

헤아릴 수 없는 공포가 당신을 향해 다가오고 있습니다.
교만의 추종자, 리치 라키아스가 모습을 드러냅니다!
카오스게이트의 코어를 발견하셨습니다!

주위에 있는 모든 생명체의 뇌리에 두려움을 심어 넣으며, 존재만으로도 모든 언데드들을 고양시키는 최상위 언데드.

리치.

데스 나이트와 함께 최악의 지휘관으로 꼽히는, 존재만으로도 끔찍한 재앙.

그것은 셀 수 없이 많은 언데드 사이에 있었으나, 그 누구도 그것이 리치라는 것을 부정하지 못했다.

"……끝이야."

"흐으으윽."

옥상에 있던 모두가 침묵하는 속에서 절망은 빠르게 번져 나갔다.

구민수는 리치가 뿜어내는 묵빛의 오오라를 마주하면서 어떻게든 수를 떠올리려 했지만, 곧 빠르게 포기할 수밖에 없었다.

저건 불가항력이다.

S급에 도달하지도 못한 헌터 따위가 감히 엄두를 낼 만한 상대가 아니다.

"그래도 뭐 어쩌겠어?"

하지만 그렇다고 가만히 서서 죽어 줄 생각은 없다.

기적은 분명히 일어날 것이다.

2일 전, 여신의 기적이 임했던 바로 그 순간처럼.

구민수는 손에 들고 있던 검을 잠시 내려 두고 손을 모았다.

살면서 기도를 단 한 번도 해 보지 않았지만, 왜인지 지금 기도하지 않으면 다시는 기회가 없을 것 같았다.

어떤 기도를, 어떻게 해야 하는지도 잘 모른다. 그래서 그는 그냥 지금 머릿속에 떠오르는 말을 조용히 읊었다.

"이곳에 있는 이들을 불쌍히 여기소서."

파아아앗-!

우연이었을까.

그가 나지막하게 기도를 읊은 순간.

어둠으로만 들이찼던 밤하늘에 알 수 없는 빛이 번져 가기 시작했다.

"저건……."

"아아."

구민수는 그 찬란한 광휘를 바라보면서 더 이상 말을 잇지 못했다.

그리고 그런 그의 귓가에, 이제는 익숙해진 누군가의 목소리가 들려왔다.

"그 기도, 분명히 들렸습니다. 고생하셨습니다, 형제님. 이 사람들은 형제님이 살린 겁니다."

콰아아아아아아아앙!

기적이 그의 기도에 응답했다.

❖

여러모로 운이 좋았다.

민수 씨가 때에 맞춰서 기도를 해 준 덕분에 곧바로 민수 씨의 위치를 찾을 수 있었고.

내심 걱정이었던 〈인과율〉에 관한 문제도 고민할 필요 없이 해결되었다.

나는 눈앞에 떠오르는 시스템 메시지 창을 닫으면서 조용히 전방을 주시했다.

"너였구나."

이 지역에 들어오자마자 느껴졌던 거대한 마성(魔性)의 정체.

사악한 마기로 강화된 스켈레톤과 좀비 뒤에서, 듀라한 8구의 호위를 받으며 고고히 지상을 내려보는 최상위급 언데드.

리치.

녀석이 나를 바라보면서 안광을 번뜩이고 있었다.

그리고 잠시 후.

음산한 목소리가 내 귓가에 울려 퍼지기 시작했다.

네놈. 귀찮은 힘을 지니고 있구나.

머릿속을 울리는 듯한 기괴한 목소리.

사실, 저건 목소리라고 부르기에도 애매한 개념이다. 리치들은 발성기관이 없으며, 어디까지나 마력을 공명시켜서 의사를 전달하기 때문이다.

하지만 이미 늦었다. 이 땅은 곧 위대한 교만을 위한 제물이 될 것이다. 그 어떤 빛도 그분의 어둠을 밝힐 수 없노라.

"지금까지 아무도 몰라줘서 섭섭했었는데, 좀 감동이다. 맞아. 정답이야."

나는 녀석의 목소리에 한쪽 입꼬리를 비릿하게 올리면서 앞으로 걸어갔다.

그러자 곧 병원 앞 거리를 가득 메우던 언데드들이 나를 향해 몰려들기 시작했다.

어디서 신격을 빌려 왔는지는 몰라도, 고작 이 정도의 신성력으로는 내 군단을 이겨 낼 수는 없다. 특별히 네놈의 시체는 내가 친히 모독해 주마. 그리고 내 군단의 선봉에 세워 주도록 하지.

카오스게이트 일대의 대지에는 이미 내 신성력이 깃든 상태였다.

그리고 이쪽으로 오면서 하급 언데드들이 소멸하고 있는 것도 두 눈으로 확인했다.

하지만 이 거리에 있는 언데드들은 큰 영향을 받지 않는 듯 보였다.

한마디로 외곽 지역에 있는 어중이떠중이들과는 다른, 저

리치 놈의 본대라는 뜻이었다.

만약 내가 조금이라도 늦었다면 저 병원에 있던 사람들은 전부 이 녀석들에게 쓸려 나갔을 거다.

그래서 다행이다.

"고생은 덜었네."

귀찮게 찾아다닐 필요가 없어졌으니까.

액티브 스킬 〈신성불가침〉의 정보가 완벽하게 동기화됩니다!

신성불가침

종류: 액티브

설명: 일정 반경 안에 들어온 모든 마기를 소멸시킨다.

내 몸에서 흘러나간 신성력은 족히 수천은 되어 보이는 언데드들을 순식간에 집어삼킨다.

……이건.

마기는 언데드의 필요조건이다. 마기를 잃어버린 언데드는 더 이상 언데드로서 존재할 수 없다.

파스스슥―.

파도가 쓸고 지나간 자리에는 좀비의 괴성도, 구울의 흉포한 하울링도 없었다.

그곳에는 오로지 검은 잿가루만 휘날렸다.

나는 그 잿가루 속을 조용히 걸어갔다.

리치를 호위하고 있던 듀라한 역시 언데드의 숙명으로부

터 자유로울 수 없었다.

파스스ㅡ.

녀석들은 아무런 저항도 하지 못한 채 먼지로 흘러내렸고, 결국 오직 리치만이 그 잿가루 속에서 유일하게 형체를 보존했을 뿐이었다.

아까까지만 해도 오만하게 나를 내려다보던 리치의 모습은 더 이상 없었다.

수천의 군세를 한순간에 잃어버린 리치가 곧바로 발악을 시작했다.

우리의 숙명은 이루어져야만 한다. 고작, 고작 신의 노예에게 농락당할 수는 없다.

녀석의 몸에서 흘러나온 사악한 저주가 순식간에 주변을 잠식한다.

강령술을 사용하는 녀석들 중 리치만이 사용할 수 있는 죄악.

주변의 모든 것을 저주로 물들이며, 오로지 죽은 자들만의 공간을 구축하는 고위 흑마법.

네크로폴리스(Necropolis).

해당 지역의 인과율이 심각할 정도로 뒤틀립니다!

카드드드득ㅡ!

리치의 저주가 빛을 갉아먹으면서 뻗어 나간다.

피로 물든 아스팔트 바닥도, 드문드문 불이 켜져 있던 건물도.

그 강력한 저주에 닿자마자 기괴하게 뒤틀렸고, 곧 그 사이에서 다시 한번 언데드들이 몸을 일으켰다.

리치는 끔찍한 저주를 몸에 두른 채로 나에게 말했다.

네놈이 모시는 무능한 신은 너를 죽음으로부터 구원해 주지 못한다.

나는 음산한 리치의 음성에 그저 실소를 지었고, 녀석은 곧바로 나를 향해 사악한 저주를 쏟아부었다.

죽어라.

리치의 끔찍한 마기에서 태어난 저주가 나를 향해 쏟아져 내렸다.

산 자를 순식간에 사자의 군대로 편입시켜 버리는 강대하고도 간악한 저주.

그러나 그 저주는.

사르르륵-.

내 주위를 밝히는 빛에 흔적도 없이 사그라들었다.

"무슨 말을 하나 궁금해서 살려 줬는데, 이렇게 남의 사유지에 똥을 싸 대면 안 되지. 배변 훈련이 잘못되었구나. 네 주인이 훈련 안 시켜 주던?"

네 이노오오오-.

"이제 그만 내려와라. 목 아프다."

나는 그렇게 말하면서 가볍게 손가락을 튕겼고, 곧 하늘에서 나를 내려다보던 리치가 볼품없이 아스팔트 바닥 위로 떨어졌다.

녀석의 몸에서는 검은색 잿가루가 피 대신 흘러내렸다.

그리고 나는 오른손에 녀석의 목을 쥔 채로 천천히 들어 올렸다.

끼아아아아악!

리치는 내 팔을 타고 본인의 몸속으로 흘러 들어간 신성력에 비명을 내질렀다.

고통을 느끼지 못한다는 언데드였지만 그건 어디까지나 신체적인 고통일 뿐이다.

영혼이 통째로 불타오르는 고통은 피해 갈 수 없었다.

우리 운명은…… 이게 아니었는데…….

"운명은 살아 있는 자의 것이지, 너희 같은 시체 새끼들이 쓸 만한 단어는 아니란다."

내 저주는 내가 죽더라도 대지를 좀먹을 것이다. 이곳은 곧 망자의 도시가 되어 네 동족들에게 절망을……

녀석의 말이 맞다.

네크로폴리스가 한 번 전개된 이상, 그 대지는 죽음에 잠식된다.

그 무엇도 살 수 없는 불모지, 모든 생명체를 언데드로 만

들어 버리는 저주의 땅.

 가만히 내버려 두면 녀석의 말대로 이 일대는 끊임없이 언데드를 생산하는 지옥이 될 터였다.

 하지만 내가 그 꼴을 눈앞에서 가만히 지켜볼 리가 있나.

 이 상황에 아주 적합한 스킬이 하나 있었다.

 에덴에서조차 자주 사용하지 않았던 스킬이었지만, 이번만큼은 어쩔 수 없을 것 같다.

 내가 그 스킬을 에덴에서 자주 사용하지 않았던 이유는 딱하나뿐이었다.

 아찔할 정도로 화려했고, 나에게는 너무나도 오글거렸기때문이다. 그러나 지금과 같은 상황에는 그것만 한 스킬도없었다.

 나는 언제부턴가 저 멀리서 나를 지켜보고 있던, 흰색 로브를 입은 자들을 바라보면서 말했다.

 백명교라고 했던가.

 "이 정도면 충분히 알아먹었겠지?"

 ……그래, 네놈이었구나. 선발대를 전멸시킨 게 바로 네놈이었어. 네놈이 감히 위대한 분의 계획을…….

 "아, 미안. 이번엔 너한테 한 말은 아니었거든."

 끼아아아아아아아악-!

 끝없이 불어난 신성력에 리치의 몸이 비명과 함께 바스러졌고, 나는 그 흰색 로브의 집단을 향해 나지막한 목소리로 말했다.

"기대해도 좋아. 앞으로 정말 재밌어질 거니까."

그리고 잠시 후.

액티브 스킬 〈정화의 날개〉의 정보가 동기화됩니다.
인과율이 당신의 힘을 잠시 묵인합니다.
주변 일대의 마기를 정화합니다.

새하얗고 거대한 여덟 장의 날개가 내 몸에서 뻗어 나갔다.

나를 중심으로 끝도 없이 주변으로 뻗어 가는 날개.

그리고 그 날개에 이끌려 건물 사이에서 걸어 나오기 시작한 시민들.

나는 그런 그들을 바라보면서 씁쓸한 말투로 중얼거렸다.

"이젠 나도 모르겠다."

그렇게 나의 극적인 쇼케이스가 시작되고 있었다.

우리교황님좀
말려주세요

쇼케이스

리치의 소멸로 카오스게이트가 마무리된 후.

나에게 있어서 어쩌면 게이트 토벌보다 더 중요할지도 모르는 시간이 찾아왔다.

"그럼 10월 17일 오후 11시, 긴급 기자회견을 시작하도록 하겠습니다. 가장 먼저 이능관리부 특수조사국 2팀의 김동식 팀장이 현 상황에 대한 간략한 브리핑을 해 드리도록 하겠습니다."

좌르르르륵-!

곳곳에서 카메라의 셔터가 눌리는 소리와 함께 본격적인 기자회견이 시작되었다.

그리고 내 옆에 앉아 있던, 피곤한 기색이 역력한 김 팀장이 발표를 시작했다.

"안녕하십니까, 국민 여러분. 이능관리부 특수조사국 2팀의 김동식 팀장입니다. 발표 시작하도록 하겠습니다."

김 팀장은 살짝 경직된 목소리로 말을 이어 갔다.

"게이트 토벌 과정은 다음과 같습니다. 오후 9시 32분경 게이트의 출현이 확인되었으며, 9시 37분에 이능관리부의 비상대응팀이 현장에 도착하였고 해당 지역 통제와 시민 대피 작전을 진행하였습니다. 그리고…… 9시 55분. 현장에 도착한 김시우 각성자에 의해, 카오스게이트의 코어였던 리치가 소멸함으로써 상황이 해제되었습니다."

타다다다닥-.

김 팀장의 말에 기자들이 빠르게 노트북을 두드린다.

밤 11시라는 늦은 시간에 진행되는 기자회견이었지만, 그럼에도 불구하고 임시 기자회견장은 기자로 가득 차 있었다.

심지어 국내 기자들뿐만이 아니었다.

미국, 중국을 비롯한 외신 기자들도 곳곳에 자리 잡은 채로 기자회견을 지켜보는 중이었다.

그들 중 대부분은 키보드를 두드리면서도 시선을 나에게 고정해 둔 상태였다.

김 팀장은 잠시 말을 멈추고 나를 조심스럽게 쳐다보았다.

나는 김 팀장의 시선에 가볍게 고개를 끄덕였다.

그러자 김 팀장이 곧바로 발표를 이어 가기 시작했다.

"카오스게이트의 토벌 과정에 대한 브리핑은 이걸로 마치며, 피해 현황에 관한 내용은 추후 보도 자료로 배포하도록 하겠습니다. 그렇다면 이제 국민 여러분들이 기다리고 계셨을 내용에 관하여 말씀드리도록 하겠습니다."

임시 기자회견장이 쥐 죽은 듯 조용해졌다.

늦은 시간에 열린 기자회견이었음에도 불구하고 사람이 많이 모였던 이유.

1시간 전부터 미튜브와 각종 SNS에 퍼져 나가기 시작한, 믿을 수 없는 영상들.

지금 기자회견에서 밝혀지는 건, 바로 그 영상의 주인공인 나에 대한 이야기였으니까.

김 팀장은 조용해진 기자회견장을 한 번 훑어본 다음, 그 어느 때보다 진중해진 목소리로 말했다.

"지금부터 발표하는 내용은 이능관리부를 포함한 대한민국 정부의 공식 입장임을 미리 밝히는 바입니다."

좌르르르륵—!

다시 한번 셔터가 눌린다.

기자회견장 안에 있던 모든 카메라들이 나를 향해 집중된다.

"김시우 각성자는 10월 12일 오전 11시 42분경, C-42 게이트로 명명된 여의도 한강공원 게이트를 통하여 지구로 귀환하였습니다. 얼마 전 각종 SNS에서 화제를 끌었던 여의도 한강공원 영상의 주인공이기도 합니다."

조용했던 기자회견장이 순식간에 소란스러워지기 시작한다.

곳곳에서 기자들이 손을 들어 발언권을 요구했지만, 김 팀장은 그들의 질의를 잠시 무시하며 발표를 이어 나갔다.

"또한 김시우 각성자는 최소 디재스터급 이상의 힘을 지니고 있는 걸로 추정되고 있으며, 그 힘의 크기는 아직까지 저희도 정확하게 측정하지 못했습니다."

얼핏 두루뭉술하게 들릴 수도 있는 김 팀장의 말에 참고 있던 기자들 중 일부가 불만을 토로하며 소리쳤다.

"측정이 안 된다는 것이 도대체 무슨 이야기입니까?"

"분명 1달 전까지만 해도 대한민국 이능관리부의 각성자 탐지 능력은 세계 제일이라고 발표하지 않았습니까!"

"질문을 막지 말아 주십시오!"

그러나 곧 그들은 주위에 있던 다른 기자들과 이능관리부 직원들에 의해 제지되었고, 김 팀장은 소란이 다소 잠잠해지자마자 카메라를 똑바로 쳐다보면서 말했다.

"저희는 현재까지 김시우 각성자가 보여 준 이능이 마력과는 전혀 상관없다라는 결론에 도달할 수 있었습니다. 이 때문에 비밀리에 국가안전보장회의를 소집하였고, 만장일치로 규격 외 등급 판정을 내리게 되었습니다."

그 발표에 기자들의 표정이 경악에 물들었다.

김 팀장은 그런 기자들의 표정에 슬며시 미소를 짓더니, 밝은 얼굴로 발표를 마무리했다.

"현 시간부로 대한민국이 이레귤러 보유국임을 선언합니다."

"질문 있습니다!"

"이레귤러인 건 확실합니까?"

수많은 기자가 아우성을 쳤지만 김 팀장은 아무런 질의도 해 주지 않은 채로 발표를 끝냈다.

그는 본인 앞에 놓여 있던 마이크의 전원을 끄더니, 곧 나를 바라보면서 말했다.

"저희 측의 발표는 모두 끝이 났습니다. 이제 시우 님께서 하시고 싶으신 이야기를 하셔도 괜찮습니다."

"혹시 가이드라인 그런 거 있을까요? 리멘 교단을 대한민국의 국교로 세우겠다, 우리를 믿지 않으면 반드시 지옥으로 간다, 이런 이야기 해도 됩니까?"

"……그건 좀."

"농담입니다. 그렇게 하라고 시켜도 안 할 거예요."

지금까지는 아주 완벽한 쇼케이스였다.

김 팀장의 쇼맨십이 마음에 들었고, 나를 향한 사람들의 관심도 마음에 들었다.

그리고 상황이 아주 잘 흘러가고 있다는 건.

시스템 메시지도 증명해 주고 있었다.

나는 슬며시 웃음을 지은 다음, 나를 향한 수많은 기자와 카메라의 시선을 마주했다.

크게 긴장되지는 않는다.

이래 봬도 에덴에서는 수만 명이 모인 광장에서도 연설을 해 본 적이 있던 몸이다.

그리고 이미 지구에서 어떤 식으로 이야기해야 할지도 여러 번이나 생각해 봤다.

미디어를 겁낼 이유도, 겁낼 생각도 없었다.

그렇기에 나는.

"반갑습니다. 리멘 교단을 이끌고 있는 김시우라고 합니다."

아주 나지막한 목소리로, 나와 앞으로의 내 미래에 있어서 가장 중요한 한마디를 내뱉었다.

✤

내가 마이크를 잡은 이후 수많은 질문이 몰려들었다.

초반에 이어진 질문들의 내용은 이능관리부에서 나를 처음 조사했을 때와 크게 다르지는 않았다.

그래서 그냥 사전에 준비해 왔던 대로 말해 줬다.

에덴이라는 세계에서 왔고, 그곳에서 교황으로 있었고, 대충 어떤 일들을 겪었었는지.

그러나 그 질문들은 그렇게 오래 이어지지는 않았다.

"시간 관계상 마지막 질문을 받도록 하겠습니다."

내가 살짝 피로해 보였는지, 사회자가 빠르게 질문의 개수를 제한한 것이다. 만약 사회자가 그러지 않았다면 아마 질문 때문에 날을 새웠을 것이다.

그리고 사회자가 그렇게 나오자 기자들은 비상이 걸렸다.

기자들이 주로 관심을 두었던 건 과거의 이야기가 아닌, 앞으로 내가 이루어 나갈 일들이었기 때문이다.

그래서 너도나도 경쟁적으로 손을 들었고, 나는 그들 중에서 가장 도발적인 눈빛으로 나를 쳐다보던 사람에게 발언권을 주었다.

그러자 그 기자는 자리에서 벌떡 일어나면서 요원이 건네주는 마이크를 잡아 들었다.

"대한일보의 조성하 기자입니다. 지금까지의 이야기를 들어 보면, 에덴이라는 세계에서 교단을 운영하신 셈인데, 그렇다면 지구에서도 교단을 운영하실 생각이십니까?"

나는 그의 말에 고개를 끄덕이면서 대답했다.

"그럴 계획에 있습니다."

내 대답에 질문을 한 그 기자는 먹이를 물었다는 듯, 곧바로 달려들기 시작했다.

"그 말은 대한민국 정부가 공식적으로 인정한 이레귤러가 국민들에게 종교적인 신념을 강요할 것이라는 말로 해석해도 되겠습니까?"

분명히 무례한 질문이었다.

내 옆에 있던 김 팀장이 얼굴이 하얗게 질릴 정도였으니 말이다.

하지만 나는 오히려 그 질문이 반가웠다.

5년이라는 시간이 지났음에도 기자들이 여전할 거라고 생각했는데, 그 생각이 정확하게 들어맞았기 때문이다.

그리고 이미 저런 질문을 예상하고 모범 답변도 준비해 왔다.

"왜 제가 종교적인 신념을 강요할 것이라고 생각합니까?"

"구로구 카오스게이트에서 보여 주셨던 모습은 그저 포교 활동을 위한 과시로밖에 보이지 않습니다. 또한 이렇게 공식적인 석상에서 이세계의 교단에 관한 이야기를 하는 것은 오히려 국민들에게 반감을……."

"한 가지만 확실히 하고 가겠습니다."

나는 기자의 말을 끊으면서 말했다.

"저는 여러분들에게 믿음을 강요하지 않을 것입니다."

내가 에덴에서 10년을 살고 왔지만, 결국 한국에서 자란 한국인이다.

그렇기 때문에 대한민국에서 종교가 지니는 부정적인 이미지에 대해서도 잘 알고 있다.

신앙이라는 건 강요해서는 안 된다.

게다가 따지고 보면 리멘이라는 신은 이 세상에 없던, 정말 미지의 신이다. 그런 신을 믿으라고 강요하면 악효과만 날 것이 불 보듯 뻔하다.

그래서 내가 한 선택은.

"저는 앞으로 여러분들과 소통하고, 그저 보여 드리기만 할 겁니다. 그리고 제가 보여 드린 것들을 믿고 안 믿고는 어디까지나 여러분들의 몫입니다."

다른 사람들에게 선택의 주도권을 넘기는 것이었다.

강요받은 신앙은 의미가 없었으니까.

나는 나에게 질문을 던졌던 그 기자를 향해 더욱 짙게 웃어 주면서 대답을 마무리 지었다.

"누군가의 신앙을 담보로 무언가를 거래하는 건 장사치나 하는 짓이니까요."

내 대답에 결국 그 기자는 불만스럽다는 표정으로 마이크를 내려놓을 수밖에 없었다.

본인이 기대했던 대답이 아닌 모양이다.

사회자는 그 기자가 발언권을 내려놓은 걸 확인하자마자 곧바로 기자회견을 마무리하기 위해 마이크를 들었다.

"이상 오늘 긴급 기자회견을 마치도록 하겠습니다. 김시우 각성자에 대한 보도 자료는 익일 오전 9시에 배포하도록……."

사회자의 말과 함께 기자회견이 슬슬 마무리되어 가던 분위기였다.

무심하게 기자들 쪽을 바라보고 있던 나는 그 누구보다 간절한 눈빛으로 나를 쳐다보고 있던 기자 한 명을 발견할 수 있었다.

그건 뭐랄까, 다른 기자들과 전혀 다른 느낌의 간절함이었다. 민수 씨가 보여 줬던 것과 닮았다고 해야 하나?

그래서 나는 한 번만 변덕을 부리기로 했다.

"사회자님, 혹시 저기 저 기자분한테 질문 하나만 더 받아도 되겠습니까?"

"물론입니다."

"저기, 둘째 줄에서 맨 왼쪽에 계신 기자분."

내 변덕에도 이능관리부 직원들은 곧바로 내가 지목한 기자에게 마이크를 건네주었다.

마이크를 건네받은 기자는 곧바로 자리에서 일어서더니,

감격스러운 표정과 함께 질문을 시작했다.

"이렇게 질문할 기회를 주셔서 정말, 정말 감사합니다. 세종일보의 서태호 기자라고 합니다."

"반갑습니다."

"리멘 교단에 관해 개인적으로 큰 관심이 생겼습니다. 혹시 차후에 어떤 식으로 활동을 해 나가실 건지 여쭤보고 싶습니다."

그건 이미 푹 빠져 버린 눈빛이었다.

게다가 아주 좋은 질문이었기 때문에 나는 만족스럽게 웃으면서 대답해 줬다.

"시작은 미튜브로 해 볼까 합니다. 많은 분에게 친숙한 매체를 통하여 자연스럽게 다가갈 생각입니다."

"혹시 따로 미튜브 채널이 개설되어 있을까요? 개설되어 있다면 채널명을 알려 주십시오."

그 질문에 나는 잠시 뜸을 들였다.

그리고 전방에 배치되어 있던 카메라들을 바라보면서 부드럽게 말했다.

"아직까지 채널은 개설하지 않았습니다만, 여러분들께서 저희 리멘 교단의 미튜브 채널명을 지어 주시는 것도 좋을 것 같네요. 그렇게 된다면 리멘께서 정말 기뻐하실 겁니다."

"답변 감사합니다! 꼭, 꼭 참여할 수 있도록 노력하겠습니다!"

이쯤 되면 기자회견이라기보다는 신앙 고백에 가까운 것 같은데.

아무튼.

기자회견장에서 등장한 그 예비 광신도 기자의 도움 덕에 나는 준비해 왔던 말을 다 끝낼 수 있었고.

"그럼 이것으로 긴급 기자회견을 마치도록 하겠습니다."

나와 리멘 교단의 역사적인 첫 쇼케이스가 성공적으로 막을 내렸다.

그리고 기자회견을 끝낸 내 눈앞에, 셀 수 없이 많은 메시지 창이 떠오르기 시작했다.

서브 퀘스트 〈선포〉를 완료하셨습니다! 〈DLC 특성 무료 선택권〉이 보상으로 주어집니다.
리멘 교단을 믿는 신도의 숫자가 1만 명을 돌파하였습니다!
메인 퀘스트 〈교단 창설〉을 완료하셨습니다.
DLC 상점에서 구매가능한 품목의 숫자가 증가합니다.

-주목할 만한 특성: 〈세례〉
-주목할 만한 특수 직분: 〈선교사〉
새로운 메인 퀘스트 〈교세 확장〉이 생성됩니다. 자세한 정보는 퀘스트 메시지 창을 통해 확인하십시오.

무언가, 분명히 무언가가 일어나고 있었다.

길고도 소란스러웠던 밤이 지났고, 여지없이 아침이 밝았다.

우리 동네에 내려졌던 대피령은 이미 해제되었다.

내가 이미 깔끔하게 게이트의 흔적을 지워 버렸기 때문이다.

이능관리부의 안가에서 밤을 보낸 우리 가족은 다음 날 점심이 돼서야 집에 돌아올 수 있었다.

일단, 지난밤 동안 일어났던 가장 큰 변화를 꼽자면 바로 다음과 같다.

리멘 교단
● 주신(主神): 태초의 여신 – 리멘
● 출신 차원계: 에덴
● 신도 수: 16,422명
–보유 특성–
〈자애(慈愛) Lv.1〉
–산하 집단–
해당 사항 없음
★보유 신성 점수: 2,500점
*현재, 당신의 교단은 빠른 속도로 유명세를 타고 있습니다.
**하지만 아직까지 유명세를 신앙심으로 이끌어 내지는 못했습니다.
현재 신도들의 지속적인 신앙심과 효과적인 포교 활동을 위해서는 교리를 전파할 필요성이 있습니다.

신도가 눈에 띄게 늘었다.

물론 나에 대한 유명세가 전국뿐만 아니라 전 세계로 퍼져 나가는 마당에 2만 명이면 너무나도 적은 숫자라고 느껴질 수도 있지만, 사실 잘 생각해 보면 굉장히 당연한 결과였다.

당장 스마트폰을 통해서 인터넷의 반응만 보더라도 그렇다.

−지난번에는 디재스터급 귀환자랑 S급 헌터도 세트로 일본에 팔아먹더니, 이제는 하다못해 사이비 교주 새끼를 데려오냐 ㅋㅋㅋㅋ

−이제 우리도 중국 뭐라고 못 할 듯ㅋㅋ 딱 봐도 주작인데, 진짜 갈 데까지 갔구나

−그런데 언데드 타입 게이트 단독 토벌이면 최소 S급은 맞다는 소리 아님?

−비밀리에 정부 측 인원들이 보조했을 거임ㅇㅇ 냄새 씨게 남

−솔직히 한 번만 가지고는 모르겠다…… 근데 뭔가 쟤 사이비 교주같이 생기지 않음?

−사이비 교주보다는 그냥 김정훈 닮음

−김정훈이 ㄴㄱ임

−학창 시절에 나 괴롭혔던 담당 일진 새끼 ㅠㅠ

"인욱아, 형이 그렇게 양아치같이 생겼냐?"

나는 내 옆에서 나와 같이 인터넷 반응을 살피고 있던 인욱이에게 물었다.

내 질문에 인욱이는 잠시 고민하더니, 어깨를 으쓱이면서 대답했다.

"음…… 종교인 같지는 않지?"

"아니, 양아치같이 생겼냐고."

"되게 거리감 없이 생기긴 했어. 종교인 특유의 신성함, 뭐 그런 게 안 느껴진다고 해야 할까?"

이 자식 좀 봐라.

끝까지 대답 안 하네.

부정도 긍정도 안 한다는 건 긍정의 의미라고 받아들이는 게 맞다.

인욱이는 방금 전 본인의 대답이 마음에 걸렸는지 머뭇거리다가 마지못해 대답했다.

"솔직히 형 등에서 날개 돋아났던 거 말고는 형이 엄청 홀리한 느낌은 아니었단 말이야. 날개를 몇 번 더 펼치면 신도가 많이 늘지 않을까?"

"그게 마음대로 되겠냐고."

"……마음대로 안 돼?"

"마음대로 되는 건 맞는데, 마음대로 해서는 안 된다더라고."

"도대체 누가?"

"있어. 심판 같은 놈."

어젯밤의 카오스게이트를 해결하면서 확인할 수 있었던 〈인과율 적합 심사〉.

아직까지 정확하게 파악할 수는 없었지만, 기억을 더듬어 보자면 내가 일정 수준 이상의 기적을 만들어 내면 〈인과율〉이 곧장 심사에 들어가는 개념인 듯했다.

그 심사에서 불합격하면 도대체 어떤 일이 벌어지는지는 잘 모르겠다만, 확실한 건 분명한 페널티가 존재할 것이라는 점이었다.

리멘이 경고했던 대로 특정 상황에서 〈인과율〉이 내 힘을 강제로 제약할 수도 있다는 뜻이기도 했다.

당분간 조심할 필요는 있을 것 같았다.

어제야 뭐 〈인과율〉이 먼저 내 편을 들어 준 셈이지만, 그것이 언제나 내 편이라는 보장도 없으니까 말이다.

아무튼.

리멘으로부터 자세한 이야기를 듣기 전까지는 당분간 〈정화의 날개〉 같은 대단위 신성 스킬은 아낄 생각이었다.

"형은 생각보다 무덤덤하네. 사람들이 안 믿어 주는 게 억울하진 않아?"

"글쎄다."

인욱이의 질문에 나는 피식 웃으면서 대답했다.

우리 교황님 좀 말려 주세요

"사람이란 게 원래 그래. 자기 두 눈으로 직접 보기 전까진 못 믿는 거지. 너 같아도 처음 보는 놈이 기자회견에 나와서 처음 듣는 종교 얘기를 꺼내는데 믿음이 가겠냐?"

"정부에서 인증해 준 거 아닌가?"

"그건 어디까지나 내가 '이레귤러'라는 것에 대해 보증을 서 준 거지, 교단에 대한 보증을 서 준 건 아니잖아."

내가 강력하게 요구했다면, 교단에 관한 공식 인정도 이끌어 낼 수는 있었을 거다.

하지만 그건 아무리 생각해도 얻을 게 없는 거래다.

정부가 정식 종교로 인정한다는 이야기를 해 준다고 한들, 그것이 없는 신앙심을 끌어낼 리가 없다.

게다가 얻은 것도 별로 없는데, 정부에 마음의 빚을 지게 되는 상황까지 가 버린다.

대충 따져 봐도 손해 보는 장사다.

차라리 정부 측에 양보해 줄 건 양보해 주고, 서로 배려해 주는 선에서 타협을 보는 게 훨씬 현명한 선택지였다.

"그래도 이 정도면 나쁘지 않은 시작이지. 오히려 기대 이상이야."

나는 그렇게 말하면서 눈앞에 DLC 상점을 열었다.

그러자 곧 밤사이에 업데이트된 새로운 품목들이 나를 맞이했다.

하룻밤 사이에 DLC 상점도 꽤 많은 부분이 달라졌다.

원래는 2개밖에 없었던 품목의 가짓수가 다양해졌는데, 그중에서도 가장 먼저 별이 달려 있는 품목 두 가지가 눈에 들어왔다.

현재 구매 가능한 품목

【특성】
1. 〈세례(★)〉 Lv.1: 신앙심을 지닌 일반인들을 〈세례식〉을 통해서 플레이어로 각성시킨다. 〈세례식〉은 180일의 재사용 대기시간이 존재하며, 1회당 최대 10명까지 가능하다. 특성의 레벨이 오를수록 〈세례식〉에 참가할 수 있는 인원이 증가한다.
*가격: 1,000DP(특성 무료 교환권 사용 가능)

【특수 직분】
1. 〈선교사(★)〉
●종류: DLC – 직분
●조건: 스킬 〈교리 해석 Lv.10〉 이상 보유
●대표 특성
-〈설교〉: 선교사의 〈신앙〉 능력치에 비례하여, 설교를 듣는 이들의 〈신앙〉 능력치를 영구적으로 증가시킨다. 또한 설교를 듣는 대상이 교단의 신도가 아닐 경우, 입교나 개종의 확률이 올라간다. 이 역시 선교사의 〈신앙〉 능력치에 비례한다.
●구매 비용: 1,500DP

우리 교황님 좀
말려 주세요

"흐음."

하나같이 내가 필요하던 것들이다.

일반인들을 플레이어로 각성시킬 수 있다는 저 〈세례〉라는 특성부터 시작해서, 무엇보다 저 〈선교사〉라는 직분까지.

〈선교사〉는 지난번에 상점에 업데이트되었던 〈이단심문관〉보다 훨씬 나에게 시급한 존재였다.

교단의 세를 확장해 나가기 위해서 필요한 건 유명세뿐만이 아니다.

유명세만 필요한 교단이라면 그게 도대체 팬클럽이랑 뭐가 다를까?

교리란 그 교단의 정체성이다.

그리고 그 교리를 전파하는 선교사들은 교세 확장에 있어서 가장 중요한 역할을 하는 존재들인 것이다.

원래라면 교황인 내가 직접 교리를 전파하는 게 맞지만.

"모르는 걸 어떻게 해."

솔직히 말하자면 교리에 대해서 진짜 단 1도 모른다.

승전 연설이나 가끔씩 해 봤지, 설교는 전부 다 내 밑에 있는 주교들이 알아서 했기 때문이다.

에덴에서는 그들처럼 교단의 신앙적 기반을 지지해 주는 존재들이 있었으나, 이곳에는 없다.

교리도 제대로 설교할 수 없는 교단이라니.

욕을 먹는 사이비들조차 교리는 있겠다.

그런데 여기서 문제는 저 〈선교사〉의 조건이다.

지구인들 중에서 〈교리 해석 Lv.10〉을 지니고 있는 사람이 과연 존재할까?

그렇게 내가 DLC 상점의 품목을 바라보면서 심각한 표정으로 고민하고 있을 때였다.

> 지구에 신도가 늘어남에 따라 당신의 주신에게 허용된 인과율의 범위가 증가합니다.
>
> 당신의 주신이 크게 기뻐하며 〈신탁(神託)〉을 내립니다!

눈앞에 새로운 메시지가 떠오름과 동시에 곧 귓가에 익숙한 목소리가 울려 퍼졌다.

잘 들리지? 시우?

리멘의 목소리였다.

❦

리멘과 이야기를 하다가 낮잠 자는 시연이를 깨울 것 같아서 일단 밖으로 나왔다.

동생 깰까 봐 밖에 나와서 이야기하고…… 시우는 참 자상한 오빠네. 나한테는 별로 안 자상하던데.

"농담도 하는 걸 보니 이번에는 꽤 시간이 여유롭나 보네."

음, 이건 어디까지나 신탁이니까. 지구 시간으로는 15분 정도? 지난번이었으면 힘들었겠지만, 이곳에도 이제 나를 믿는 신도들이 생겼거든.

나는 리멘의 목소리를 들으며 천천히 앞으로 걸어갔다.

산책하는 주민들이 꽤 있었지만, 그들은 그저 조용히 나를 지나칠 뿐이었다.

평상복을 입고 있어서일까?

밖에 나가면 귀찮아지지 않을까 걱정했는데, 다행스럽게도 아직까지는 기우였던 모양이다.

"푸흡."

갑자기 왜 웃어?

"꼴랑 기자회견 한 번 했다고 나 알아보면 어떻게 하나 걱정하는 꼴이 웃기잖아. 이래서 연예인 병이 무섭나 봐."

연예인 병? 내가 치료해 줘야 되는 병이야?

"……그런 게 있어. 그나저나 무슨 일이야?"

지구에서 교단을 꾸려 나가려면 시우한테 도움을 좀 줘야 할 것 같아서. 시우는 그쪽으로는 영 재능이 없었잖아?

에덴에서도 10년 동안이나 느꼈는데, 리멘은 섬세한 구석이 있다.

내가 힘든 부분이나 곤란한 부분이 생기면 항상 이런 식으로 챙겨 주고는 했었다.

나는 리멘의 목소리에 피식 웃으면서 대답했다.

"나보다 전문가들이 많은데 굳이 내가 나설 필요가 있나. 원래 교황은 그런 거야. 실무자들한테 모든 걸 일임하고, 가끔씩 이야기 좀 해 주고."

다른 사제들한테 교리라도 좀 배우지 그랬어.

"지금 네가 나한테 교리를 알려 주는 게 어떨까?"

내 말에 리멘은 곤란한 어투로 대답했다.

미안. 사실 나도 교리는 잘 몰라.

"네가 만든 거 아니야?"

초대 교황은 내가 직접 가르치기는 했는데…… 그때 가르쳐 줬던 건 교리라기보다는, 내 신도가 이렇게 해 줬으면 좋겠다, 이 정도였거든. 그 이후에는 알아서들 해석해서 발전시키더라구. 내가 보기에 참 기쁜 일이라서 그냥 내버려 뒀지.

애초에 해석의 여지도 없을 정도로 해 뒀으면 이런 일은 없었을 거 아니야.

하지만 리멘의 성격을 생각해 보면 그럴듯한 이야기다.

그래서 나는 그녀의 말에 쉽게 수긍할 수밖에 없었다. 그래도 최악의 상황은 아닌 것 같다.

"신난 목소리를 보아하니 해결책도 가져왔나 보네."

티 났어?

"티 안 나는 게 더 이상하지."

시우가 내 마음 훤히 들여다보는 것 같아서 조금은 부끄럽네. 맞아. 해결책을 마련해 왔어. 시우 혼자 고생하게 만들 수는 없잖아.

귀엽기는.

그래, 어디 한번 들어나 보자.

나는 씨익 웃으면서 고개를 끄덕였다.

"해결책이 뭔지 궁금하네."

방금 전에 그쪽 차원의 본 시스템과 거래를 했어. 인과율 적합 심사도 통과했고, 곧 눈앞에 뜰 거야.

리멘의 말대로 잠시 후 눈앞에 새로운 메시지 창이 떠올랐다.

특수 직분 〈선교사〉를 구매할 시, 신성 점수 1,000점을 더 소비하여 〈선교사〉 1명을 〈차원계: 에덴〉에서 파견받을 수 있습니다.

나는 눈앞에 덩그러니 떠오른 메시지 창을 확인하면서 눈을 몇 번이나 깜빡였다.

그러니까, 내가 지금 보고 있는 이 메시지 창이 틀리지 않았다면.

"에덴에서 선교사 하나를 데려온다고?"

웅! 지금으로서는 한 명밖에 못 데려온다는 게 아쉽긴 하지만.

"나를 에덴으로 납치했던 것처럼 사제 한 명을 지구로 납치해 오겠다, 이 말이야?"

나를 에덴으로 납치했던 장본인이, 이번에는 에덴에서 지구로 납치를 해 오겠다는 뜻이잖아.

내 말에 리멘은 억울하다는 듯이 항변했다.

시우의 경우는 납치……에 가깝긴 했지.

"너 그거 습관적 납치야."

그런데 이번에는 진짜 억울해! 진짜 자발적으로 모인 사람들 중에서 뽑은 거라니까?

……뽑아?

"이미 정했다는 거야?"

당연하지. 시우만 동의하면 바로 내일 카오스게이트를 통해서 넘어올 수 있어.

아니 무슨 로켓 배송도 아니고, 선교사가 익일 특급으로 차원을 넘어온다는 거야.

하지만 여기에서 내가 선택할 수 있는 여지가 없었다.

찬밥 더운밥 가릴 때가 아니란 말이지.

"구매한다."

나는 더 길게 생각하지 않고 곧바로 DLC 상점을 열어서 〈선교사〉 직분을 구매했다.

그러자 곧 눈앞에 메시지 창이 떠올랐다.

신성 점수 2,500점을 소모하여 특수 직분 〈선교사〉를 구매하셨습니다!
〈최초의 선교사〉가 교황의 부름을 받아 차원을 넘어올 것입니다.
지정된 〈카오스게이트〉의 좌표를 확인하십시오.

맞다.

가장 중요한 걸 안 물어봤네.

"그래서 넘어오는 사람은 누군데? 당연히 내가 잘 아는 사람일 거 아니야."

내 질문에 리멘은 즐거워 죽겠다는 목소리로 대답했다.

선물이란 게 원래 내용물을 알고 받으면 별로 재미없잖아. 선물을 까는 맛이 있어야지.

"너 그런 거 누구한테 배웠냐?"

누굴까?

……아무래도 내 업보인 모양이다.

도대체 어떤 놈이 지구로 오는 걸까.

❀

리멘이 직접 선교사를 파견해 주기로 약속한 덕에 모든 문제가 해결될 거라고 생각했다.

하지만 문제는 예상하지 못했던 곳에서 발생했다.

"시우 님, 이곳 게이트는 이미 낙찰이 된 상태라서…… 저희 쪽에서 적극적으로 도와드리기는 좀 힘들 것 같습니다."

"좀 아쉽네요."

"협조를 부탁한다는 공문을 보낼 수는 있습니다. 하지만 이미 소유권이 민간 측에 넘어가기도 했고, 무엇보다 저쪽에서 이미 대금을 지불했습니다."

이곳은 지난번에 백명교에 관한 이야기를 나누었던 우리 동네의 어느 카페.

이곳에서 김 팀장은 난처하다는 표정을 지으면서 본인의 태블릿 PC를 들여다보는 중이었다.

"안양에 등장하는 이 C-51번 게이트는 이미 5일 전에 경매가 끝난 게이트입니다. 그걸 이제 와서 갑자기 회수할 수는 없습니다. 그랬다가는 전국 각성자 연합회에서 강력하게 반발할 수도 있고요."

"제가 혼자 게이트를 정리하고 부산물도 다 준다고 해도 안 됩니까?"

"아시다시피 소형에 C급 위험도 판정을 받은 카오스게이트는 각성자들의 훌륭한 성장 동력이 되어 줍니다. 그렇기 때문에 자금력이 있는 대형 길드들에서는 적극적으로 경매에 참여하는 겁니다."

한마디로 레벨을 올리기 위해서 경매에 뛰어든다는 얘기였다.

시스템을 총괄하는 개념의 〈레벨〉은 존재하지 않았지만, 〈스킬 레벨〉이나 〈능력치 레벨〉은 존재하고 있었으니까.

나 역시 에덴에서 마수와 마족들을 잡으면서 자연스레 레벨이 올랐던 경험이 있었기 때문에 그다지 이해하기 힘든 이야기는 아니었다.

나는 고개를 끄덕이면서 물을 한 모금 마셨다.

"곤란한데요."

"시우 님께서 단순히 게이트를 토벌하고 싶으신 이유라면 저희가 아직 경매가 시작되지 않은 게이트의 토벌권을 드릴 수는 있습니다."

"그러니까 이게…… 하아."

리멘이 나를 위해서 에덴의 선교사를 이쪽 세계를 파견해 주는 것까지는 좋았다.

마침 나도 나 대신 설교를 해 줄 존재가 필요했으니까.

그런데 왜 하필이면 주인이 있는 게이트를 통해서 배달이 오는 걸까.

"C-51 게이트의 낙찰자인 도깨비 길드는 한국에서 파워 랭킹 4위에 속하는 대형 길드입니다. 해외 파견 업무도 자주 수행할 정도로 국제적인 지명도도 있고, 유선 그룹을 스폰서로 두고 있는 중이라 자금력도 상당하죠."

김 팀장의 설명을 간단하게 정리하자면, 한마디로 힘이 있는 길드란 뜻이다.

이미 인욱이로부터 길드라는 집단에 대한 설명도 충분히 들었다.

플레이어들이 주축이 되는 이익집단으로서, 플레이어를 중심으로 재편된 새로운 사회구조에서 핵심적인 역할을 수행하는 집단.

물론 길드라고 해서 전부 헌터들만 모여 있는 건 아니라고 했다.

헌터들이 사용하는 장비들을 제작할 수 있는 생산 계열 플레이어들이 모인 길드부터 시작해서, 다양한 개성을 지닌 길드들이 있다던가.

그래, 뭐 길드 같은 게 이 세상에 있다는 게 이해가 안 간다는 게 아니다.

문제는 왜 하필이면 그 길드란 놈들 중에서 4위나 되는 놈들이, 내가 가야 할 게이트를 낙찰받았냐는 거다.

재수도 더럽게 없지.

"도깨비 길드가 최근에 공채를 통해서 신입 직원들을 받았습니다. 그래서 아마 C-51 게이트를 통해서 신입 교육을 할 생각인 것 같습니다."

김 팀장은 빠르게 현 상황에 대해서 간단하게 정리해서 알려 준 다음, 조심스러운 목소리로 나에게 물었다.

"혹시 왜 굳이 C-51 게이트여야만 하는지에 대해서 물어봐도 되겠습니까?"

나는 김 팀장의 질문에 그냥 솔직하게 대답했다.

"그 게이트를 통해서 넘어와야 할 사람이 있습니다."

"……사람이요? 또 다른 귀환자입니까?"

"귀환자는 아닌데, 외계인? 이계인? 그렇게 부르면 될 것 같네요."

김 팀장은 내 말에 할 말을 잃은 모양이다.

눈을 끔뻑거리면서 나를 보기만 하더니, 본인 앞에 놓여 있던 에스프레소를 단번에 비우고 나서야 말을 이어 갔다.

"제가 잘못 들은 게 아니라면, 이계인이 게이트를 통해서 지구에 도착한다. 맞습니까?"

"아주 잘 들으셨습니다. 지구에서의 선교 활동을 위해 에덴으로부터 선교사 한 명이 이쪽으로 파견될 예정이거든요."

"……종족은요? 혹시 인간이 아닌 이종족입니까?"

"저도 잘 모릅니다. 제가 모시는 분께서 비밀이라고 하시더라구요."

"아."

다시 한번 김 팀장이 말을 잃었다.

진짜 모르는 걸 어떻게 해?

나는 할 말을 잃은 김 팀장에게 넌지시 질문을 던졌다.

"지구에도 이종족이 있나 봐요?"

내 질문에 김 팀장은 고개를 끄덕이면서 손가락으로 위쪽을 가리켰다.

"당장 차를 타고 2시간만 가도 만나 볼 수 있습니다."

"어디서요?"

"휴전선만 넘어가셔도 쉽게 발견하실 수 있을 겁니다."

"아, 북한에 있나요?"

"정확하게는 '북한이었던 곳'에 있습니다. 저희는 그 땅을 '잃어버린 땅', 그렇게 부르곤 합니다. 그곳은 이미 아주 다양한 이종족들에게 점령당했거든요. 따지고 보면 그들도 이계인 아니겠습니까?"

맞는 말이다.

굳이 이계의 인간이 아니더라도, 이계에서 넘어온 인격체들이라면 이계인이라고 부르는 게 맞는 것 같다.

"문제는 게이트를 통해서 지구에 나타났던 인격체 모두가 인류에게 적의를 드러냈었다는 겁니다. 따라서 게이트에서 등장한 인격체는 몬스터로 취급합니다. 그러니까, 시우 님께서 말씀하신 그 '선교사'라는 존재는……."

"도깨비 길드인가 뭔가 하는 친구들이 보면 무조건 전투가 벌어질 거란 뜻이네요?"

"그럴 겁니다. 특히, 인간형 몬스터들은 경험치와 보상이 엄청난 편이거든요."

이쯤에서 의문점 하나가 고개를 든다.

나는 미간을 살짝 찌푸리면서 김 팀장에게 물었다.

"귀환자들도 따지고 보면 카오스게이트에서 넘어온 인격체잖아요."

"그건 좀 특수한 경우입니다. 귀환자들이 돌아올 때는 게이트에서 특수한 파장이 감지되거든요. 저희가 시우 님을 모시러 갈 수 있었던 것도 그 때문입니다."

한마디로 전조 증상이 있다는 이야기구나.

그 뒤로 나와 김 팀장은 한참 동안 이런저런 이야기를 나누었다.

확실히 이계인이 넘어오는 게 맞는지, 그리고 그게 맞다면 그 이계인이 정말 우리 쪽에 호의적일지.

원래 지구인이자 대한민국인이었던 내가 게이트로 되돌아온 것과, 이계인이 지구에 들어오는 건 명백한 차이를 지니고 있었으니까.

그렇게 얼마나 이야기를 나눴을까?

마침내 우리는 결론에 도달할 수 있었다.

"제가 직접 도깨비 길드에 찾아가도록 하죠. 연락은 해 주실 수 있습니까?"

"그건 당연히 가능합니다."

복잡해지려고 할 때는 단순하게 생각하면 된다.

목마른 사람이 먼저 우물을 파는 법.

그냥 내일 가서 힘으로 밀어붙이는 것도 가능하긴 하겠다만, 어디까지나 적법한 절차를 통해서 낙찰받은 게이트라고 한다.

그런 마당에 힘으로 밀어붙였다간 리멘 교단은 더 이상 교단이 아니라 조직폭력단이 되는 거다.

내 말에 김 팀장은 잠시 고개를 끄덕인 다음, 어디론가로 전화를 걸었다.

한 1분 정도 통화는 했을까?

김 팀장이 잠시 핸드폰에서 얼굴을 떼면서 나에게 물었다.

"괜찮으시다면 현장으로 바로 오시라고 합니다."

"누가요?"

"도깨비 길드 대표입니다."

거, 성격 한번 화끈한 사람이네?

나는 김 팀장의 말에 고개를 끄덕이면서 대답했다.

"지금 간다고 전해 주세요."

⚜

이능관리부의 도움 덕분에 나는 곧바로 도깨비 길드가 레이드를 준비 중인 경기도 안양시의 C-51 게이트 예정 지역에 도착할 수 있었다.

카오스게이트의 전조 증상이라고 할 수 있는 보랏빛 하늘.

어느 고등학교를 배경으로 펼쳐진 보랏빛 하늘은 그것만으로도 꽤 아포칼립스적인 분위기를 내뿜는다.

그리고 그 배경을 중심으로 수십은 되어 보이는 사람들이 분주하게 뛰어다닌다.

누군가는 장비를 점검하고 있고, 또 누군가는 부하로 보이는 사람들을 교육하고 있었다.

전쟁을 준비하는 것과 별다를 바 없어 보이는 풍경.

나는 도깨비 길드의 직원이 가져다준 의자에 앉아 그 군상을 꽤 오랜 시간 동안 바라보았다.

그렇게 얼마나 시간이 지났을까.

"많이 기다리셨겠네요. 저희 신입들한테 간단한 요령을 전수해 주고 오느라 좀 늦었습니다."

한 남자가 웃음을 지으면서 내가 있던 곳으로 다가왔다.

짧은 스포츠머리, 전체적으로 근육이 다부진 체형.

거기에 셔츠의 목덜미 위로 살짝 드러난 작지 않은 흉터까지.

먼 옛날 내가 현역병으로 복무했을 시절, 운동을 좋아하던 부사관을 연상시키는 그 남자는 바로.

"도깨비 길드의 대표 최서진이라고 합니다."

"처음 뵙겠습니다. 김시우입니다."

이곳 C-51 게이트를 총괄하고 있는 도깨비 길드의 대표였다.

일단, 최서진 대표의 첫인상은 상당히 신선했다.

대표라고 해서 온화하고 지적인 이미지를 떠올렸었는데, 이건 무슨 마초라는 단어가 살아 숨 쉬는 것만 같다.

30대 후반쯤의 액면가.

190은 훌쩍 넘기는 키에다가 마치 갑옷을 입은 것처럼 느껴지는 근육질.

그뿐만이 아니었다.

극도로 발달된 신체와 더불어, 은연중으로 느껴지는 마력의 양도 여태까지 내가 봤던 지구의 플레이어 중 가장 뛰어난 수준이었다.

이 사람이 S급 헌터 중에서도 상위권에 속하는 랭커라고 했던가.

나는 슬쩍 미소를 지으면서 인사를 건넸다.

"갑작스러웠던 연락에도 흔쾌히 응해 주셔서 감사합니다."

"검은 성자께서 직접 찾아와 주시겠다는데 저희가 그 기회를 놓칠 수는 없는 법이죠. 오히려 저희가 영광입니다."

"검은 성자, 하하…… 쑥스럽네요."

인터넷에서 나에게 붙은 별칭 중 하나였는데 저걸 실제로 들으니까 이루 말할 수 없이 부끄럽네.

그나저나 이 최서진 대표라는 사람, 참 재밌는 사람이다.

겉으로는 저렇게 농담을 던지는 듯하지만.

상대방의 마력이 당신을 압박합니다.
하지만 당신이 보유한 높은 저항력으로 인해 아무런 효과도 일어나지 않습니다.

은근슬쩍 마력을 방출하면서 나를 자극한다.

방금 전에 군인 같다고 평가한 건 취소다. 이건 뭐 군인이 아니라 야수에 가까운 기세다.

나는 노골적으로 쏟아지는 그의 마력을 흘려보내면서 입꼬리를 쓰윽 올렸다.

"환영 인사가 제법 맵네요."

"이렇게 보면 종교인이 아니라 저와 같은 부류이신 것 같습니다. 점점 흥미가 생기네요. 혹시 새로운 신도는 받습니까? 안 그래도 요새 의지할 곳이 필요한 기분입니다."

"새로운 신도라면 언제나 환영입니다. 돈이 많고 유명인이라면 특히요."

"하하! 위트가 있으신 교주님이셨구만. 자 자, 편하게 앉읍시다. 저도 병아리들에게 이야기를 너무 많이 하고 와서 목이 칼칼합니다."

최서진 대표는 가볍게 손짓을 했고, 그러자 미리 기다리고 있던 직원들이 빠르게 그가 앉을 의자를 펼쳐 줬다.

그리고 한 직원이 주황색 액체가 담긴 병과 잔 두 개를 쟁반 위에 올려서 가져왔는데, 그건 누가 봐도 술이었다.

최서진 대표는 능숙하게 병을 들어 크리스탈 잔에 술을 따랐다. 그러더니 곧 나를 바라보면서 물었다.

"교주님? 검은 성자? 뭐라고 불러 드리는 게 편하겠습니까?"

"그냥 편하게 시우 씨라고 불러 주시죠."

"시우 씨도 한잔하시겠습니까? 이래 보여도 꽤 괜찮은 술입니다. 아, 종교적인 이유 때문에 안 드시려나?"

"금주하라는 교리는 딱히 없습니다만, 제가 저녁에 동생이랑 놀아 줘야 하거든요. 술은 괜찮습니다."

"교리가 갈수록 마음에 듭니다."

그는 그렇게 말하며 잔에 반절 정도 차 있던 양주를 단숨에 들이켰다.

참 재밌는 그림이다.

보라색으로 물든 하늘. 그리고 그 아래에 있는 고등학교의 운동장에서, 터질 듯한 양복핏의 소유자가 대낮부터 양주를 마시는 모습이라니.

이거야말로 부조화의 극치가 아닐까.

"크으."

단숨에 술을 목구멍으로 넘긴 최서진 대표는 나를 바라보면서 말을 이어 갔다.

"이곳으로 오면서 이야기는 들었습니다. 듣자 하니 이 게이트에 용건이 있으시다고."

"이곳에서 찾아야 할 게 좀 있습니다."

"구로구에서 기적을 보여 주신 분이 직접 찾으시는 거라…… 뭔지는 몰라도 참 귀한 것인 모양입니다."

느낌이 좋지 않다.

아까부터 이 남자의 말에는 호의란 게 담겨 있지 않다. 대신 다른 무언가가 담겨 있었다.

정확하게 말하자면 내가 아까 본인의 마력을 튕겨 낸 그 순간부터였을 것이다.

불쾌감.

그래, 그건 분명히 불쾌감이었다.

그리고 나는 잠시 후 그 불쾌감의 실체가 무엇인지를 확인할 수 있었다.

"뭐, 좋습니다. 대한민국 최초의 이레귤러께서 원하신다는데 못 해 드릴 것도 없지. 고작 C급 게이트니까."

최서진 대표는 고개를 끄덕거리면서 짙게 웃음을 지었다.

그러더니 그는.

까드드득—!

갑자기 손에 쥐고 있던 크리스탈 잔을 움켜쥐었고, 크리스탈 잔은 가루가 된 채로 바닥에 흘러내렸다.

"그런데 기분이 좀 나쁩니다. 무시당한 기분이에요. 저희가 이래 봬도 대한민국에서 한가닥 하는 길드인데, 찾아와서 달라 그러면 줄 거라 생각한 겁니까?"

이곳에 오기 전에 김 팀장이 나에게 해 줬던 조언이 문득 생각난다.

−최서진 대표는 상당히 충동적인 인물입니다. 급발진을

조심하십시오.

　표현만 그런 줄 알았는데, 진짜로 급발진을 할 줄은 몰랐지.
　나는 잠시 고민한 다음, 나를 잡아먹을 듯이 노려보는 최서진 대표를 향해 말했다.
　"싫습니까? 그렇다면 저도 방법이 있죠."
　난 스릴을 즐기는 편이거든.

선교사

다음 날 아침.

카오스게이트 출현 10분 전입니다.
불길한 마력이 현장에 감돌고 있습니다.

"마음만 같아서는 당장 시우 씨와 한판 붙고 싶습니다. 성격도 마음에 들고, 말도 재밌게 하고! 크하하!"

"최 대표께서는 마음에 들면 한판 붙으시는 성격이신가 봅니다."

"그건 당연한 겁니다. 사내새끼들끼리는 원래 치고 박으면서 친해지는 거 아니겠습니까?"

나는 도깨비 길드의 최서진 대표와 나란히 선 채로 게이트의 출현을 기다리는 중이었다.

어제만 해도 나를 죽일 듯이 잡아먹으려고 했던 최서진 대표의 모습은 없었다.

그도 당연한 것이 협상이 아주 성공적으로 잘 끝났기 때문이다.

내가 어제 도깨비 길드 측에 부탁했던 내용은 이와 같다.

—이능관리부로부터 듣기로는 도깨비 길드가 전투를 그렇게 잘한다고 들었다. 지구의 플레이어들이 어떻게 싸우는지 지켜보기에는 이만한 좋은 기회가 없다고 생각한다. 참관만 하게 해 주시라.

원래 웃는 얼굴에 침 못 뱉는 법이다.

나는 굳이 긁어서 부스럼을 만들 생각이 없었기 때문에 최대한 정중하게 요청했고, 당장에라도 나와 한판 붙으려던 최서진 대표는 호탕하게 웃으면서 내 제의를 승낙했다.

게이트를 혼자서 정리할 정도의 강자가, 스스로를 굽히는 모습이 마음에 들었다나 뭐라나.

보아하니 오해를 하고 있는 모양인데, 난 굳이 그 오해를 해결할 생각은 없었다.

어차피 내 목표는 게이트 토벌이 아니라, 게이트에서 나올 우리 교단의 선교사를 픽업하는 거니까.

픽업 이후의 일?

어떻게든 되겠지 뭐. 어차피 계획대로 안 흘러갈 게 뻔하다.

아무튼.

현재 내가 최 대표와 함께 서 있는 이 상황은 어제에서 이어지는 상황이라고 보면 된다.

나는 고개를 작게 끄덕인 다음, 천천히 눈앞을 직시했다.

시스템 메시지가 경고했듯, 보랏빛으로 일렁거리는 거대한 구체 덩어리가 하늘에서 떠 있었다.

그리고 그 밑에는 전투 준비를 끝낸 도깨비 길드의 전투원들이 자리 잡고 있었다.

몇몇은 긴장한 듯했지만, 대부분의 인원이 여유로운 표정으로 이야기를 주고받는 중이었다.

"자랑스러운 내 새끼들이지. 비록 병아리들이 섞여 있긴 하지만, 잠재력은 검증된 병아리들이기에 금방 적응해서 제 몫을 해 줄 거라 기대합니다. 시우 씨가 보기에는 어떻습니까?"

"확실히 베테랑들은 베테랑인 태가 나네요."

그들은 내가 생각했던 것보다 훨씬 숙련된 병사들이었다.

여유롭지만 흐트러지지 않았고, 편제 역시 그럴듯했다.

중갑을 입은 보병부터 시작해서, 활이나 지팡이를 들고 있는 원거리 공격수들.

거기에 비교적 가벼운 경갑을 입은 채로 대기하고 있는 플레이어들까지.

길드라는 단어를 들었을 때는 플레이어들끼리 모인 용병 집단처럼 느껴졌지만, 이렇게 보니 차라리 정규군에 가까운 모양새였다.

난 그들의 모습을 살피다, 곧 한 가지 의문점을 떠올렸다.

지난번 이능관리부 담당의 게이트도 그렇고, 여기도 그렇고.

에덴에서는 필수적이었던 존재들의 부재가 느껴졌기 때문이다.

"치유를 담당하는 플레이어들은 따로 없는 모양입니다."

내 질문에 최 대표는 당연하다는 듯이 대답했다.

"시우 씨가 지구에 돌아온 지 얼마 되지 않아서 잘 모르시나 본데, 치유계 플레이어란 게 그렇게 흔한 게 아니에요. 약간의 치유 능력만 있어도 A급 헌터 자격증이 발급되는 마당에…… 게다가 대부분이 전치협 소속이거든. 우리 동네 돌팔이 의사 양반들보다 못한 주제에 몸값도 쓸데없이 비싸고, 더럽게 까탈스러워."

전치협이면 대충 전국 치유 능력자 협회, 뭐 그런 건가 보네?

말을 하면서 성을 내는 걸 보니 딱히 좋은 감정은 아닌 것 같다.

치유계 능력자가 부족하다라.

이런 디테일은 몰랐네. 에덴에서야 사제들이 주로 치유 능력을 사용했었으니까, 부족한 줄은 몰랐다.

나와 리멘 교단에게는 꽤 괜찮은 기회가 될 수 있다.

아직까지는 확신할 수 없다만, 신도가 신성력을 각성하게 되면 치유 능력도 덩달아 얻게 될 테니까.

그렇게 내가 최 대표를 통해서 이런저런 정보를 캐고 있을 때쯤이었다.

우우우우우웅!

하늘에 떠 있던 보라색 구체가 거칠게 공명하기 시작했고, 곧 구체에서 뻗어 나온 보랏빛이 사방으로 뻗어 나가기 시작했다.

그리고 잠시 후 눈앞에 메시지 창이 떠올랐다.

카오스게이트가 출현합니다.
퀘스트가 발생합니다.
마중
종류: 서브 – DLC
설명: 〈차원계: 지구〉와 〈차원계: 에덴〉의 협약에 따라 〈차원계: 에덴〉에서 〈리멘 교단〉의 선교사가 파견됩니다. 카오스게이트를 통해 넘어오는 선교사를 무사히 확보해야만 합니다.
완료 조건: 선교사 〈???〉의 생존
보상: 성유물 〈리멘의 증표〉

……리멘의 증표라.

게이트를 넘어서 오는 선교사가 가져오는 모양이다.

〈리멘의 증표〉는 리멘 교단이 보유한 성유물 중 하나였다. 그것이 지닌 효과를 생각해 보면, 확실히 도움이 될 것이다.

"오랜만이네."

내가 그렇게 메시지 창을 바라보면서 감회에 젖을 때쯤이었다.

"우리 길드의 전투를 볼 기회가 그리 많지 않으니 이번 기회에 마음껏 눈에 담아 가시길 빕니다. 흐흐."

최 대표가 웃으면서 말을 마무리 짓더니, 곧 사방이 쩌렁쩌렁하게 울릴 정도로 큰 목소리로 외쳤다.

"판 벌리자!"

그리고 최 대표의 우렁찬 목소리와 함께.

크르르르르륵—.

어느새 모양을 잡은 게이트 너머에서 파란색 피부를 지닌 거구의 괴물, 트롤들이 모습을 드러내기 시작했다.

※

푸슈우우욱—!

쿠어어어어억!

우리 교황님 좀
말려 주세요

섬뜩한 파육음과 트롤의 비명 소리가 사방에서 울려 퍼진다.

지금까지 내가 봤던 게이트들에 비해서 규모가 작아서 그런 걸까, 선발대로 게이트에서 기어 나온 트롤의 숫자는 기껏해야 12마리 정도였다.

"트롤은 머리를 노려야 한다!"

"야, 이 개새끼야! 정신 제대로 안 차려? 누가 전투 중에 딴생각하래!"

"너희들 아카데미에서 상위권이었다면서! 씨발, 요새는 어? 아카데미에서 전투 중에 얼 타는 법만 가르치냐? 니 가르친 선생이 도대체 누구야!"

곳곳에서 욕설이 난무한다.

상황을 모르는 사람이 봤다면 일방적인 폭행의 현장으로 여겨질 수도 있겠다만, 나는 그 장면을 딱히 이상하게 보지는 않았다.

베테랑들이 신입들을 거세게 몰아붙이는 장면이었기 때문이다.

게다가 말은 거칠게 하더라도 그들은 결정적인 기회만큼은 신입들에게 양보해 주고 있었다.

도깨비 길드의 신입들 중 대부분이 사방에서 쏟아지는 선배들의 욕설과, 트롤이 주는 공포 속에서 혼란스러워하고 있었지만 말이다.

나는 그 장면을 지켜보면서 조용히 말했다.

"무식하지만 효과적이네요."

"우리 길드가 자랑하는 전통 중에 하납니다."

원래 전투란 수많은 압박감 속에서 진행된다.

그리고 전투에서 승리하기 위해서는 그 압박감 속에서도 본인이 해야 할 역할을 충실하게 다해야만 한다.

그런 의미에서 봤을 때 이 도깨비 길드의 신입 교육은 효과적이라고 볼 수 있었다.

다만, 너무 원초적일 뿐이지.

나는 이 무지막지한 신입 교육의 창시자가 누군지 금세 알아차릴 수 있었다.

"대표님이랑 잘 어울리네요."

"과찬이십니다. 흐하하하."

에덴에서도 이 최 대표와 비슷한 성격을 지닌 인물이 하나 있기는 했었다.

용병왕이라고 불리던 남자였는데, 직선적이고 급발진하는 성격이 아주 그냥 똑 닮았다.

"그런데 이 정도 수준의 게이트면 대표님이 직접 안 오셔도 되는 거 아닙니까?"

내 질문에 최 대표는 나를 바라보면서 고개를 가로저었다.

"요새 들어 게이트나 던전이나, 불안정한 요소가 많아졌습니다. 우리 정예들이야 어딜 내놔도 살아 돌아오겠지만,

병아리들은 아니잖습니까? 그래도 저희를 믿고 지원해 준 놈들인데, 사고로 죽게 할 순 없지요."

의리도 있다.

진짜 에덴에서 태어났다면 용병이 딱 어울렸을 남자인 것 같다.

최 대표는 입꼬리를 크게 올리면서 말했다.

"슬슬 본대가 올 겁니다."

그리고 그가 그렇게 말한 순간, 선발대를 정리하고 있던 도깨비 길드원들의 진형이 크게 뒤바뀐다.

"다들 물러서!"

"예상되는 본대의 숫자는 최소 50마리 이상이다. 거리 이격하고, 포메이션 B로 변경한다!"

"병아리들은 사수 뒤통수 잘 따라가고!"

진형 변화는 순식간이었다.

그것은 그만큼이나 훈련이 잘되어 있다는 증거기도 했다.

그들은 재빠르게 움직이면서 진형을 넓게 벌렸고, 예상했던 대로 게이트가 다시 한번 변화했다.

카오스게이트가 본격적으로 확장합니다!

콰르르르릉―!

보랏빛 하늘에서 벼락이 내려치는 것을 시작으로, 보랏빛

문의 면적이 눈깜짝할 사이에 몇 배로 불어났다.

그리고 그 속에서 또다른 트롤들이 걸어 나오기 시작했다.

"전 병력 전투준……."

그 모습을 본 도깨비 길드의 전투원들이 빠르게 재정비하면서 전투를 준비했으나, 그들은 곧 이어진 기괴한 장면에 얼어붙듯이 멈춰 섰다.

게이트에서 트롤들이 걸어 나오고 있던 건 맞다.

하지만 트롤들의 상태가 이상했다.

끼에에에엑-!

키야아아아악!

녀석들은 마치 무언가에 쫓기는 듯 달려 나왔다.

트롤이라면 응당 발산하는 거친 투기도, 살기도 없었다. 녀석들의 눈동자는 끊임없이 흔들리고 있었으며, 몇몇 놈들은 팔다리를 잃은 채로 게이트에서 기어 나왔다.

그건 더 이상 침략자의 모습이 아니었다.

차라리.

"영락없는 피난민 꼴이구만."

최 대표의 말처럼 포식자로부터 도망가는 피식자의 모습이나 다름없었다.

"막, 막아!"

"당황하지 마라!"

뒤늦게 정신을 차린 플레이어들이 사분오열하는 트롤들을

베어 넘겼지만, 그들의 시선 역시 게이트에서 떨어지지를 않았다.

정확히는 게이트 너머에서 다가오고 있을 그 포식자를 의식하는 것일 터였다.

나는 처참하게 찢어진 트롤들을 바라보면서 한숨을 푹 내쉬었다.

그리고 최 대표는 그런 나를 바라보면서 말했다.

"시우 씨가 찾는다던 게 바로 저겁니까?"

"그런 것 같은데요."

"이렇게나 노골적인 힘이라…… 정말 오랜만입니다. 이건 도저히 참을 수가 없을 것 같습니다."

사르르륵-!

최 대표의 몸에서 흘러나온 붉은색 마력이 그의 몸을 뒤덮었다.

최 대표의 성격만큼이나 강렬한 마력이 시뻘겋게 불타오르기 시작했다.

그는 잔뜩 흥분한 목소리로 말했다.

"크흐흐. 미리 말하지만 양보 못 합니다. 저건 제 사냥감입니다."

"음, 이런 상황에서 들을 거라 생각하진 않습니다만……
제가 양보하고 말고의 문제가 아닙니다. 그리고 사냥감이란 단어도 썩 적절한 단어 선택이 아니구요."

"흐흐. 뭐라고 말해도 안 통합니다. 저번에는 리치를 혼자 드시더니, 이번에는 저렇게 귀한 걸 혼자 먹을 생각이었단 말이지! 아주 그냥 욕심쟁이셔라. 하지만 내 눈에 띈 이상 어림도 없습니다."

호승심에 불타기 시작한 눈빛이었다.

분명히 치명적인 오해를 하고 있는 것 같지만, 이런 상황에서는 어떻게 방법이 없다.

이미 눈이 돌아간 미친놈이다.

차라리 짱구를 말렸으면 말렸지, 원래 미친놈은 하나님도 못 막는다.

……내 경우에는 리멘도 못 막는다고 표현해야 하나?

아무튼 그렇다.

나는 빠르게 설득을 포기한 채로 게이트 쪽을 주시했다.

방금 전까지만 해도 트롤들이 기어 나오고 있던 게이트의 모습은 온데간데없다.

그곳에는 오로지 무거운 침묵만이 내려앉았다.

그렇게 얼마나 침묵이 이어졌을까.

툭-.

게이트 너머에서 트롤의 머리통 하나가 무심하게 굴러떨어졌다. 그것도 다른 트롤의 머리통의 몇 배는 되어 보이는, 아주 거대한 머리통이 말이다.

그리고 잠시 후.

"전 병력 대인 포메이션 A!"

"인간형 몬스터. 인간형 몬스터가 출현했다!"

"신입들은 전부 다 뒤로 빼! 대인전 경험 있는 놈들만 우선적으로 1선으로 나선다! 서둘러!"

게이트 너머에서 한 남자가 조용히 걸어 나왔다.

깔끔하게 뒤로 넘긴 검은 올빽머리와 하얀색 체인이 달린 외눈 안경.

'원칙'이라고 적혀 있는 것만 같은 고압적인 이목구비와, 상체 근육에 의해 당장에라도 터질 것 같은 검은색 사제복까지.

그 '남자'의 왼손에는 하얀색의 두꺼운 책 한 권이 들려 있었고, 검은색 장갑을 끼고 있는 오른손에는 신선한 트롤의 피가 뚝뚝 떨어지고 있었다.

나는 저 남자의 이름을 알고 있었다. 아니, 모르려야 모를 수가 없었다.

"하필이면 왜 너냐……."

레오 루멘.

리멘 교단 교리연구회의 수장이자, 29살이라는 젊은 나이에 대주교의 자리에 올라선 남자.

상당한 원칙주의자이기도 했지만, 그를 대표하는 별칭은 바로.

"……교황청의 광견(狂犬)."

본인이 정한 원칙을 강제로라도 지키게 만드는, 교황청의 미친개.

　나는 나를 보자마자 정중하게 고개를 숙이는 레오에게 가볍게 손을 흔들어 주면서 중얼거렸다.

　"X됐다."

　여기서 문제.

　미친놈과 미친개가 만나면 어떻게 될까?

　정답은 바로 다음과 같다.

　콰아아아아아아앙─!

　방금 전까지만 해도 내 옆에 서 있던 최 대표가 어느새 레오의 앞에 착지하면서 소리쳤다.

　"네놈은 내 사냥감이다. 그 누구한테도 양보할 수 없다! 나를 흥분시켜 봐라. 어서!"

　그런 최 대표의 돌발 행동을 지켜본 레오는 눈살을 찌푸리더니 곧.

　콰아아아아아앙!

　최 대표의 모가지를 잡아채자마자 그의 몸뚱이를 땅에다 심어 버리는, 그야말로 화끈한 차력 쇼를 선보이고야 말았다.

　순식간에 장례식장 분위기가 되어 버린 이곳.

　나는 그 섬뜩하리만큼 고요한 침묵 속에서 다시 한번 혼잣말을 내뱉었다.

　"진짜 X됐다."

그야말로 파격적인 등장이었다.

　　대한민국이 자랑한다는 S급 헌터를 운동장에 심어 버린 레오 놈은 여전히 무표정한 얼굴로 본인의 사제복에 묻은 흙먼지를 털어 냈다.

　　그러더니 곧 천천히 내 쪽을 향해 걸어오기 시작했다.

　　"2조는 곧장 대표님…… 상태 확인해."

　　"막아! 못 막으면 이 주변은 쑥대밭이다! 정, 정신 차려!"

　　도깨비 길드의 플레이어들은 혼란스러운 와중에서도 포위망을 형성했다.

　　명문 길드라는 걸 스스로 증명하는 모습이긴 했지만, 포위망을 형성한 플레이어들은 이미 공포에 잔뜩 질려 있는 상태였다.

　　어찌 보면 당연한 모습이라고도 볼 수 있을 것 같다.

　　랭커조차 단번에 땅에 심어 버린 괴물인데, 랭커보다 약한 사람들은 얼마나 쉽게 심어 버릴까?

　　그러나 그들의 포위망은 레오 녀석에게 그 어떠한 영향도 끼칠 수 없었다.

　　레오는 여전히 무표정한 얼굴로 앞을 향해 걷더니, 곧 플레이어들이 형성한 포위망에 도달했다.

　　그리고 잠시 후.

녀석은 무미건조한 목소리로 말했다.

"형제님들. 무의미한 전투는 그만두십시오. 저는 당신들과 싸우고 싶지 않습니다. 리멘께서 슬퍼하실 겁니다."

저게 방금 전에 길드 대표를 땅바닥에 심어 버린 놈의 입에서 나올 소리란 말인가.

저 뻔뻔함이야말로 치가 떨릴 수준이었는데, 더욱 충격적이었던 건 레오를 향한 도깨비 길드원들의 반응이었다.

레오의 말 같지도 않은 헛소리에도 불구하고 그들은 무기를 내리며 길을 터 주었다. 그건 절대로 그들이 레오의 말에 감화가 되어 갑자기 비폭력주의자가 되었기 때문이 아니었다.

그들은 하나같이 나를 간절한 표정으로 바라보고 있었다.

즉, 나에게로 폭탄을 돌렸다는 뜻이다.

나는 그저 웃음밖에 나오지 않는 이 개판 일보 직전의 상황을 바라보면서 씁쓸하게 웃었다.

그리고 잠시 후.

어느새 내 앞까지 도착한 레오가 한쪽 무릎을 꿇으면서 나에게 말했다.

"리멘을 섬기는 충실한 종이자 교리연구회의 수장이며, 2교구의 교구장인 레오 루멘이, 리멘의 제1 사도이자 유일한 대리자인 교황 성하께 인사를 올립니다."

그 모습에 나는 극히 이질감을 느낄 수밖에 없었다.

레오가 이질감이 느껴진다기보다는, 레오가 지금 사용하고 있는 언어로부터 느껴지는 이질감이었다.

나는 녀석의 인사에 가볍게 손을 휘저은 다음, 미간을 찌푸리면서 물었다.

"너 한국어는 어디서 배운 거냐?"

아까 도깨비 길드원들한테 했던 말도 그렇고, 지금 나에게 건넨 인사도 그렇고.

레오가 사용했던 언어는 다름 아닌 한국어였다.

그것도 서울 토박이라고 생각해도 과언이 아닐 정도의 표준어 말이다.

내 질문에 레오는 고개를 숙인 채로 대답했다.

"위대하신 리멘께서 저에게 내려 주신 은사입니다. 아름다운 언어로, 아름다운 이야기를 전파하라 말씀하셨습니다."

"글까지 읽을 수 있는 거고?"

"성서를 번역해야 하기에 그 부분도 해결해 주셨습니다."

이번에는 리멘이 의외의 디테일까지 챙겨 준 모양이다.

그렇지. 성공적인 종교로 자리 잡기 위해서는 경전이 꼭 있어야 하는 법이지.

그래, 좋다.

그런 디테일도 잘 챙겨 왔고, 언어팩도 패치받아 온 것도 좋은데 왜.

"왜 등장하자마자 인간을 땅에 심어. 네가 무슨 농부야?"

하필이면 등장과 동시에 대형 사고를 치냐 이 말이야.

나도 귀찮은 상황을 만들기 싫어서 조용히 있었는데, 왜 당사자가 이러는 거냐고.

내 지적에 레오는 자리에서 일어섰다.

그러더니 곧 당당하다는 목소리로 대답했다.

"저자는 교황 성하 옆에서 살기를 내뿜었습니다. 저는 그 것을 신성모독에 가까운 행위라고 판단하였고, 제가 지닌 권한과 원칙에 따라 적법한 절차를 취했을 뿐입니다."

"……리멘이 지구의 사회가 어떻게 돌아가는지에 대해서는 알려 주지 않았니?"

"따로 신탁을 받은 바 없습니다."

"미치겠네."

언어팩만 달랑 패치해서 보냈다 이거지?

왜인지 귓가에 '헤헤, 시우! 이건 네가 알아서 해!'라고 말하는 리멘의 목소리가 들리는 것만 같았다.

나는 한숨을 푹 내쉰 다음, 레오를 바라보면서 말했다.

"현 시간부로 대주교 레오 루멘에게 주어진 처벌 권한을 압수한다. 또한 지구, 아니 적어도 대한민국에서는 절대로 함부로 남을 처벌해서는 안 된다. 그거 리멘 얼굴에 먹칠하는 거야. 이해했어?"

"대한민국이라고 하신다면……."

"지금 우리가 있는 이 땅에 세워진 나라. 그리고 내가 태어난 고향."

"알겠습니다, 교황 성하."

의외로 레오는 순순하게 내 말에 고개를 끄덕였다.

나로서는 녀석에게 지금 당장 하고 싶은 말이 셀 수 없이 많았지만, 그보다 우선인 게 있었다.

나는 한숨을 연신 내쉰 다음, 손가락으로 최 대표가 박혀 있는 곳을 가리키면서 물었다.

"저기에다가는 무슨 짓을 해 둔 거냐?"

저래 보여도 최 대표는 대한민국이 자랑한다는 S급 헌터였다.

그런 남자가 땅에 처박혀서 못 나온다는 건 레오가 분명 무언가 조치를 취했다는 것을 의미한다.

내 질문에 레오는 여전히 무뚝뚝한 표정으로 말했다.

"투기와 살기를 내뿜고 있던 탓에 신성 결계로 잠시 봉인을 시켜 두었습니다. 가만히 내버려 두기에는 위협적인 인물이었습니다."

신성 결계는 신성력으로 전개하는 결계인데, 원래는 마기를 지닌 존재를 구속할 때 사용한다. 하지만 신성력을 경험하지 못한 사람에게도 상당히 유용한 편이다.

왜 최 대표가 별다른 반응이 없는지 이해할 수 있었다.

"풀어 줘라. 내가 제대로 설명을 안 해 준 탓이야."

"알겠습니다."

그나저나 이제부터 어떻게 해야 하지?

잠자는 사자의 코털을 건드린 것도 아니고, 미쳐 날뛰는 사자의 코털을 건드린 셈인데…….

안 되겠다.

비장의 무기를 사용하는 수밖에.

나는 빠르게 판단을 내린 다음, 곧바로 핸드폰을 들어 전화를 걸었다.

뚜우우-.

잠시간의 연결음 후, 전화기 너머에서 힘이 쭉 빠진 목소리가 전해져 왔다.

ㅡ……예, 전화 받았습니다.

"김 팀장님."

ㅡ네.

"일이 좀 잘못된 것 같아요."

ㅡ그게 무슨…… 아닙니다. 저희가 곧바로 게이트로 출발하겠습니다. 안 그래도 근방에서 대기 중이었습니다. 딱 5분만 기다려 주시면 저희가…….

그때였다.

콰아아아아아아앙-!

결계에서 풀려난 최 대표가 땅에서 솟구치더니, 곧 전신에 붉은 마력을 두른 채로 우리를 향해 걸어왔다.

그리고 나는 그 모습을 바라보면서 씁쓸한 목소리로 말

했다.

"노력은 해 볼게요."

⚜

교단의 대주교라고 해서 모두가 강력한 전투력을 지니고 있던 건 아니다.

대주교의 자리는 누구보다 잘 싸우고 뛰어나다는 이유로 오르는 자리가 아니기 때문이다.

교리를 철저하게 지키고, 남을 위해서 희생할 수 있는 고귀한 인품.

그리고 그 과정을 통하여 많은 이들에게 추앙받아야만 오를 수 있는, 그야말로 존귀한 직분인 것이다.

실제로 대주교들 중에서 이렇다 할 전투력을 지닌 인물은 극히 드문 편이었다.

다만.

파지지지직!

"교황 성하. 물러나 계십시오. 이런 일에 힘을 쓰실 필요는 없습니다."

이 녀석, 레오만큼은 그 극히 드문 경우에 속한다.

교황청, 더 나아가 교단을 대표하는 두 개의 무력 집단.

전투사제단과 성기사단.

레오는 그중 전투사제단을 이끌고 마족과의 전쟁에서 수도 없는 전투를 승리로 이끈 영웅이었으니까.

나는 최 대표의 오른쪽 주먹을 왼손으로 막아 세운 레오를 보면서 한숨을 내쉬었다.

그리고 붉은색 마력을 불태우면서 끊임없이 투기를 내뿜는 최 대표를 향해 말했다.

"여기까지만 하시죠. 제가 미리 말씀 못 드린 점은 사과드리겠습니다."

최 대표의 기세는 흡사 짐승에 가까웠다.

그가 입고 있던 옷은 이미 그가 내뿜는 마력에 의해 전소된 지 오래였고, 온갖 흉터가 새겨진 그의 우람한 상체 근육이 적나라하게 드러났다.

상체 전체를 빼곡하게 채운 흉터.

그것은 그가 여태까지 어떤 삶을 살아왔는지를 가감 없이 보여 준다.

흉터 가득한 그의 몸과 이런 상황에서도 맹렬하게 불태우는 그의 투쟁심이야말로, 그가 여태까지 이룩해 온 투쟁의 역사를 증명하는 셈이었다.

상황이 이렇게까지 이르게 된 것에는 나 역시 어느 정도의 책임감을 느끼고 있었기에 처음은 말로 풀어 나가려고 했다.

하지만 이미 레오와 주먹을 맞대고 있는 최 대표의 생각은 다른 모양이었다.

"크흐흐. 시우 씨는 빠져 계쇼. 이제 한창 재밌어지려니까!"

존대도, 그렇다고 하대도 아닌 그 중간 어딘가에 자리 잡은 듯한 말투.

파지지직─!

그가 그렇게 말하는 이 순간에도 그가 내뿜은 붉은색 마력과 레오의 신성력이 맹렬하게 충돌했다.

두 기운의 충돌에서 오는 반발력 때문에 운동장 바닥에는 벌써 큼지막한 구덩이가 몇 개 파여 버렸다.

나는 지끈거리는 머리를 애써 무시하면서 다시 한번 최 대표에게 말했다.

"아무래도 큰 오해가 있는 것 같으니……."

그러나 최 대표는 내 말을 끊으면서 소리쳤다.

"이 괴물이 적이 아닌 건 나도 압니다! 흐흐, 적이었으면 진작에 나를 죽였겠지."

……진짜 돌겠네.

"아니, 알고 계시는데 왜 이러시는 겁니까."

내 질문에 최 대표는 이빨을 드러내면서 크게 웃더니, 곧 가슴을 치면서 말했다.

"사나이의 낭만은 강자를 상대하면서 비로소 완성되는 법."

"……예?"

"낭만은 때때로 목숨보다 가치 있는 법이거든."

미친놈이다.

진짜, 진짜 제대로 미친놈이다.

온몸에서 붉은색 아우라를 내뿜으면서 저런 말을 하니까 의외의 설득력까지 피어오른다.

게다가 더 큰 문제는.

"낭만이라…… 좋은 말이군요. 지구라는 세계는 경험해 보지 않았습니다만, 당신 같은 전사가 있는 걸 보니 벌써부터 기대가 됩니다."

"하하하! 고맙구만."

레오 이 녀석이 저 미친놈의 발언에 동조하고 있다는 것이다.

그것도 서로 주먹을 맞부딪친 상태에서 말이다.

혹시, 미친놈들끼리는 서로 통하는 교신망이라도 있단 말인가.

이건 내가 예측할 수 있는 범위를 아득히 뛰어넘은 전개였다.

"후우."

나는 정신의 끈을 놓지 않기 위해 심호흡을 몇 번 내쉬었다. 이렇게라도 하지 않았다가는 어지러워서 미쳐 버릴 것만 같았다.

역함과 혼란스러움이 한데 뒤엉킨, 그야말로 지옥의 도가니탕.

그 와중에 레오는 여전히 무표정한 얼굴로 나에게 물었다.

"교황 성하께서 허락만 해 주신다면, 이 지구의 전사에게 위대하신 리멘의 힘을 보여 주고 싶습니다."

그 말도 안 되는 질문에 내가 대답하려던 찰나.

"우리가 어린애도 아니고 싸우는 데 허락이 필요하겠소!"

최 대표의 행동이 더 빨랐다.

꽈드드득.

최 대표는 레오와 주먹이 맞닿아 있던 상황이었음에도 불구하고 반대쪽 손을 기괴하게 변형시켰다.

붉은색 마력을 한껏 머금은 그의 왼팔이 선홍빛으로 물들었고, 그것을 본 레오 역시 다시 한번 새하얀 빛을 뿜어내면서 충격에 대비했다.

"크하하! 아주 즐겁-."

최 대표의 신명 나는 목소리는 끝을 맺지 못했다. 왜냐하면 내가 더 이상 참을 수가 없었기 때문이다.

최 대표가 반항할 시간 따위란 없었다.

나는 뛰어오르면서 순식간에 최 대표의 머리를 주먹으로 찍어 내렸고.

꽈아아아아아아앙!

붉은색으로 물들어 있던 최 대표가 다시 한번 땅속 깊숙한 곳으로 처박혔다.

"좋은 말로 할 때 좀 좋게 가자는 건데, 왜 사람 성질을 돋

우냔 말이야. 두 분 다 뒈지고 싶으세요? 예?"

최 대표를 순식간에 해결해 버린 후, 곧장 레오를 쳐다보았다.

방금 전의 무자비한 폭력에도 불구하고 레오는 여전히 무뚝뚝한 표정으로 말했다.

"역시, 교황 성하십니다."

"에덴에서도 그랬는데, 네가 사고를 쳐 놓고 무뚝뚝한 표정을 지을 때마다 그렇게 꼴받을 수가 없더라?"

"어디까지나 원칙……."

"닥쳐. 너도 똑같아, 이 새끼야."

콰아아아아아아아앙!

나는 단 3초 만에 그 둘을 그대로 땅에다가 처박아 버린 다음, 이를 부드득 갈면서 말했다.

"한마디만 더 하십쇼들. 그러면 그냥 지옥까지 처박아 줄 테니까. 낭만 있게."

쥐어 터져야 입을 다물지.

무슨 지들이 사춘기 청소년도 아닌데 말이야, 어?

"대……표님?"

"……으음."

"크흠."

그 장면을 지켜보고 있던 도깨비 길드원들이 아까와는 다르게 그냥 그 자리에 서 있었다.

그들은 피아 식별이 제대로 안 되는 모양인지, 그저 멍한 표정으로 나를 바라보고 있을 뿐이었다.

수많은 전장을 경험했다는 베테랑들에게조차 너무나도 벅찬 현장이었던 것이다.

나는 그런 도깨비 길드원들을 슬쩍 훑어본 다음, 한숨을 내쉬면서 하늘을 올려다보았다.

보랏빛으로 물들어 있던 하늘은 빠르게 푸른색으로 되돌아오고 있었다.

카오스게이트가 완전하게 소멸합니다.
퀘스트 〈마중〉을 완료하셨습니다! 보상은 〈레오 루멘〉에게 직접 지급받으십시오.

될 대로 되라지.

나는 진짜 조용한 픽업을 위해서 최선을 다했는걸?

그렇게 내가 체념한 표정으로 고개를 가로젓고 있을 때였다.

"시우 니이이이이임! 저희가 왔습⋯⋯."

어느새 현장에 도착한 김 팀장이 곧 땅에 깊숙하게 파여 있는 구덩이들을 바라보더니, 곧 할 말을 잃어버렸다.

어쩌면 이 상황에서 가장 불쌍한 사람은 이 남자가 아닐까?

나는 나를 원망의 눈초리로 바라보는 김 팀장의 시선을 애써 회피하면서 말했다.

"노력은 했어요."

왜 저를 그렇게 쳐다보십니까.

진짜라니까요?

❧

김 팀장의 수완은 역시 대단했다.

아버지는 위대하다고 했던가.

딸이 해 줬다는 작은 팔찌를 착용하고 있던 김 팀장은, 극한의 상황이었음에도 불구하고 아주 훌륭하게 교통정리를 완료하였다.

"그럼 이번 일은 서로 없던 걸로 하겠습니다. 두 분 다 동의하시죠?"

이곳은 이능관리부 안양지청의 회의실.

불과 1시간 전, 안양 게이트에서 있었던 사고는 내가 생각했던 것보다 훨씬 빠르게 일단락되고 있었다.

한국을 대표하는 길드인 도깨비 길드의 대표가 일방적으로 땅에 처박혔던 사고.

이렇게 보면 참 대형 사고는 대형 사고다.

이계인의 출현부터 시작해서, 땅에 두 번이나 처박힌 최서진 대표까지.

밖으로 새어 나가기만 한다면 대한민국을 들썩이기에 충분한 사건들이었으나.

"사내들끼리 몇 번 치고받을 수 있는 거 아니겠습니까? 흐하하! 저는 유감없습니다. 간만에 매운맛을 봐서 그런가, 속이 시원합니다."

"대표님께서 정말 큰 양보를 해 주셨습니다."

"양보라니요. 따지고 보면 제가 흥분해서 생긴 일입니다. 우리 애들 입단속이야 시켜야겠지만…… 병아리들은 기절해 있었고, 정신 붙잡고 있던 우리 애들이야 어디 가서 떠벌릴 놈들도 아니고! 불만 없습니다."

놀랍게도 최서진 대표는 전혀 문제를 삼지 않았다.

아니, 오히려 땅에서 나오자마자 나에게 사과를 했을 정도였다.

간만에 끓어오르는 호승심을 참을 수 없었다고 그랬던가?

아무튼 그렇게 급한 불은 꺼졌고, 그 이후 우리는 이곳으로 이동해서 차후 처리에 관해서 논의 중이었던 것이다.

"그렇다면 이번 일은 덮어 두는 걸로 정리하면 되겠군요."

김 팀장은 한시름을 놓았다는 듯, 크게 숨을 뱉어 내면서 말했다.

"게이트에서 나온 부산물들은 전부 도깨비 길드에서 챙겨 가는 것으로 하겠습니다. 시우 님도 이의 없으시지요?"

"네."

"그리고 최서진 대표님. 기밀 유지에 각별히 신경을 써 주시기를 바랍니다. 아무래도 민감한 사항인지라……."

"그건 걱정하지 마십쇼."

최 서진 대표는 물 한 컵을 시원하게 들이켜더니, 곧 또다시 너털웃음을 터뜨리면서 말했다.

"우리 애들은 본인들이 도깨비 소속이라는 것에 자부심을 지닌 녀석들입니다. 그런 놈들이 밖에 나가서, 우리 대장이 발정 난 개새끼처럼 달려들다가 대판 깨졌다, 이렇게 말하고 다니겠습니까? 흐흐."

"……발정 난 개새끼라는 표현은 좀……."

내 말에 최 대표는 오른손을 흔들면서 씨익 미소를 지었다.

"뭐 하나만 제안해도 되겠습니까, 시우 씨?"

"그러시죠."

무슨 제안을 하려는 걸까.

나는 고개를 끄덕였고, 최 대표는 눈빛을 빛내면서 말을 이어 갔다.

"저희 도깨비 길드와 제휴를 맺는 게 어떻겠습니까? 마침 이곳에 제휴 협약을 증명해 주실 분들도 계시고, 서로만 동의하면 간단할 겁니다."

"제휴 협약이요?"

이건 또 무슨 생뚱맞은 소리란 말인가.

"이 바닥에서는 흔한 일입니다. 연합해서 레이드에 참가하거나, 던전도 공유하는 등, 인프라를 공유할 수 있다는 장점이 있습니다."

"오해가 좀 있으신가 본데, 저희는 길드 같은 거 아닙니다? 교단이라구요, 교단."

내 해명에도 불구하고 최 대표는 여전히 미소를 지은 채로 말을 이어 나갔다.

"S급 랭커를 압도할 수 있는 각성자가 둘이나 소속된 집단입니다. 과연 다른 사람들이 단순한 종교 집단으로 바라보겠습니까? 안 그렇습니까, 김 팀장."

갑작스러운 최 대표의 지적에, 가만히 우리의 대화를 듣고 있던 김 팀장 역시 고개를 끄덕였다.

"저희 이능관리부에서도 그렇게 생각하고 있기는 합니다."

"흐흐, 보십시오. 시우 씨. 이게 그렇게 막 쉽게 생각할 문제가 아닙니다. 이미 꽤 많은 사람들이 시우 씨를 지켜보고 있다는 거, 잊지 마십시오. 몇몇은 이미 움직이고 있고……아, 제휴는 천천히 생각해 주시면 됩니다."

그렇게 본인의 용건을 끝낸 최 대표는 거침없이 의자에서 일어났다.

그러더니 곧 나에게 손을 내밀면서 말했다.

"앞으로 자주 뵈었으면 좋겠습니다. 시우 씨."

"아…… 예."

"덕분에 오래간만에 뜨거운 열정을 얻을 수 있었습니다. 이 은혜, 꼭 갚도록 하지요. 이만 물러나도록 하겠습니다. 흐하하!"

최 대표는 특유의 웃음과 함께 머뭇거림 없이 회의실에서 퇴장했고, 나와 김 팀장은 그런 그의 뒷모습을 아무 말 없이 바라보았다.

쿠웅―.

문이 닫힌 후.

나는 진이 빠진 목소리로 말했다.

"쉽지 않은 사람이네요."

"제가 미리 경고를 드리지 않았습니까?"

"그랬죠. 그런데 누가 저 정도일 줄은 알나?"

"그래도 제가 예상했던 것보다 훨씬 수월하게 일이 풀려서 다행입니다. 최 대표가 시우 님이 굉장히 마음에 들었나 봅니다."

저 근육질의 짐승남이 나를 마음에 들어 했다는 말이 왜 이렇게 소름 끼치게 들리는 것일까.

나는 몸을 살짝 떤 다음, 내 앞에 놓여 있던 커피를 마시면서 김 팀장에게 물었다.

"언제쯤이면 레오를 데리고 돌아갈 수 있습니까?"

"이미 기본적인 검사는 끝났습니다. 함께 돌아가실 수 있도록 조치를 취해 두겠습니다. 각성자 등록증을 비롯한 신분 증명은 저희가 나중에 따로 연락을 드리도록 하겠습니다."

"매번 민폐만 끼칩니다."

"……알아주셔서 감사합니다."

나중에 돈 좀 벌면 가장 먼저 김 팀장한테 보약이라도 지어 줘야겠다.

어찌 되었든 일은 잘 마무리되었다.

일단, 레오를 데리고 집으로 돌아가도록 하자.

❧

원래 내 계획은 레오의 옷을 갈아입힌 후에 이동할 생각이었다.

하지만 주변에 옷집도 없었고, 설령 옷집이 있었다고 해도 레오의 체구에는 맞지 않았을 것이다.

그래서 그냥 택시를 불러서 타고 왔다.

나와 레오의 능력이라면 뛰어서 올 수도 있었겠다만, 그랬다가는 인터넷에 〈충격적인 이족 보행 괴물?!〉이라는 내용의 영상이 올라올까 봐 참았다.

레오의 체구 때문에 대형 택시를 타고 왔고, 택시 기사님이 레오를 두려움의 눈빛으로 쳐다봤다는 건 비밀이다.

아무튼.

"형 왔다."

저녁 시간이 다 되어서야 집에 도착할 수 있었다.

현관문을 열고 집 안으로 들어가자마자 코끝을 찌르는 구수한 된장찌개의 냄새.

아까 전에 게이트에서 힘을 쓰고 커피만 마셨더니 살짝 배가 고프던 차였다.

"오빠아!"

밥을 먹고 있었는지, 시연이가 입가에 밥풀 하나를 묻힌 채로 쪼르르 뛰어왔다.

나는 시연의 머리를 쓰다듬어 주면서 웃음을 지었다.

"시연이 학원 잘 다녀왔어?"

"응! 오빠는 뭐 하다가 왔어?"

"오빠는 일 열심히 하고 왔지. "

"오빠도 빨리 저녁 같이 먹…… 앗? 손님이다! 안녕하세요!"

내 품에서 얼굴을 부비적거리던 시연이가 내 뒤에 있던 레오를 발견했고, 곧 허리를 숙이면서 인사했다.

그리고 그런 시연이의 반듯한 인사에 레오는.

"안녕하십니까?"

저게 웃는 건지, 마는 건지 하는 애매한 표정으로 인사를 받아 주었다.

내 주먹에 땅에 처박히던 순간까지 짓고 있던 무뚝뚝한 표정은 사라진 지 오래다.

찔러도 피 한 방울 안 나올 것처럼 무뚝뚝한 놈이었는데 말이다.

"맞다."

이제야 생각났다.

"너 애들 되게 이뻐하지?"

에덴에서도 레오는 유난히 아이들을 잘 챙겨 줬었다.

틈만 나면 본인이 담당한 교구의 보육원에 가서 아이들과 함께하고는 했었지.

다만, 요령이 없어서 항상 아이들 앞에서 뻣뻣하게 서 있었을 뿐이다.

내 말에 레오는 시연이를 바라보면서 고개를 끄덕였다.

"아이들이야말로 신께서 세상을 포기하지 않으셨다는 증거이기 때문입니다."

"인사해. 내 동생 시연이야. 시연아, 이 아저씨는 레오라고 해. 앞으로 오빠가 하는 일 도와주실 분이셔."

"안녕하세요, 레오 아저씨. 아저씨는 키가 되게 크시네요! 멋있어요!"

시연이의 칭찬에 레오는 잠시 멈춰 선다.

할 말을 잠시 고민하는 눈치였는데, 녀석은 곧 뻣뻣하게 고개를 끄덕이면서 대답했다.

"칭찬 감사합니다, 시연 님. 레오 루멘이라고 합니다. 앞으로 잘 부탁드리겠습니다."

그렇게 우리가 현관에서 인사를 나누고 있을 때쯤이었다.

"형 왔⋯⋯."

방에서 영상 편집을 하고 있었는지, 인욱이가 작은 방에서 튀어나왔다.

인욱이는 레오를 보자마자 제자리에서 얼음이 되어 버렸다.

확실히 레오를 처음 보면 저런 반응이 대부분이긴 하다. 안 무서워하고 방긋방긋 웃는 시연이의 반응이 좀 특이한 거고.

나는 손가락으로 볼을 긁으면서 인욱이에게 말했다.

"형이 아까 선교사 데려온다고 말했었지?"

"⋯⋯저 사람, 아니 저분이 선교사셔?"

"이래 보여도 에덴에서 아주 추앙받는 사제야. 마족과의 전쟁에서 가장 믿음직스러운 동료기도 했고. 둘이 인사 나눠."

이번에도 레오는 순순히 내 말을 들었다.

"리멘을 모시는 충실한 종, 레오 루멘이라고 합니다. 김인욱 님."

"제, 제 이름을 아세요?"

"교황 성하께서 자주 말씀해 주셨습니다."

음, 그랬었나?

나도 잘 모르겠네. 술 마시다가 이야기해 줬었나?

뭐, 아무렴 어때. 앞으로 더 친해지면 되는 거지.

나는 어색함이 잔뜩 느껴지는 둘의 모습을 잠시 바라본 다음, 손으로 배 주위를 문지르면서 신발을 대충 벗었다.

"밥 먹으면서 얘기하자. 인욱이 너는 밥 안 먹냐?"

"먹다가 급하게 메일 보내는 중이었어."

"잘됐네. 같이 밥 먹자. 레오 너도 같이 먹어야지? 인욱이 얘가 요리 하나는 기깔나게 잘해."

"그래도 되겠습니까?"

"안 될 거 없지. 괜찮지 인욱아? 시연아?"

"어? 어……."

"응!"

금강산도 식후경이라고 했다.

그렇게 나와 레오는 신발을 벗고 집 안으로 들어섰고, 곧바로 식탁으로 향했다.

"형만 올 줄 알고 많이는 안 차려 뒀는데…… 이럴 줄 알았으면 아까 장이라도 보고 왔지."

"이 정도면 진수성찬이지. 안 그래, 레오?"

"맞습니다. 하나같이 정성을 들인 음식들인 것 같습니다."

식탁에는 된장찌개와 익은 김치, 그리고 할머니가 추석 때 부쳐 주고 가셨다는 전들이 놓여 있었다.

"할머니 언제 오신다고 했지?"

"맞다. 어제 할머니한테 전화 왔었는데. 미국에서 친구 만
드셨다고, 조금 더 있다가 오시겠다던데?"

"내 전화는 받지도 않으시더니."

"원래 그런 분이시잖아."

손자가 이세계에서 무사히 돌아왔다는데, 살짝 섭섭하긴
하네.

원체 괴팍하신 분이셨으니까.

나는 가볍게 고개를 끄덕이면서 식탁에 앉았고, 레오 역시
내 옆 의자에 앉았다.

그러자 곧 어깨에 레오의 듬직한 삼각근이 느껴지기 시작
했다.

확실히 식탁이 좁다.

이럴 줄 알았으면 거실에다가 상을 펴 두고 먹을 걸 그랬
나?

그런 우리 둘의 모습이 안쓰러워 보였던 걸까?

인욱이가 수저를 놓아 주면서 묻는다.

"그냥 거실에서 상 펴고 먹을까?"

"아닙……."

레오의 대답에 물끄러미 우리를 보고 있던 시연이가 본인
옆의 의자를 끌어 주면서 말했다.

"레오 아저씨! 제 옆에서 같이 먹어요. 제가 작으니까 괜
찮으실 거예요."

어이구, 착한 것.

레오가 슬쩍 나를 바라보았고, 나는 고개를 끄덕였다.

"그럼 잠시 실례하겠습니다, 시연 님."

"헤헤, 편하게 시연이라고 불러도 되는데."

"교황 성하의 동생분께 함부로 무례를 범할 수 없지요."

"우리 오빠가 교황이에요?"

나는 시연이의 질문에 그저 미소를 지으면서 수저를 들었다.

"일단 밥부터 먹자. 배고프다."

나중에 시간 내서 시연이에게 이야기를 해 줘야겠다. 생각해 보니 시연이한테 저쪽 세계에서 무슨 일이 있었는지 이야기를 안 해 줬었네.

그런 걸 보면 시연이가 참 어른스럽다.

궁금하다고 먼저 물어볼 줄 알았는데 말이야.

"그럼 다시 잘 먹겠습니다!"

시연이는 다시 수저를 들었고.

"오늘도 일용한 양식을 주신 리멘께 감사드립니다."

레오 역시 잠시 기도를 드린 다음, 어색하게나마 숟가락을 쥐었다.

나 역시 그 둘을 잠시 살피고 나서 곧바로 본격적인 식사를 시작했다.

"이거지."

워낙 시장했던 탓에 밥은 아주 맛있었다.

구수한 된장찌개와 프라이팬에 살짝 달군 듯한 전.

거기에 입이 느끼해지려고 할 때마다 적당히 익은 김치를 입에 집어넣으니, 이것보다 행복할 수 없었다.

역시 한국인은 밥심이다.

에덴에서 가장 그리웠던 게 바로 이 맛이었거든.

그렇게 만족스러운 식사가 계속되는 가운데, 내 눈앞에 꽤 재밌는 장면이 펼쳐졌다.

짤그락.

젓가락이라곤 써 본 적이 없었을 레오가 신들린 젓가락질을 보여 주면서 아주 빠른 속도로 전과 함께 밥을 해치워 버린다.

"젓가락질 그거 처음 하면 엄청 어려운데 왜 그렇게 잘하냐?"

"마수들과 39시간 동안 싸우는 것에 비하면 아무것도 아니지 않습니까?"

"그건 애초에 비교 대상이…… 아니다, 밥이나 계속 먹어라."

그뿐만이 아니었다.

녀석은 된장찌개도 거침없이 숟가락으로 떠먹더니, 곧 눈을 크게 뜨면서 감탄사를 내뱉었다.

"오. 리멘이시여."

갑작스러운 타이밍에 훅 들어오는 감탄사에 나도 모르게 웃음이 튀어나왔다.

"킥."

"음, 죄송합니다. 교황 성하. 처음 먹어 보는 음식임에도 불구하고 너무 맛이 좋아서……."

"음식이 입에 맞는다니까 보기 좋네. 많이 먹어."

나는 레오가 식사하는 모습을 바라보면서 만족스럽게 고개를 끄덕였다.

내일부터는 빡세게 굴릴 테니까 밥이라도 잘 멕여 둬야지.

먹고 죽은 귀신이 때깔도 곱다잖아?

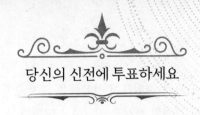

다음 날 아침.

"흐으으음."

나는 거실의 소파에 앉아서, 신성력이 강렬하게 느껴지는 목걸이를 만지작거렸다.

레오가 지구로 넘어올 때 가지고 왔던 성유물, 〈리멘의 증표〉.

연녹색의 보석이 인상적인 목걸이며, 리멘이 직접 축복을 내렸던, 리멘 교단에서 보관하고 있던 대표적인 성유물 중 하나였다.

원래는 교황청의 지하에 보관되고 있던 성유물이었는데, 생뚱맞게 지구로 넘어오게 되었다.

레오가 무단으로 침입해서 성유물을 훔쳐 왔을 리가 없었고, 레오 역시 리멘의 계시를 받았다고 말했다.

　리멘이 이유까지 말해 주진 않았다고 했지만, 나는 레오로부터 목걸이를 넘겨받자마자 리멘이 어떤 의도였는지를 깨달을 수 있었다.

메인 퀘스트 〈교세 확장〉의 정보가 갱신되었습니다.
[교세 확장 – 신전]
종류: 메인
설명: 당신은 에덴에서 넘어온 선교사를 통해, 당신이 모시는 신의 힘이 담긴 성유물을 획득하였습니다. 따라서 당신에게 새로운 목표가 설정됩니다.
교황이시여, 기꺼이 교단의 신도가 되어 준 이들을 위하여 신전을 건축하십시오. 신전은 신도들이 함께 믿음을 키워 나갈 수 있는, 소중한 신앙의 보금자리가 되어 줄 것입니다.
완료 조건: 신전을 건축할 것.
보상: 1. 특성 〈세례〉 레벨 +1
　　　2. 신성 점수(DP) 500점

　대충 예상은 했던 전개다.

　교단이 자리를 잡기 위해서는 신전이란 아주 필수적인 요소였기 때문이다.

　신에게 기도를 드릴 수 있는 장소.

　교리를 배우며, 다른 신도들과 활발하게 소통할 수 있는 만남의 장.

　신전의 역할은 종교에 있어서 아주 필수적인 역할이기도

하며, 그건 지구의 기성 종교들도 크게 다르지 않았다.

기독교의 교회, 불교의 절, 이슬람교의 사원 등등.

그 시설들이 하는 역할들을, 에덴에서는 신전이 수행했다고 보면 된다.

그러니까 결국 이 〈메인 퀘스트〉라는 것은 정말로 리멘 교단이 지구에서 자리를 잡는 방향으로 진행되고 있다는 의미기도 했다.

그렇게 내가 한참 목걸이를 만지작거리면서 고민에 잠겼을 때였다.

"교황 성하. 잠시 발을 들어 주시겠습니까."

"어, 그래."

"감사합니다."

"……잠깐만. 뭐가 좀 이상한데."

나는 레오의 말에 상념에서 깨어나면서 눈앞을 직시했다.

하와이안 반바지에다가 터질 것 같은 하얀색 반팔 티를 입은 레오가, 진공청소기를 통해서 거실을 청소하는 중이었다.

청소를 하는 것 정도야 크게 이상한 일은 아니다. 원체 레오가 좀 깔끔한 성격이라서, 이상할 것도 없다.

다만, 지금 이 상황에서 묘한 이질감이 느껴지는 건.

"너 진공청소기 사용하는 법은 또 어디서 배웠냐."

지구에 도착한 지 하루도 안 된 레오가 능숙하게 진공청소기를 사용하는 모습 때문이었다.

분명 어제까지만 해도 엘리베이터라는 신문물에 경악성을 내뱉었던 레오였다.

그래서 지구에 적응하기까지는 좀 오래 걸리겠다 생각했는데, 뚜껑을 열어 보니 전혀 그렇지 않았다.

"시연 님께서 등교하시기 전에 저에게 알려 주셨습니다. 그리고 이 작은 책자를 건네주시더군요."

레오는 그렇게 말하며 주머니에서 진공청소기의 매뉴얼 책자를 꺼내 들었다.

그러고는 여전히 무뚝뚝한 표정으로 말했다.

"교황 성하를 직접 모시게 된 이상, 처소의 정결함은 제가 담당할 일입니다. 심려치 않으셨으면 좋겠습니다."

"빨래도 네가 개어 둔 거야?"

나는 눈짓으로 소파에 곱게 개어진 옷들과 수건을 가리켰고, 레오는 고개를 끄덕이면서 대답했다.

"그렇습니다. 인욱 님께 여쭈어보았더니 친절하게 가르쳐 주셨습니다. 더불어, 세탁기와 건조기라는 기계의 사용법도 익힐 수 있었습니다."

곰도 잡아먹을 비주얼의 소유자지만, 알고 보면 집안일에는 진심인 남자.

거기에 S급 헌터쯤은 가볍게 땅에 처박을 수 있는 전투 기능까지 탑재되어 있으니, 이 얼마나 완벽한 집사란 말인가.

원래는 여유가 되는 대로 레오를 집에서 독립시켜 둘 생각이었는데, 생각이 바뀌었다.

"레오야."

"예, 교황 성하."

"넌 에덴에서도, 여기에서도 내 든든한 오른팔인 거다. 알겠지?"

"성심성의를 다하여 사역을 돕겠습니다."

난 빨래랑 청소를 주로 오른팔로 하거든.

나는 레오의 대답에 만족스럽게 고개를 끄덕인 다음, 소파에서 일어났다.

그리고 기지개를 켜면서 말했다.

"청소 대충 마무리하고 슬슬 나갈 준비나 하자. 인욱이가 30분 전에 네 옷 사러 나갔으니까 곧 돌아올 거야."

그 말에 레오가 조심스럽게 묻는다.

"혹시 무슨 일인지 여쭈어봐도 되겠습니까?"

"음."

레오의 질문에 잠시 고민하다가 썩 괜찮은 대답을 떠올렸다.

나는 슬쩍 미소를 지으면서 대답했다.

"새 신자 상담."

꧁

이곳은 마포구 합정에 위치한 어떤 회사의 사옥.

"제가 직접 찾아뵀었어야 하는 건데…… 정말 죄송합니다."

"바쁜 사람을 오라고 할 수는 없죠. 원래 여유 있는 사람이 오는 게 맞습니다, 형제님."

"아무리 그렇다고 해도 교황님께서 직접 오시게 하는 건 예의가 아닌 줄로 압니다."

"어후, 정말 괜찮다니까요? 오랜만에 서울 구경하고 좋았습니다."

나는 민수 씨의 말에 손사래를 치면서 슬쩍 주위를 둘러보았다.

솔직히 말해서 미튜버의 회사라고 해서 그렇게 큰 규모는 아닐 거라고 생각했는데, 막상 이렇게 보니 내 생각이 잘못되었단 걸 깨달았다.

서울, 그것도 홍대에 근접해 있는 5층짜리 사옥에다가 대충 봐도 많아 보이던 직원들까지.

대표실이 있는 이 5층으로 오면서 인사를 나눈 직원만 해도 30명은 훌쩍 넘기는 것 같았다.

확실히 구독자가 많은 미튜버답다고 해야 할까?

이렇게 보니 마냥 광신도처럼 보였던 민수 씨가 다시 보인다.

나는 민수 씨가 직접 내려 준 예멘 모카 마타리인가 뭔가 하는 커피를 마시면서 넌지시 물었다.

"회사가 생각보다 크네요."

내 질문에 민수 씨는 부끄럽다는 듯이 대답했다.

"별거 아닙니다. 저희가 미튜브 업무만 처리하는 건 아니기에 생각보다 규모가 조금 있습니다."

"다른 업무는 어떤 게 있습니까?"

"저희도 나름 길드로 승인받은 회사입니다. 미튜브가 주된 컨텐츠 중 하나라고 보시면 되고, 저희도 던전 토벌 의뢰라든지, 게이트 토벌전 참여라든지, 길드 단위의 의뢰도 수행합니다. 사실, 매출 자체는 미튜브보다는 길드 의뢰 쪽에서 훨씬 많이 발생하는 편입니다."

확실히 미튜브에만 신경 쓴다기에는 부서도, 직원도 많아 보이기는 했다.

나는 고개를 살짝 끄덕인 다음 커피를 다시 한 모금 목으로 넘겼다. 그리고 내 옆에서 커피의 맛에 감탄하고 있던 레오를 향해서 물었다.

"어때, 먹을 만해?"

"식견을 넓혀 주는 맛입니다. 지구의 식문화에 더욱더 관심이 생깁니다."

저 정도면 레오가 할 수 있는 표현 중에서 극찬에 속한다고 보면 된다.

나는 레오의 대답에 피식 웃은 다음, 아까 전부터 레오를 계속 훔쳐보고 있던 민수 씨에게 말했다.

"제가 어제 전화로 말씀드렸던 사람입니다. 리멘의 교리를 설파하기 위해 에덴에서 넘어온, 레오 루멘 대주교라고 합니다."

"아! 이분이!"

내가 슬쩍 눈치를 주자 레오는 마시고 있던 커피 잔을 내려놓았다.

그리고 정중하게 일어서더니, 곧 민수 씨에게 정중하게 고개를 숙이면서 인사를 건넸다.

"지구에서 믿음의 형제를 만나게 해 주신 리멘께 감사를. 반갑습니다, 민수 형제님. 레오 루멘이라고 합니다."

"구민수라고 합니다."

"민수 형제께서는 이미 리멘 님을 영접하셨군요. 리멘 님의 흔적이 느껴집니다."

레오의 말대로 민수 씨로부터 리멘의 흔적이 아주 미약하게나마 느껴지고 있었다.

물론 지난번에 병원에서, 그리고 구로구 게이트에서 봤을 때도 민수 씨로부터 리멘의 힘이 어느 정도 느껴지기는 했었다.

다만 그때는 시간이 지나면 알아서 소멸하겠지 하면서 지

나갔을 뿐인데, 확실히 지난번보다 훨씬 리멘의 기운이 강해지기는 했다.

신성력이 발아하기 바로 직전의 단계라고 해야 할까?

아무래도 민수 씨의 신앙심은 내가 생각했던 것보다 훨씬 진심이었던 모양이다.

당분간은 민수 씨의 상태를 조금 지켜볼 필요가 있을 것 같긴 하다.

마력 보유자에게 신성력이 생기는 경우는 에덴에서도 그렇게 흔한 경우는 아니었기 때문이다.

아무튼.

그렇게 둘은 반갑게 인사를 나눴고, 화기애애한 분위기 속에서 본론이 시작되었다.

"이것부터 봐 주시겠습니까."

나는 그렇게 말하며 내 품속에서 〈리멘의 증표〉를 꺼내서 책상 위에 올렸다.

〈리멘의 증표〉
● 아이템 종류: 성유물 - 리멘 교단
● 출신 차원계: 에덴
● 설명: 리멘의 힘이 담긴 목걸이. 〈성역〉을 형성할 수 있는 힘이 담겨져 있다. 〈차원계: 지구〉와 맺어진 인과율 협약에 따라, 교단이 정당하게 점유한 땅을 대상으로만 사용할 수 있다.
● 사용 효과: 일정 범위 내에 〈성역〉을 선포한다.
*경고! 인과율에 따라, 강제적으로 점유한 땅은 인정되지 않습니다.

여기서 말하는 성역이란 리멘의 권능이 맞닿은 땅을 의미한다.

리멘 교단의 교리상, 교단의 신전은 반드시 성역 위에 세워져야만 한다.

에덴의 경우에는 리멘이 축복을 내려 뒀던 대지가 성역이 되어 대륙 곳곳에 있었기 때문에 별다른 문제가 되지는 않았다.

하지만 이곳은 지구.

리멘의 축복이 깃든 대지가 있을 리가 있나.

리멘 역시 그것을 알고 있기 때문에 레오를 통해서 나에게 본인의 성유물을 보내 준 것이다.

우우우우웅─.

"아아."

성유물에 담긴 신성력이 민수 씨에게 감응했고, 민수 씨는 감격스럽다는 표정으로 목걸이를 바라보면서 입을 열었다.

"이건……."

"레오 대주교가 에덴에서 넘어오면서 가져온 교단의 성유물입니다."

나는 간단하게 설명한 다음, 곧바로 말을 이어 갔다.

"교단의 교리를 설파해 줄 대주교도 지구에 도착하였으니, 이제부터 본격적으로 선교를 시작할까 합니다."

"제가 무엇을 도와드리면 되겠습니까?"

"가장 먼저 신전을 건축해 보고자 합니다."

내 말에 민수 씨는 기다렸다는 듯이 본인의 핸드폰을 집어들면서 대답했다.

"곧바로 경영지원팀에 연락을 넣어서 자금을 마련해 보도록 하겠습니다. 리멘 님의 역사적인 첫 신전을 위해서라면⋯⋯."

"⋯⋯돈이 급했다면 굳이 민수 형제님에게 찾아오진 않았겠죠?"

돈은 당장 시급한 문제가 아니었다.

필요하다면 굳이 빌릴 것도 없이 내가 벌면 되는 문제다.

가진 것은 그저 건강한 몸뚱어리뿐이었던 옛날과는 달랐다.

이능관리부의 도움이야 좀 받아야겠지만, 게이트나 던전 등을 통해서 돈을 벌겠다 마음먹으면 얼마든지 벌 수 있을 것이다.

한 시대를 풍미했던 암호 화폐 수준의 돈 복사까지도 가능할지도 모른다.

나는 민수 씨의 눈을 바라보면서 천천히 말했다.

"리멘 교단의 첫 신전이니만큼, 대중들에게 조금은 더 친숙하게 다가갈 만한 아이디어를 원합니다. 최대한 많은 분들이 참여할 수 있는 방식이면 더더욱 좋겠네요."

540만 미튜버라면 뭔가 번뜩이는 재치 같은 게 있지 않을까, 하는 막연한 기대였다.

아무래도 나는 이런 컨텐츠 쪽으로는 영 임기응변이 부족해서 말이다.

그건 레오 역시 마찬가지다.

원리 원칙으로 똘똘 무장한 레오에게 그런 걸 기대하는 것이 욕심이다.

전장에서의 임기응변과, 이런 임기응변은 아예 종류가 다르니까.

"부담 가지실 필요 없습니다."

민수 씨로서도 당황스러운 질문일 거라 생각했기에 시간을 좀 주려고 했다.

하지만 그건 어디까지나 내 착각에 불과했던 것 같다.

"혹시, 신전이 지어질 장소는 이미 정하셨습니까?"

"아직입니다."

"염두에 둔 곳도 없으신지요?"

"네."

내 짧은 대답에 민수 씨가 내 눈을 바라보며 말했다.

"그렇다면 이런 건 어떻습니까?"

그리고 그 뒤이어진 민수 씨의 아이디어에, 나는 어이가 없다는 듯이 물었다.

"그게 됩니까?"

✿

　　신전에 대한 이야기를 나눈 지 10분이 지났다.

　　우리는 장소를 옮겨서, 대표실 밑층에 있는 회의실로 향했다.

　　놀랍게도 회의실은 이미 발표 준비가 끝난 상태였다.

　　민수 씨는 스크린에 본인의 PPT 자료를 띄워 둔 채로 마이크를 잡았다.

　　"그럼 신전 건축 계획에 대한 간략한 브리핑을 시작하도록 하겠습니다."

　　나는 민수 씨의 얼굴과 스크린을 번갈아 쳐다본 다음, 나도 모르게 허탈하게 웃으면서 질문을 던졌다.

　　"민수 형제님. 이걸 고작 10분 만에 준비한 겁니까?"

　　내 질문에 민수 씨는 부끄럽다는 듯이 살짝 고개를 숙이면서 대답했다.

　　"사실, 이미 제가 따로 준비해 뒀던 구상들입니다."

　　"언제부터요?"

　　"교황님께서 저를 구해 주시고, 리멘님께서 저를 구원해 주셨던 그날부터입니다. 지구에 리멘님의 신전을 세우는 것이야말로 저에게 주어진 사명이라고 생각했었습니다."

　　광신도의 사고방식은 이해할 수가 없다.

　　본인을 한 번 치료해 줬을 뿐인데, 그녀를 위해 신전까지

짓겠다는 생각을 하다니.

세상에 어떤 누가 저런 식으로 사고하겠어?

하지만 영 이해할 수 없는 나와는 달리.

내 옆에 앉아 있던 레오는 고개를 끄덕이면서 박수를 치기 시작했다.

짝짝짝.

"이 얼마나 훌륭한 일꾼이란 말입니까. 민수 형제님의 신앙심에 탄복할 수밖에 없군요. 리멘께서 분명히 기뻐하실 겁니다."

광신도들 사이에는 통하는 게 있는 모양이다.

여태 무뚝뚝한 표정을 짓고 있던 레오의 표정이 어느샌가 감격에 물들어 있었다.

그리고 진심이 가득 담긴 레오의 말에 민수 씨는 정중하게 고개를 숙이면서 대답했다.

"제가 마땅히 해야 할 일을 했을 뿐입니다!"

"형제님을 위해 항상 기도하겠습니다."

나는 그 둘의 계속되는 상호작용을 바라보면서 한숨을 내쉬었다.

"거, 그루밍은 좀 나중에 하고. 발표나 계속합시다."

내가 그렇게 말하고 나서야 발표가 계속되었다.

민수 씨는 고개를 한 번 끄덕인 다음, 화면에 본인의 미튜브를 캡처한 사진을 띄웠다.

"일전에 제 미튜브 채널에서 몇 번 시도해 본 적이 있던 방식입니다. 시청자들이 조금 더 적극적으로 참여할 수 있는 방식이기도 하고, 대다수의 이용자들에게 익숙한 방식이기도 합니다."

나는 화면에 떠 있는 사진을 바라보면서 고개를 끄덕였다.

"커뮤니티 투표."

"맞습니다. 저희는 주로 새로운 컨텐츠를 확정 지을 때 사용했던 방식이기도 한데, 꽤 좋은 반응을 이끌어 낼 수 있었습니다."

미튜브 커뮤니티 투표는 내가 에덴으로 납치당하기 전에도 자주 본 적이 있던 시스템이었다.

클릭 한 번으로 참여할 수 있어서 접근성도 높았던 걸로 기억한다.

미튜브의 주류 컨텐츠는 바뀌었지만, 내가 기억하고 있던 시스템들은 여전한 것 같다.

민수 씨는 침착하게 발표를 이어 갔다.

"신전 부지의 선택권을 대중들에게 넘긴다는 건, 기존 종교들과는 아예 다른 출발선에서 시작하는 것과 마찬가지입니다. 교황께서 원하시는 소통하는 종교, 함께하는 종교라는 이미지를 구축하기에는 더욱 쉬울 거라 생각합니다."

그럴듯한 이야기다.

〈함께 만들어 가는 종교〉라는 프레임은 내가 처음부터 구상했던 이미지다.

게다가 이미 리멘과도 이야기를 끝낸 사안이기도 하고 말이다.

다만, 여기에서 발생하는 문제점이 있다.

나는 두 손을 책상 위에 가볍게 포개면서 민수 씨에게 물었다.

"교단의 첫 신전은 특별한 의미가 있는 곳에 짓고 싶습니다."

지구에 선보이는 리멘 교단의 첫 신전이다.

다른 종교의 시설들처럼 단순히 유동 인구가 많거나, 사람이 꽤 자주 찾을 수 있는 곳에 세우고 싶지는 않았다.

하지만 민수 씨는 내 질문에 기다렸다는 듯이 미소를 지으면서 PPT의 다음 장으로 넘어갔다.

화면에는 익숙하면서도 낯선 사진이 떠올랐다.

종로에 위치한 대한민국 대표 고궁인 경복궁.

여기까지는 내가 이미 알고 있는 장면이었지만, 경복궁 옆에 무식하게 세워진 파란색의 장벽은 분명 낯선 요소였다.

"교황께서는 지구의 시간으로 5년 만에 돌아오셨기 때문에 저 거대한 벽이 낯설게 느껴지실 겁니다."

그는 그렇게 말하며 리모컨을 눌렀고, 화면에는 〈그라운드 제로(Ground Zero)〉라는 글자와 함께 폐허가 되어 버린 지

우리 교황님 좀
말려주세요

역의 사진이 떠올랐다.

사람의 흔적이라곤 더 이상 찾아볼 수 없는 곳.

주변을 둘러싼 거대한 파란색 장벽은 그곳의 분위기를 더욱 을씨년스럽게 만들고 있었다.

"이곳은 일명 그라운드 제로라고 불리는 곳입니다. 5년 전, 〈디멘션 오프닝〉이 시작되고 나서 최초로 카오스게이트가 등장했던 지역이기도 합니다. 위치상으로 종로구 가희동 일대, 쉽게 말해서 북촌한옥마을 일대라고 생각하시면 편합니다."

"이해했습니다."

"현재 띄워진 사진은 옛날 사진이며, 벽 바깥의 사진을 찍었던 겁니다. 내부는 촬영이 불가능한 탓에 보여 드리지는 못하는 점, 유의해 주시길 바랍니다."

가족들이랑 함께 갔던 기억이 있다.

나는 고개를 가볍게 끄덕였고, 민수 씨는 계속해서 말을 이어 나갔다.

"수많은 희생을 치른 끝에 게이트의 코어를 파괴할 수 있었으나, 그 과정이 너무 길어졌던 탓에 게이트 중심 지역의 마력 오염은 피할 수 없었습니다. 마력 정화 기술이 발달함에 따라 비교적 외곽 지역의 오염은 제염할 수 있었지만……."

"중심부의 마력 오염은 해결하지 못했군요. 그래서 대신 그 지역을 저렇게 벽으로 막아 둔 거고."

"정확하십니다. 마력을 흡수할 수 있는 광물인 미스릴이 함유된 내벽을 포함하여, 총 5겹의 벽으로 구성되어 있습니다."

마력은 소유자로 하여금 한계를 뛰어넘게 만드는 힘이지만, 뭐든지 과하면 문제가 되는 법이다.

극심한 마력은 오염을 일으키고, 오염은 기존의 질서를 파괴한다.

파괴의 결과는 당연히 재앙이다. 마력에 오염당한 대지는 더 이상 생명을 품을 수 없게 된다.

화면 속의 저 죽어 버린 도시처럼.

"그라운드 제로는 서울에만 있는 건 아닙니다. 대전과 부산에도 존재합니다. 그러나 대한민국 국민들에게 이곳이 더 특별하게 느껴지는 건, 이곳이 대한민국 최초의 그라운드 제로기 때문입니다."

처음에는 민수 씨가 생뚱맞게 그라운드 제로에 대해서 설명하기에, 도대체 이게 뭔가 싶었다.

그러나 열정적으로 불타오르는 민수 씨의 눈빛을 보면 어째서인지 쉽게 깨달을 수 있었다.

나는 물을 한 모금 마신 다음, 천천히 말했다.

"그러니까 민수 형제님은 우리 교단이 저곳에다가 신전을 세웠으면 좋겠다, 이겁니까?"

"그라운드 제로에 저희의 신전을 세울 수만 있다면, 리멘 교단은 많은 것을 얻을 수 있습니다. 이를테면, 구원, 희망. 이런 아이콘들을요."

나로서는 해 보지도 않았던 상상이었지만, 그의 발표를 들으니까 나도 모르게 웃음이 나온다.

과연, 540만 미튜버란 자리는 운으로 올라간 자리가 아닌 것 같다.

하지만 여기서 몇 가지 문제점이 존재했다.

나는 미간을 살짝 찌푸리면서 민수 씨에게 물었다.

"오염된 땅에 신전을 세우는 게 가능합니까?"

"물론 정화를 해야겠지요."

"아니, 정부에서도 못 했다면서요."

"구로구에서 리치의 저주를 정화하신 것처럼, 다시 한번 리멘께서 교황님의 손을 빌려 기적을 보여 주실 거라 믿습니다."

그 말에 여태껏 잠자코 있던 레오가 고개를 끄덕이면서 대답했다.

"옳으신 말씀이십니다, 형제님."

"야."

"예, 교황 성하."

"그럼 그냥 네가 교황 해. 어?"

"……죄송합니다."

마력 오염은 지난번 리치의 마기와는 아예 근본부터 다른 오염이다. 신성력을 통해서 정화하는 것은 분명한 한계를 지니고 있다.

하지만 마냥 불가능한 것도 아니었다.

왜냐하면 나에게는 지금 〈리멘의 증표〉가 있었으니까.

〈리멘의 증표〉를 통해서 오염 지역에 성역을 선포한다면, 정화 효과를 충분히 기대해 볼 만하다.

다만, 아직까지는 저 지역 전부를 성역으로 선포할 수 없을 뿐이지.

일단 불가능한 건 아니니까 넘어가고.

나는 아까부터 고개를 들이밀고 있던 의문점 하나를 추가로 제기했다.

"그라운드 제로에 신전을 짓는다고 치고, 아까 전에는 투표를 통해서 부지를 정한다고 하셨잖습니까. 사람들이 그라운드 제로에 투표 안 하면 다 쓸데없는 계획 아닐까요?"

대중들의 참여와 상징성.

두 마리 토끼를 다 잡는 게 과연 가능할까?

그러나 민수 씨는 이번에도 역시 기다렸다는 듯이 화면을 바꾸면서 말했다.

"저희가 커뮤니티 투표에 올릴 선택지는 총 두 개입니다."

화면에는 민수 씨의 말대로 총 두 가지의 선택지가 띄워져 있었다.

[가제 : 당신의 신전에 투표하세요!]

[1. 역시, 유동 인구가 많고 접근성이 유리한 곳이 좋지 않을까? – 강남역 or 홍대입구역]

[2. 이곳만큼은 절대로 안 돼 – 그라운드 제로]

나는 그 선택지를 한참 동안 바라본 다음, 어이가 없다는 듯이 민수 씨에게 말했다.

"투표라면서요."

그 말에 민수 씨는 당당하게 고개를 끄덕였다.

"투표가 맞습니다. 근데 이제 불공평을 곁들인……."

"사람들이 정말 2번에 투표를 할까요?"

내 질문에 민수 씨는 단호한 말투로 대답했다.

"물론입니다."

"근거는?"

"혹시 2000년대 초, 파맛 초콜렛시리얼 사건을 기억하십니까?"

그의 말에 나는 잠시 동안 고민한 다음, 고개를 끄덕였다.

"되겠네."

﹡

강남역이나 홍대입구역 부근에 신전을 세우는 것과, 그라운드 제로 부근에 신전을 세우는 것.

종교 시설은 비교적 접근이 용이한 곳에다가 만드는 것이 기본적인 상식이다. 따라서 아무도 접근할 수 없는 그라운드 제로보다는, 당연히 전자에 언급된 지역에 신전을 짓는 게 〈일반적인〉 상식이라고 할 수 있을 것이다.

따라서 정말 리멘 교단을 생각해 주고, 리멘 교단의 발전을 원한다면 당연히 1번 선택지인 강남역에 투표를 해 주는 것이 맞다.

그러나 인터넷 커뮤니티 투표라는 것의 특성상, '상식적으로' 흘러가기를 기대하는 것은 차라리 불가능에 가까웠다.

민수 씨와의 회의가 끝난 직후, 민수 씨의 채널에는 내가 출연한 간단한 홍보 영상과 함께 곧바로 투표가 진행되었다.

영상의 내용은 별거 없었다.

그냥 내가 사제복 입고 나가서, '당신의 신전에 투표하세요!'라고 말했던 것 정도?

그리고 투표는 어제 저녁 6시부터 오늘 오후 4시까지 진행되었는데, 투표 결과부터 말하자면 다음과 같다.

[당신의 신전에 투표하세요!]

[1. 역시, 유동 인구가 많고 접근성이 유리한 곳이 좋지 않을까? – 강남역 or 홍대입구역 / 3.6%]

[2. 이곳만큼은 절대로 안 돼 – 그라운드 제로 / 96.4%]

입맛이 쓰기는 하지만 계획대로는 되었다.

원래 하지 말라면 더 하고 싶은 법이기는 한데, 투표와 영상에 달린 댓글을 보면 아직까지 우리 교단이 어떤 이미지인지는 대충 파악할 수 있었다.

　

－도대체 이 컨셉이 언제까지 갈까?

－ㅋㅋㅋㅋ이세계에서 있다가 돌아왔다더니 아직도 감 제대로 못 잡았나 보네. 강남역? 어림도 없지. 그냥 바로 그라운드 제로

－님들. 제가 예언 하나 함. 얘네 1주일 안에 투표 번복함ㅋㅋ

－미국에서도 지네들 그라운드 제로 마력 오염 해결 못 했는데 우리가 어케 함? 얘네가 진짜 그라운드 제로에 신전 세울 수 있으면 내가 전 재산 헌금함. 참고로 본인 도지 29층 오너ㅋ

－네 다음 상장폐지 코인

－민수 형…… 이젠 진짜 사이비가 되어 버린 거야? 실망이야. 구독 취소할게.

－나는 왜 이 새끼 이레귤러라는 것도 믿음이 안 가냐? 솔직히 리치 잡는 건 상위권 랭커들도 할 수 있는 거 아니냐?

－ㅇㅇ 안 그래도 이능관리부에서 일부러 조작했다는 이야기도 돌던데ㅋ

아무래도 구로구와 여의도에서 보여 줬던 활약으로는 대중들의 여론을 쉽게 바꿀 수는 없는 모양이다.

그래도 관심은 진짜 많이 끌었다.

꽤 많은 기자들이 〈이레귤러의 새로운 행보〉, 〈이레귤러 김시우, 서울 그라운드 제로 정화 선언?〉 등의 제목으로 열심히 이야기를 퍼뜨리는 중이기도 하다.

그리고 무엇보다.

메인 퀘스트 〈교세확장 - 신전〉의 완료 조건이 갱신되었습니다.
완료 조건: 성유물 〈리멘의 증표〉를 사용하여, 서울에 위치한 〈그라운드 제로〉에 성역을 형성하십시오.
주의! 지정된 지역이 아닌 다른 곳에 성역을 형성할 경우, 페널티 특성 〈불신〉을 획득합니다. 〈불신〉 특성을 보유하고 있는 경우 획득하는 신성 점수가 절반으로 줄어듭니다.

메인 퀘스트 완료 조건 역시 특정되었다.

동시에 실패 페널티가 생겼다는 건 꺼림칙하지만, 사실 크게 상관은 없었다.

어차피 이미 마음은 정했다.

어제 민수 씨가 해 줬던 발표가 마음에 들었던 것이다.

구원과 희망의 아이콘.

과도한 비약일 수도 있겠다만, 그래도 듣기에는 참 마음에 드는 타이틀이 아니던가.

그래서 곧바로 일을 진행시켰다.

그라운드 제로는 공식적으로 정부에서 관리하는 지역이었으므로 내가 가장 먼저 했던 일은 김 팀장과 접선하는 것이었다.

이미 나를 모니터링하고 있던 김 팀장은 내 연락에 즉각적으로 응답을 했고, 늘 그렇듯 우리 집 앞 카페에서 접선하게 되었는데.

"결론부터 말씀드리겠습니다. 현재로서는 그라운드 제로 접근 승인은 불가능합니다."

초장부터 단호하게 거절당하고 말았다.

너무 단호한 거절이었기에 나는 그저 허탈하게 웃으면서 이유를 물어볼 수밖에 없었다.

"혹시 이유라도 물어볼 수 있겠습니까?"

"시우 님께서 말씀해 주신 계획에 문제가 있어서 이러는 게 아닙니다. 그 부분은 확실히 하고 가겠습니다. 오해는 안 해 주셨으면 좋겠습니다."

"그러면 왜……."

내 질문에 김 팀장은 크게 한숨을 내쉬더니, 고개를 숙이면서 대답했다.

"현재 서울 그라운드 제로 내부에 심각한 문제가 발생하여 확인 중에 있습니다."

……인과율, 또 너야?

꧁

　김 팀장의 이야기에 따르면, 그라운드 제로는 마냥 쓸모없는 불모지가 아니라고 한다.

　마력 폭주로 인해서 사람이 살 수 없는 환경은 맞지만, 일정 수준 이상의 마력 저항력을 보유한 플레이어라면 활동이 가능한 수준이라고 했다.

　그리고 무엇보다 중요한 건, 그라운드 제로 내부에 질 높은 마정석 광산이 존재한다는 사실이었다.

　마정석.

　마력이 결정화되어 만들어진, 마력 그 자체라고도 할 수 있는 광물.

　주로 마력을 사용하는 몬스터들로부터 얻을 수 있는 주요 부산물 중 하나이기는 했으나, 고품질의 마정석들은 대부분 마정석 광산에서 생산된다.

　에덴에서도 익히 알고 있었던 지식이었기 때문에 크게 이상하지는 않았다.

　게다가 마정석 광산이 그라운드 제로에 위치해 있다는 것도 말도 안 되는 이야기가 아니었다.

　마정석 광산이 주로 마력 오염 지역에 자연적으로 생성되는 건 이미 증명된 사실이었기 때문이다.

　그러니까 그 마정석 광산과 지금 이 상황이 어떤 관계가 있냐면.

"그라운드 제로 내부에서 마정석 광산을 두고 플레이어들 간의 전투가 벌어진 것으로 파악됩니다. 현재까지 추정되는 사망자 숫자는 최소 다섯 명. 그라운드 제로 내부에서 활동할 수 있는 저항력을 지닌 플레이어들이었으니, 최소 A급 헌터 이상으로 추정됩니다."

"대단들 하네요. 대단들 해."

"그라운드 제로에서 구할 수 있는 고품질의 마정석은 그 무엇으로도 대체할 수 없기 때문이지요."

플레이어들이 마정석 광산을 두고 전투를 벌이고 있는 상황까지 이르렀기 때문이다.

나는 김 팀장의 설명을 들으며 커피를 한 모금 목으로 넘겼다.

커피가 씁쓸한 건지, 이 상황이 씁쓸한 건지.

"시우 님께서도 아시다시피 마정석은 플레이어들의 장비를 제작하기 위해서 반드시 필요한 광물입니다. 1년 전, 그라운드 제로에서 마정석 광산이 발견된 이후로 대형 길드들은 각각 전문팀을 꾸려서 채굴에 참여하고 있었죠."

"처음부터 정부가 상황을 통제했으면 된 거 아니었습니까?"

내 당연한 질문에 김 팀장은 힘겹게 웃으면서 대답했다.

"그라운드 제로에서 활동이 가능한 마력 저항력의 보유자들 중 거의 대부분이 대형 길드에 속해 있습니다. 저희가 할 수 있던 건 그저 그라운드 제로의 출입을 기록하는 것뿐이었습니다."

통제를 안 하는 게 아니라, 통제를 못 하는 거였구나.

대충 돌아가는 상황은 이해했다. 그리고 내가 그라운드 제로에 들어서려는 걸 정부에서 왜 막고 있는지도 금세 알아차릴 수 있었다.

"시우 님께서 그라운드 제로에 들어가신 순간, 저희 정부로서는 그 어떤 것도 도와드릴 수 없습니다."

무법 지대.

김 팀장의 설명을 듣고 나서 내 머릿속에 떠오른 단어였다.

한 가지 특이한 건 나에게 계획을 설명해 줬던 민수 씨 역시 이 사실을 모르고 있었다는 소린데, 그 이유에 대해서도 김 팀장이 말해 줬다.

"대형 길드들은 제외하고서, 그라운드 제로에 마정석 광산이 있다는 사실을 알고 있는 인원은 극히 소수입니다. 한정된 자원에 대한 정보를 공유하고 싶어 하는 인간은 없으니까요."

생각해 보면 마정석은 전략 자원으로도 분류되기에 충분한 값어치를 지녔다.

지금까지는 그 값어치가 오히려 기밀을 유지하는 데 도움을 줬던 것이다.

김 팀장은 물을 한 모금 마시더니, 여전히 침착한 목소리로 대화를 이어 갔다.

"지난 1년 동안 대형 길드들이 구성한 협의체를 통하여 채굴이 원활하게 진행되고 있었으나…… 얼마 전부터 문제가 생겼습니다."

힘을 합쳐서 채굴에 열중하던 길드들끼리 충돌이 일어날 만한 이유는 딱 하나밖에 없었다.

나는 피식 입꼬리를 올리면서 말했다.

"채굴량이 줄었나 보네요."

"……맞습니다."

"재밌네. 재밌어."

이권을 두고 싸움이 벌어진 거다.

이능관리부에서 내가 그라운드 제로로 들어가려는 것을 막는 이유 역시, 그 싸움에 휘말리는 걸 원하지 않기 때문이겠지.

이제야 이 전체적인 그림이 이해가 가기 시작했다.

그러니까 이 상황을 깔끔하게 정리하자면.

"밥그릇 싸움에 끼어들어서 괜히 피 보지 마라, 이런 뜻이 잖아요?"

"저희는 어디까지나 시우 님을 먼저 생각하는……."

"하아."

이렇게 될 거면 진작에 물어보고 투표를 시작할 걸 그랬나.

민수 씨를 탓하기에는 민수 씨 역시 현재 그라운드 제로에서 벌어지는 상황에 대해서 인지를 못 하고 있던 상태였다.

이것도 빌어먹을 인과율 때문인지는 모르겠지만, 어째 그럴듯한 계획을 세울 때마다 이 지랄이다.

현재 상황에서 가장 간단한 방법은 투표 번복이다.

하지만 정말 그랬다가는 '희망을 상징하는 교단'이라는 이미지가 아니라, '처음부터 거짓말을 하는 교단'이라는 이미지가 생길 게 뻔했다.

따라서 그 방법은 최악이다.

이렇게 저렇게 방법을 궁리해 봤지만, 결국 답은 딱 하나뿐이었다.

나는 커피 컵에 들어 있던 얼음을 씹어서 목으로 넘긴 다음, 주먹을 움켜쥐면서 말했다.

"종교인과 정치인이 해서는 안 되는 게 몇 가지 있습니다. 그중 가장 대표적인 게 뭔지 아십니까?"

"글쎄요……."

"거짓말입니다. 사람들로부터 믿음을 받으려면 당연히 거짓말을 해서는 안 되는 겁니다."

번복?

굳이 내가 대형 길드 놈들이 밥그릇 싸움 하는 거 무서워서 번복을 해야 해?

어디까지나 내가 내린 결정이긴 했으나, 고작 대형 길드들의 천박한 이권 다툼 때문에 결정을 철회할 생각은 없었다.

"정부에서도 저 그라운드 제로라는 무법 지대를 관리할 수 없기 때문에 곤란한 상황 아닙니까?"

"맞긴 합니다만."

"그럼 이렇게 합시다."

나는 김 팀장을 바라보면서 슬쩍 입꼬리를 올렸다. 그리고 은근한 목소리로 말했다.

"제가 그 곤란한 상황 끝내 드리겠습니다."

"……어떻게 말씀이십니까?"

"하하, 김 팀장님도 잘 아시면서."

어떻게긴.

로마에 가면 로마에 법을 따르랬다고, 무법 지대에선 무법을 따라야지.

※

일은 일사천리로 진행되었다.

처음에는 김 팀장도 반대를 했었지만, 최종적으로는 입장 승인이 떨어졌다.

승인이 통과된 이유는 간단했다.

-최소 S급 헌터 이상의 각성자가 두 명이 포함된 전력이므로, 안전상의 이유로 입장을 불허하는 것은 이치에 옳지 않음.

이능관리부에서는 레오가 도깨비 길드의 최 대표와 호각, 어쩌면 그 이상일지도 모른다는 판단을 내린 상태였다.

최종 승인권자인 이능관리부 장관과도 이미 이야기가 끝났다.

내 약속은 간단했다.

정말로 그라운드 제로를 정화해 보겠다는 것.

물론 일종의 수고비는 따로 챙기기로 했다.

리멘의 증표를 사용하면 분명히 일부 지역의 오염은 제거할 수 있었으니 마냥 거짓말은 아니었다.

아무튼 그렇게 내 입장 승인이 떨어졌고, 이틀이 지났다.

"높네."

나는 내 눈앞을 가로막고 있는 거대한 벽을 바라보면서 감탄사를 내뱉었다.

실제로 마주한 장벽의 크기는 사진으로 보았을 때보다 더욱 거대했다.

"이 장벽의 이름은 아크라고 합니다. 노아의 방주처럼, 문명 최후의 보루라는 의미죠."

오늘 역시 김 팀장이 함께했다. 그라운드 제로의 출입 관리소를 통과하기 위해서는 어쩔 수 없이 도움을 받아야 했기 때문이다.

나는 김 팀장의 설명에 작게 감탄사를 내뱉으면서 말했다.

"그런 걸 보면 참 지구 사람들이 작명 센스가 좋아요."

에덴이었으면 그냥 〈대마력 봉쇄벽〉 이런 식으로 지었을 텐데 말이지.

김 팀장은 내 감탄사에 가볍게 고개를 숙인 다음, 조심스럽게 물었다.

"오늘 정말 두 분이서만 들어가시는 겁니까?"

오늘 이곳에 도착한 우리 측 일행은 나를 포함하여 단 두 명이었다.

나를 제외한 나머지 한 명은 당연히 레오고.

아마 김 팀장이 저렇게 물어보는 이유는 민수 씨가 없어서인 듯했다.

"어차피 그라운드 제로 지역에서는 전자 기계가 먹통이 된다고 들었습니다. 그런 마당에 굳이 촬영팀이 필요할까요?"

"구민수 플레이어의 회사에는 꽤 괜찮은 A급 헌터들이 다수 포진되어 있습니다. 충분히 전력이 되어 줄 수 있었을 겁니다."

그 말에 나는 천연덕스럽게 대답했다

"하하, 누가 보면 제가 여기 싸우러 온 줄 오해하겠네요.

저희는 그냥 그 뭐라 해야 하냐…… 사전 답사. 신전 부지 사전 답사 하러 온 겁니다."

"……아, 제가 실언을 했군요."

물론 아예 고려를 안 했던 건 아니다.

하지만 결국 나와 레오, 둘이면 충분하다는 판단을 내렸다.

괜히 다른 사람들을 데려와서, 피해를 늘릴 필요는 없을 것 같았기 때문이다.

나는 고개를 끄덕이면서 김 팀장에게 넌지시 말했다.

"인터넷에서 몇몇 길드들의 광고를 봤었어요. 나라와 국민을 위해 함께 싸운다, 대부분 그렇게 말하면서 홍보를 하더라구요."

지난 이틀 동안 집에서 쉬는 도중에 내 눈에 들어왔던 광고들.

지금이 길드와 플레이어들의 시대라는 것을 알리듯, 대부분의 광고가 길드를 홍보하는 광고였다.

개중에는 현재 이 그라운드 제로에서 전투를 벌이는 것으로 추정되는 길드들도 꽤 보였다.

"그랬던 놈들이 벽 너머에서 고작 돌 쪼가리 때문에 거리낌 없이 피를 흘린다니, 그게 참 웃기더라고."

솔직히 말해서 나는 내가 정의를 집행한다, 이런 사명감을 지니고 있는 건 아니다.

리멘의 후광 덕에 교황이라는 자리에 오르긴 했다만, 그것이 내가 다른 이들보다 도덕적으로 뛰어나서가 아니란 점도 잘 이해하고 있다.

그냥, 짜증이 좀 났다.

안 그래도 계획대로 되는 게 없어서 신경질이 나던 차에 딱 걸린 거지 뭐.

나는 슬쩍 미소를 지었고, 내 미소를 본 김 팀장은 한숨을 내쉬면서 말했다.

"되도록이면 전투를 좀 피해 주십사 합니다. 결국, 그들도 대한민국의 전력입니다."

"물론입니다. 먼저 싸움을 거는 일은 없을 겁니다. 그것만큼은 리멘의 이름을 걸고 맹세할 수 있습니다."

물론 어디까지나 먼저 싸움을 걸지 않겠다는 약속이다.

만약 다른 플레이어들이 먼저 싸움을 걸어온다면, 그걸 봐 줄 생각은 눈곱만큼도 없었다.

그렇게 김 팀장과의 대화는 끝났고, 그는 나와 레오를 이끌고 그라운드 제로의 출입구로 향했다.

그곳에는 방사능 방호복 같은 장구를 착용한 군인들이 총을 들고 경계를 서고 있었는데, 그들은 우리를 보자마자 경례했다.

"충성. 경계 중 이상 무."

"수고하십니다. 승인은 끝났으니 출입문을 열어 주시겠습니까?"

"알겠습니다!"

끼이이이익-.

군인들이 버튼을 누르자 두꺼운 문이 미세하게 열렸고 곧 그 안에서 진득한 마력이 느껴지기 시작했다.

김 팀장에게는 그 마력이 살짝 버거웠던 모양이다.

그는 미간을 살짝 찌푸리더니, 곧 나를 향해 정중하게 고개를 숙이며 말했다.

"그럼 무운을 빌겠습니다."

"걱정하지 마십쇼. 레오야, 들어가자."

"예, 교황 성하."

나는 레오를 이끌고 문 너머로 걸어갔다.

쿠우우웅.

우리가 문 안으로 들어서자 다시금 문이 닫혔고, 곧 희미한 조명과 함께 꽤 긴 통로가 모습을 드러냈다.

5겹의 벽답게 상당히 두꺼운 모양이다.

그렇게 우리 둘만 남게 되자 레오는 나에게 본인이 궁금했던 점에 대해서 질문하기 시작했다.

"저렇게 출입을 기록하는 수단이 있다면, 현재 이 지역 안에 누가 있는지도 파악할 수 있는 것 아니겠습니까?"

"원칙상으로는 그렇겠지. 하지만 사람들이 꼭 정문을 이용하란 법은 없거든."

애초에 정문을 통해서만 모든 절차가 이루어졌다면 정부에서 자세한 정보를 모를 리가 없다.

게다가 이미 김 팀장이 나에게 〈백도어〉의 존재에 대해서도 일러 줬다.

이곳 어딘가에 숨겨진 통로가 있다.

따라서 얼마나 많은 플레이어들이 내부에서 싸우고 있는지, 제대로 가늠할 수가 없었다.

레오는 내 대답에 고개를 한 번 끄덕이더니, 곧바로 다음 질문으로 넘어갔다.

"그런데 왜 저 김 팀장이라는 사람에게는 마정석 광산을 어떻게 하실 건지 말씀을 안 해 주신 겁니까?"

"꼭 말해 줘야 할 이유가 있나?"

"……그래도 일단 같은 편에 서 있지 않습니까."

너무나도 레오스러운 질문에 나는 피식 웃으면서 대답했다.

"우리가 골칫거리를 해결해 주는 데 수고비 정도라고 생각하자. 지구에는 그런 말이 있다? 기브 앤 테이크. 그리고 걱정하지 마. 이미 더 윗분이랑 이야기도 끝난 거니까."

"아무리 그래도 좀 불편하군요. 장사치가 된 기분입니다."

"교리에 수고비를 받지 말라는 내용이 있나?"

"그런 내용은 없습니다만 아무래도……."

"이번에는 그냥 넘어가자. 마정석은 우리한테도 꽤 필요했잖아?"

마정석은 생각보다 여러 곳에서 쓸모가 있거든.

레오는 마지못해 고개를 끄덕였다.

"……알겠습니다."

"슬슬 보인다."

이야기를 나누고 있는 사이 어느새 통로의 끝에 도착했고, 우리는 곧 벽 너머의 풍경을 마주할 수 있었다.

"허."

벽 너머의 풍경은 내가 생각했던 것보다 훨씬 을씨년스러웠다.

반쯤 무너져 내린 건물들.

원래라면 무성했을 잡초들조차 보이지 않고, 마치 5년 전 그날을 박제시켜 둔 것만 같은 폐허.

그리고 그 사이에서 진득하게 피어오르는 마력들까지.

그야말로 아포칼립스의 느낌이 물씬 풍겨 오는 풍경이었다.

그렇게 꽤 한참 그 풍경을 착잡한 심정으로 바라보고 있을 때였다.

마력으로 인해 예민해진 내 기감에 무언가 느껴졌고, 레오역시 표정을 일그러뜨리며 말했다.

"교황 성하, 이건……."

"나도 알아."

주의하십시오. 마기가 감지되고 있습니다.

짙은 마력 사이로, 사악한 마기가 느껴지고 있었다.

그라운드 제로 (1)

그라운드 제로 주변에 위치한 한 낡은 건물의 2층.

영업을 중지한 지 꽤 오래된 것 같은 다방의 문 앞에서, 이능관리부의 김동식 팀장은 본인의 양복을 다시 한번 가다듬었다.

그리고 그는 조심스럽게 문을 열고 내부로 들어섰다.

딸랑-

문에 달려 있던 종이 소리를 내며 열렸고, 김 팀장의 눈에 내부의 풍경이 펼쳐졌다.

홀 내부에는 흰 머리를 올빽으로 넘긴 노년의 신사만 있을 뿐이었다.

그는 김이 모락모락 피어오르는 커피 한 잔을 앞에 내려 둔 채, 창밖으로 보이는 그라운드 제로의 거대한 장벽을 바라보는 중이었다.

김동식 팀장은 노인의 앞까지 조심스럽게 다가간 다음, 허리를 숙이면서 인사했다.

"장관님."

김동식 팀장의 인사에 노신사는 고개를 끄덕거리면서 답했다.

"왔구먼. 앉게."

"그럼 잠시 실례하겠습니다."

김동식 팀장은 침을 꿀꺽 삼키면서 노신사의 앞자리에 앉았다.

긴장을 안 하려고 노력했지만 그게 생각처럼 쉽지가 않았다.

그도 그럴 것이, 그의 눈앞에 있는 노신사야말로 지금의 이능관리부를 이끄는 존재이지 않은가.

이능관리부 장관 유선호.

비각성자임에도 불구하고, 탁월한 정치 수완으로 현재의 대한민국 각성자들을 조율하는 거장.

만약 그가 없었다면 이능관리부는 진작에 유명무실한 조직이 되었을 게 분명했다.

"요새 김시우 각성자 때문에 고생이 많지? 퇴근도 제대로 못 한다고 들었네. 애 아빠가 고생이 참 많아."

우리 교황님 좀
말려 주세요

유선호 장관은 찻주전자에 들어 있던 커피를 김동식 팀장의 잔에 따라 주며 말했다.

　그리고 그의 말에 김동식 팀장은 두 손으로 잔을 잡으면서 고개를 숙였다.

　"아닙니다. 제가 이능관리부 소속이 된 이래로, 근래만큼 보람찼던 적이 없습니다."

　"허허, 입에 침이라도 바르시게나."

　"진심입니다."

　"그래그래, 커피가 미지근하니 이걸로 목이라도 축이게."

　김동식 팀장은 커피를 한 모금 넘겼다. 고풍스러운 잔에 담겨 있었지만, 그 잔 안에 담긴 내용물은 믹스커피였다.

　달짝지근하면서도 씁쓸한 맛이 그의 입 안에 퍼져 나가기 시작했다.

　덕분에 그간 밀려오고 있던 피로가 살짝은 뒤로 물러나는 듯했다.

　"예전부터 그랬지만 나는 요새 젊은 사람들이 마시는 커피는 입에 안 맞더라고. 그 쓴 걸 굳이 왜 마시나 싶으이."

　유선호 장관은 인자하게 미소를 지은 다음, 김동식 팀장의 눈을 마주했다.

　"듣자 하니 자네가 내 결정에 반대했었다고."

　"······죄송합니다."

　"문책하기 위해 부른 건 아닐세. 그냥 자네의 생각을 물어

보려던 거야. 혹시 반대의 근거에 대해서 말해 줄 수 있겠나?"

장관의 질문에 김동식 팀장은 잠시 대답을 망설일 수밖에 없었다.

그러나 그는 곧 입을 열었다.

"최소 다섯 개의 길드가 다투고 있는 지역입니다. 저희가 미처 파악하지 못한 위험 요소가 많습니다. 그런 지역에 대한민국 최초의 이레귤러를 투입하는 것은 옳지 않다고 판단했습니다. 이레귤러는 저희가 5년 동안이나 기다렸던 존재이지 않습니까."

어느 정도 측정이 완료된 디재스터급 귀환자나 S급 헌터들과는 달리, 이레귤러급 귀환자는 측정이 불가능하다.

심지어 이레귤러 귀환자들끼리조차 서로 맞붙기 전에는 그 누구도 결과를 가늠할 수 없다.

그렇기 때문에 이레귤러급의 귀환자들은 존재 자체만으로도 억제력을 지닌다.

마치 구시대의 핵무기처럼.

그 정도로 이레귤러 귀환자가 지니는 상징성이 막대했었기에, 김동식 팀장은 그를 불필요한 위협에 노출시킬 필요를 못 느꼈던 것이다.

"허허."

유선호 장관은 김동식 팀장의 이야기에 잠시 웃음을 지었다. 그러더니 곧 그는 김동식 팀장을 바라보며 말했다.

"자네의 말대로 우리가 5년 동안 기다려 왔던 이레귤러일세. 그런데 그런 이레귤러가 고작 대형 길드들 간의 싸움이 무서워서 물러선다는 게 말이 되는가?"

"하지만⋯⋯."

"중국의 이레귤러들이 왜 국제사회에서 제대로 된 이레귤러로 인정을 못 받는지를 생각해 보게."

아무리 측정이 불가능한 이레귤러라고 한들, 비교를 통한 대강의 측정은 가능한 법이다.

미국이나 유럽의 이레귤러들은 저마다 초대형 카오스게이트를 단독으로 해결함으로써 스스로의 가치를 증명했다.

유선호 장관은 커피를 한 모금 들이켠 다음, 한층 차분해진 목소리로 말했다.

"이미 대형 길드들이 주축이 된 전국 각성자 연합에서 김시우 각성자의 이레귤러 등급에 대한 검증을 요구하고 있어."

"그건 여의도 게이트와 구로구 게이트에서 충분히⋯⋯."

"두 곳 모두 우리 이능관리부가 처음부터 통제하고 있는 지역이었으므로 조작의 가능성을 제기하더군. 보도 자료까지 열심히 준비하고 있다고 들었네. 이게 다 우리 이능관리부의 힘이 부족한 탓이지."

힘의 균형은 일찍이 대형 길드 쪽으로 넘어갔었다.

대기업들의 자본을 앞세운 대형 길드들을 막을 수 있는 방법은 오로지 규제뿐이었으나, 그들은 영악하게도 정치권까지 손을 뻗치면서 규제를 막았다.

유선호 장관이 없었다면 이능관리부조차 진작에 해체당했으리라.

"내 어제 전각련 회장과 통화를 했었네. 그자가 뭐라고 했는지 아는가?"

"잘 모릅니다."

"조작의 책임을 지고 옷을 벗을 각오를 하라더군. 그쪽에서는 이미 우리가 조작을 했다고 단정 짓고 있었네. 만약에 조작이 아니더라도, 강제로 그렇게 만들 셈이었어. 그래서 내가 어떻게 했는지 아나?"

"……설마?"

"오늘 김시우 각성자가 그라운드 제로에 들어갈 거라는 이야기를 해 줬지. 자네도 결과가 궁금하지 않은가? 이 늙은 놈의 가슴이 주책없이 뛰는구먼그래."

김동식 팀장은 어째서 타고난 장사꾼이라 불리는 유선호 장관이 김시우의 요구를 전격적으로 수용했는지를 깨달을 수 있었다.

'그럼 그렇지.'

역시, 세상에 공짜란 없었다.

거기까지 생각이 이른 김동식 팀장은 유선호 장관을 따라 거대한 장벽을 바라보았다.

그리고 조심스럽게 유선호 장관에게 물었다.

"저희가 정보를 흘렸다는 이야기를 알게 되면, 김시우 각성자가 화를 내지 않겠습니까?"

그러자 유선호 장관은 아무렇지 않다는 듯 커피를 마시면서 대답했다.

"음, 그건 걱정할 필요 없으이. 이미 김시우 각성자도 알고 있네."

"⋯⋯예?"

"내가 이래 보여도 양심은 있는 장사치거든. 껄껄."

❧

이능관리부의 유선호 장관이라는 사람.

노익장이라는 표현이 그 사람보다 잘 어울리는 사람은 에덴에서도 그리 흔치 않았던 것 같다.

어젯밤. 나 혼자 조용히 조깅을 하고 있을 때쯤 불쑥 찾아왔던, 멋들어진 노신사.

이미 그와 한 번 인사를 나눴기 때문에 알아보는 건 어렵지 않았다.

그에게서 꽤 많은 이야기를 들었다.

대한민국에서 현재 이능관리부의 위치와, 그가 나에게 그라운드 제로 출입을 허가해 줬던 이유까지.

그리고 그는 곧바로 나에게 거래를 제안했다.

―김시우 각성자께서 그라운드 제로에서 얻어 낼 모든 것에 대해 우리 이능관리부에서 보증을 서 드리도록 하겠습니다. 대신 저희에게 힘을 조금 실어 주실 수 있겠습니까?

그래서 흔쾌히 거래를 받아 주기는 했다.

어차피 나로서는 그라운드 제로에 이왕 들어가게 될 거, 더 많은 걸 얻으면 좋았으니까.

그런데 말이다.

"내가 호구를 잡혔던 건가."

아무리 봐도 이건 내가 손해를 본 것 같다.

나는 미간을 찌푸리면서 곳곳에 금이 간 표지판을 바라보았다.

국립현대미술관 서울관

5년 전에 최초로 게이트가 발생했던 지역이라 그런지, 멀쩡한 건물들을 찾아보기가 힘들었다.

한때는 미술관이었을 이 폐허 역시 일부 건물을 제외하고서는 싸그리 무너져 내린 상태였다.

비교적 어느 정도 질서가 잡혀 있는 장벽 밖의 세상과는 달리, 그라운드 제로는 포스트 아포칼립스라는 단어와 더할 나위 없이 어울리는 장소였다.

다만, 풍경뿐만 아니라, 다른 요소까지 포스트 아포칼립스
와 닮아 있었다는 게 문제였을 뿐이지.

나는 폐허 사이사이에서 느껴지는 다른 플레이어들의 마
력에 입꼬리를 비릿하게 올리면서 말했다.

"서른 명쯤? 이거 진짜 손해 보는 장사 같은데, 레오야. 너
는 어떻게 생각하냐?"

"일단 말로 해결하는 게 좋아 보입니다. 무력은 언제나 최
후의 수단이 되어야만 합니다."

"다른 사람은 몰라도 네가 그렇게 말하니까 좀 낯설다."

내가 그렇게 평범하게 입으라고 당부했건만, 끝까지 사제
복을 고수한 레오였다.

당연히 몸에 쫙 달라붙은 사제복 위로, 녀석의 짐승 같은
상체 근육이 불끈거리고 있다.

레오는 본인이 쓰고 있던 외눈 안경을 조심스럽게 주머니
에 집어넣으며 말했다.

"하지만 저희에게 무작정 적의를 품는 건 도무지 이해할
수가 없군요. 같은 인간이지 않습니까?"

그 말에 나는 레오의 등을 두드리면서 대답했다.

"인간이니까 저러는 거지. 에덴에서야 악마라는 공공의

적이 있었지만, 지구에는 없거든."

"지구 역시 마수들이 침공해 오는 상황인 걸로 압니다."

"그러니까 말이야. 그런 상황에서도 저러는 걸 보면 참 대단해. 그만큼 아직 정신을 덜 차렸다는 거지. 원래 욕심이란 게 그렇잖냐. 멀쩡한 인간도 맹인 만드는 거. 뭐…… 그래도 네 말대로 이야기나 좀 해 볼까?"

나는 고개를 살짝 끄덕인 다음, 천천히 앞으로 걸어갔다. 그리고 을씨년스러운 폐허를 바라보면서 소리쳤다.

"날도 좋은데 얼굴이나 보고 이야기합시다!"

내 말에 폐허 사이에 숨어 있던 자들은 미동조차 하지 않았다.

내 인내심은 그렇게 대단한 편은 아니다.

그래서 그냥.

콰아아아아아아앙!

발을 가볍게 굴려서 눈앞의 폐허들을 싸그리 무너뜨렸다. 그러자 곧 그 틈에 있던 플레이어들이 하나둘씩 모습을 드러냈다.

"좋게 말할 때 나오면 얼마나 좋아요. 피차 피곤하지도 않고, 안 그래요?"

마력으로만 감지했을 땐 잘 몰랐지만, 이렇게 육안으로 확인하니 특이한 점이 보였다.

"부끄럼들을 많이 타시나, 다들 복면을 쓰고 계시네."

녀석들은 하나같이 얼굴을 가리고 있었다.

저 복면이야말로 그라운드 제로에서 어떤 짓이 일어나고 있는지를 증명해 주는 증거이기도 했다.

차마 얼굴을 깐 채로는 못 할 짓들.

그렇기 때문에 익명성 뒤에 숨어 있는 거겠지.

나는 그들을 슬쩍 훑은 다음, 피식 웃으면서 말했다.

"저희는 그냥 신전 부지를 답사하러 왔습니다. 저희 리멘께서는 평화를 정말로 사랑하시는 분입니다. 그러니 가급적이면 비켜 주셨으면 좋겠습니다, 형제자매님들."

이런 내 부드러운 대화 요청이 효과가 있었던 걸까?

놈들 사이에서 한 명이 앞으로 걸어 나왔다. 그러더니 그자는 대뜸 복면을 벗어 던지며 본인의 흉악한 얼굴을 자랑스럽게 드러냈다.

살기가 번들거리는 좁쌀만 한 눈부터 시작해서, 얼굴 곳곳에 자랑스럽게 새긴 기괴한 문신까지.

저렇게 악당스럽게 생기기도 참 쉽지 않은 법이다.

아무튼, 누가 봐도 그 악당스러운 남자는 본인의 검을 나를 향해 겨누면서 말했다.

"못 비켜 주겠는데?"

"어째서입니까?"

"사이비 교주 새끼 따위를 귀한 곳에 들여보내 줄 리가 있나. 전각련에서 후하게 의뢰금을 치른다 해서 기대했는데,

막상 보니 별거 없는 애새끼였군."

아무래도 내가 지금까지 보여 줬던 힘들을 전부 조작이라고 생각하고 있는 것 같다.

이능관리부의 유선호 장관이 했던 말이 맞는 듯했다.

거기에 특이한 점은 저 남자가 보유하고 있는 마력량이었다. 그의 마력량은 지난번에 봤던 도깨비 길드의 최 대표와 비교해도 밀리지 않을 정도였다.

그렇다면 S급 헌터라는 건데, 내가 S급 헌터들에 대해서 아는 게 있어야지.

나는 어깨를 으쓱인 다음, 장갑을 손에 끼면서 넌지시 물었다.

"제가 별거 없는 애새끼라는 판단의 근거는 뭔가요, 형제님?"

"병신을 보고 병신이라고 말했을 뿐인데 근거가 필요한가? 흐흐. 너 사기꾼 새끼들을 처음 보는 것도 아니거든."

"얼굴이 엉덩이처럼 생기긴 했는데, 확실히 입으로 똥을 뱉는 재능이 있으시군요, 형제님. 입이 항문인 모양이십니다?"

"팔을 잘리고도 그 혓바닥이 여전할 수 있는지 기대해 보겠다. 안 그래도 전각련에서 네놈을 반병신으로 만들어 달라는 주문을 했어."

남자는 그렇게 말하면서 혀로 입술을 핥았다.

한 가지 확실한 건 저 녀석들은 사람을 꽤 많이 죽여 본 놈들이라는 거다. 그건 녀석들이 뿜어내는 질 나쁜 기세만 보더라도 쉽게 알아차릴 수 있었다.

나는 그들을 훑은 후, 슬쩍 몸을 뒤로 돌리면서 레오에게 물었다.

"아직도 대화가 최선인 것 같아?"

레오는 고개를 끄덕이면서 대답했다.

"적어도 스스로의 죄를 회개할 수 있는 기회는 주어져야 한다고 생각합니다."

"저놈들이 과연 죄를 회개할까?"

레오는 대답 대신에 허공으로 두 손을 뻗었다.

그러자 곧.

콰드드득-!

"끄아아아아아아아악!"

우리들 주변에 마력을 두른 채로 숨어 있던 복면인 하나가 레오의 손에 의해 반으로 접혔다.

진짜 말 그대로 반으로 접혔다.

사람의 왼쪽 어깨와 오른쪽 어깨가 맞닿았으니, 그게 반으로 접힌 게 아니면 뭐냐고.

나는 난데없는 차력쇼를 펼친 레오에게 다시 한번 물었다.

"그게 어떻게 회개할 기회를 준 거냐? 사람은 반으로 접히면 죽어."

내 질문에 레오는 여전히 무뚝뚝한 표정으로 대답했다.

"스스로의 죄를 회개할 수 있는 입은 남겨 두지 않았습니까?"

"……대단하네."

"과찬이십니다, 교황 성하."

에라이 미친놈.

이놈의 의견을 물었던 내 잘못이지.

나는 한숨을 푹 내쉰 다음, 시선을 돌려서 어느새 석상처럼 굳어 있던 복면인들을 향해 말했다.

"그러게 내가 말로 하자고 했잖아. 거절한 건 너희다?"

❧

"……씨발."

〈도살자〉라는 악명을 지닌 청부업자, 유세혁은 본인의 눈앞에서 벌어지고 있는 기괴한 장면을 바라보면서 욕설을 내뱉었다.

멀쩡한 하늘에 사람이 날아다닌다. 그건 비행이라기보다는 차라리 사출에 가까운 모습이었다.

그리고 땅에는 반으로 접힌 인간 종이들이 널브러져 있었다.

그것은 그 어디에서도 볼 수 없었던 기괴한 장면이었다.

도대체 어디에서부터 잘못되었던 걸까?

유세혁은 가까스로 정신을 부여잡으면서 실마리를 잡아
본다.

'할 만한 의뢰라고 생각했다.'

전국 각성자 연합의 의뢰는 나쁘지 않은 의뢰였다. 아니,
정확히 말하자면 유세혁 본인의 고민을 한 번에 해결해 주
는, 그로서도 얻을 게 많았던 의뢰였다.

-그라운드 제로 내부에서 의뢰 하나만 수행해 준다면 최
상급 마정석을 보수로 지불하겠다. 우리 쪽에서 깔끔하게 세
탁을 해 둔 상태이니 걱정할 건 없다. 또한 우리가 대한민국
에서 빠져나갈 수 있는 루트도 확보해 주겠다. 지명수배로
인해 도움이 필요한 상황 아닌가?

지명수배자 신세인 유세혁으로서는 대한민국에서 도피할
수단이 필요했다.

3년 전, 그가 플레이어로 각성한 이후로 끊임없이 벌여 왔
던 살인 행각.

처음에는 고작 D급 헌터에 불과했던 그를, S급 헌터들조
차 위협할 수 있는 수준으로 키워 줬던 건 전부 〈동족포식자
〉라는 말도 안 되는 스킬 덕분이었다.

동족을 죽일 때마다 추가적인 능력치 보상을 얻을 수 있게
해 주는 스킬.

보통 사람이었다면 그 능력에 적응하기까지 꽤 오래 걸렸겠지만, 유세혁은 그렇지 않았다.

그는 주저 없이 인간을 죽였다.

처음에는 인적이 드문 곳에 사는 일반인들을 죽였고, 플레이어가 더욱 많은 보상을 준다는 걸 알게 된 순간부터는 플레이어들을 으슥한 던전으로 유인해서 죽였다.

그렇게 그는 불과 3년 만에 S급 헌터급으로 성장할 수 있었지만, 이능관리부의 수사망으로부터 자유로울 순 없었다.

목격자와 증거까지 싸그리 인멸하는 철두철미한 성격 덕에 꽤 오랜 시간 동안 수사망으로부터 자유로웠지만, 3달 전부터 갑작스럽게 조여 오기 시작한 수사망은 그의 신변을 위협할 지경이었다.

그런 상황에서 때마침 전각련의 의뢰가 들어왔던 것이다.

'전각련 놈들의 보고서에는 분명 조작되었을 가능성이 높다고 적혀 있었다.'

녀석들은 친절하게 타깃에 대한 정보까지 제공해 주었다.

─그가 활약했던 게이트 두 곳 모두 정부 주도하에 토벌전이 진행되었음. 그 시각 당시 이능관리부 소속의 환각 계열 마법사 강채아의 동선이 파악되지 않음. 조작일 가능성 배제할 수 없음.

하지만 지금 이 순간, 유세혁은 전각련 놈들의 보고서가 엉터리였음을 깨달을 수밖에 없었다.

'내가 당한 건가?'

보고서에 저 거구의 남자에 대해서는 단 한 줄도 적혀 있지 않았다.

"죽, 죽여!"

"이 괴물 새끼이이이이!"

콰아아아아앙-!

사제복을 입은 그 괴물은 성난 황소처럼 모든 것을 쓸어버렸다.

문제는 그 쓸려 나가는 놈들도 마냥 어중이떠중이들이 아니란 사실이었다.

각자 신분들을 숨기긴 했지만, 그는 본능적으로 본인과 비슷한 부류의 인간들이란 걸 알 수 있었다.

대한민국에서 더 이상 갈 곳이 없는 플레이어 범죄자들.

그들 역시 아마 이번 의뢰를 끝내고 한국을 뜰 생각을 하고 있었으리라.

그라운드 제로에서 멀쩡하게 움직일 수 있다는 건 그들 모두가 A급 헌터급 이상이라는 뜻이다. 그리고 그 사실이 의미하는 바는.

콰아아아아앙!

'저 괴물 새끼는 최소 S급. 그것도 상위 서열급이다. 이능

관리부에서 비밀리에 키워 낸 놈인가?'

그런 그들을 압도하고 있는 저 괴물의 힘을 어렴풋이 증명해 준다.

그것은 정말로 순수한 폭력이었다.

거구의 괴물로부터 마력은 느껴지지 않았으나, 그의 손에 잡히는 족족 사람이 통째로 찌그러졌다.

유세혁은 그 끔찍한 폭력의 현장에 미간을 찌푸렸다.

그리고 방금 전까지 저 괴물이 김시우를 향해 고개를 숙이면서 예의를 지켰다는 걸 떠올렸다.

그것은 누가 봐도 상급자에게 표하는 예의.

그렇다는 말은 저 무방비 상태의 김시우만 인질로 잡는다면, 어떻게든 살 방법이 생겨날 것이란 뜻이었다.

'S급 헌터라는 놈이 저렇게 빈틈을 내놓고 있을 리가 없다. 저 새끼는 할 만해.'

공포스러운 힘을 보여 주고 있는 괴물과는 달리, 유세혁이 보기에 김시우는 셀 수 없이 많은 빈틈을 노출하고 있었다.

유세혁은 그 빈틈을 보자마자 곧바로 마력을 응집시키면서 검을 움켜쥐었다.

액티브 스킬 〈가속 Lv.9〉을 사용합니다. 당신의 모든 속도가 상승합니다.

기회는 한 번뿐이다.

괴물이 다른 놈들에게 정신을 팔린 사이, 김시우의 신변만 확보하면 된다.

거리는 대강 30M.

한달음에 좁힐 수 있는 거리.

여태까지 수많은 놈들에게 꽂아 넣었듯, 그렇게 자연스럽게 검을 찔러 넣으면 된다.

> 액티브 스킬 〈가속 Lv.9〉를 중첩하여 사용합니다. 특수 효과 〈대가속〉이 발동합니다!

유세혁은 그 상태 메시지를 보자마자 곧바로 발을 뗐다.

정말 눈 깜짝할 순간이었다.

마력으로 잔뜩 응집된 그의 발이 땅을 박찼고, 순식간에 김시우와의 거리가 좁혀졌다.

그리고 그 순간, 유세혁은 주저 없이 김시우의 복부를 향해 검을 찔러 넣었다.

'걸렸......'

정확하게 찔러 넣었지만, 검 끝에 감각이 없었다.

그러나 유세혁에게는 이상함을 느낄 시간조차 주어지지 않았다.

콰지지직-!

그가 입고 있던 얇은 합금 갑옷이 형편없이 부스러져 내렸으며.

"커허어어어억!"

유세혁의 입에서도 다량의 피가 뿜어져 나왔다.

그리고 곧 트럭에 치인 듯, 전신에서 뼈가 바스러지는 듯
한 고통이 몰려오기 시작했다.

"끄아아아아아아아악!"

고통으로 점철된 그의 눈앞에, 지금까지 보지 못했던 메시
지 창들이 떠오르기 시작했다.

특수 스킬 〈멸악의 의지〉가 당신의 악함을 감지해 냅니다.
경고! 시스템을 정지합니다.
경고! 시스템을 정지합니다.
경고! 시스템이 정지합……

그렇게 유세혁이 정신을 잃으려던 찰나, 흐릿해진 그의 시
야 사이로 누군가의 목소리가 흘러들어 왔다.

"너 여태까지 도대체 몇 명을 죽인 거냐? 이거 내가 생각
했던 것보다 더 대단한 씹새끼였네."

"끄으으으으 살려……."

"물론이지."

유세혁은 본인을 내려다보고 있던 김시우를 가까스로 쳐
다본다.

김시우의 손이 하얀색으로 빛나고 있었고, 손에서 전해져

온 따스함이 잠시 고통을 밀어냈다.

그러나 잠시 후, 그의 귓가에 김시우의 목소리가 울려 퍼졌다.

"지금까지 그렇게 살아왔으면서, 곱게 죽을 생각이었던 거야? 에이, 그렇게는 안 되지. 그건 공평하지 못하잖아."

꽃

에덴에서 리멘이 나에게 내려 줬던 수많은 은총 중에서 〈멸악의 의지〉라는 스킬이 있다.

스킬의 효과는 아주 간단하다.

내 신성력 범위 내에 들어온 〈악인〉이 지금까지 벌여 왔던 모든 악행을 밝혀낸다.

물론 〈악인〉의 범위가 애매하다는 단점이 있기는 하지만, 내 경험상 회생 불가능한 수준의 악인일 경우에만 발동하는 것 같다.

바로 유세혁 이놈처럼 말이다.

플레이어 〈유세혁〉의 악행을 나열합니다.
〈살인〉, 〈강간〉, 〈유아 살인〉 등 592건

〈멸악의 의지〉를 통해 확인되는 녀석의 죄악은 차마 눈을 뜨고 볼 수 없을 지경이었다.

이건 더 이상 인간이라고 볼 수 없는, 차라리 악마에 가까운 놈이었다.

게다가 그 악행의 동기 역시 가관이었다.

강해지고 싶다는 욕망, 또는 그저 재미.

이 새끼는 상대가 일반인이고, 플레이어고, 전혀 가리지 않고 죽여 댔다.

콰지지직-!

"끄아아아아아악! 말, 말하겠습니다! 제가 아는 거 다 말하겠……."

그렇게 셀 수 없이 많은 무고한 자들을 죽인 놈인데, 또 제 목숨은 아까운 모양이다.

녀석은 내 발밑에 깔린 채로 비명을 내질렀다.

"전각련, 전각련 놈들이 의뢰를…… 끼아아아악!"

"그래서 뭐, 네가 아는 것들을 알려 줄 테니 살려 달라고? 너 되게 이기적인 새끼다."

콰지지지지직-!

나는 이번에는 녀석의 다리를 발로 뭉개면서 비릿하게 입꼬리를 올렸다.

전각련이 관련되어 있다는 정보?

지금 여기서 그딴 건 하나도 중요하지 않다.

"그 전각련이라는 새끼들이 너를 여기에다가 집어넣은 이유가 뭘 것 같냐? 딱 봐도 간 보려고 그런 거잖아. 솔직히 너도 지금 속으로는 느끼고 있을 거 아니야."

애초에 녀석들에게 내가 조작이라는 확신이 정말로 존재했다면, 녀석들은 아낌없이 본인들이 보유한 S급 헌터들을 투입했을 거다.

하지만 그놈들은 그렇게 하지 않았다.

대신 이딴 쓰레기 새끼들의 손을 빌려 확인을 해 보려고 했던 거다.

"아마 너희가 실패했을 때의 준비도 다 해 뒀겠지. 본인들이 한 게 아니다, 흉악범들이 어떻게 들어왔는지 모르겠다, 뭐 이런 식으로."

"제가…… 증인이 되……."

"592건의 악행을 저지른 새끼의 증언을 믿어 줄 사람이 몇이나 될까."

전각련이라.

지난번에 구로구 카오스게이트에서 조우했던 백명교 놈들만큼이나 신경 쓰이는 놈들이 생겨 버렸다.

콰지지직-!

나는 녀석의 팔다리를 전부 아작 내 버린 다음, 다시 한번 녀석의 몸에 신성력을 불어 넣었다.

그러자 곧 축 늘어져 있던 녀석의 팔다리에 다시 힘이 들어가기 시작했다.

고통에서 잠시 해방된 유세혁은 그 추악한 눈알을 굴리면서 소리쳤다.

"회개! 저도 회개하겠습니다. 제발, 제발 용서를……."

바퀴벌레 같은 생존 욕구.

유세혁은 몸을 버둥거리면서 용서를 갈구했지만, 나는 그저 녀석의 등에 발을 올리면서 말했다.

"너를 용서해 줄지 말지 결정하는 거, 그건 내가 하는 게 아니야."

까드드득.

발에 힘을 불어 넣자 녀석의 등이 기괴하게 꺾였고, 척추가 바스라지는 소리가 들려왔다.

그리고 곧 유세혁이 몸을 바르르 떨면서 피거품을 내뿜었다.

"끄르르르르르륵."

나는 더 이상 버둥거리지도 못하는 유세혁을 향해 조용히 속삭였다.

"너를 신의 심판대에 올릴지 말지를 결정하는 것이 내가 하는 일이지."

그걸로 끝.

유세혁은 더 이상 미동조차 보이지 않았고, 그제야 나는 녀석의 등 위에서 발을 내렸다.

그리고 천천히 몸을 돌려 주위를 둘러보았다.

이미 상황은 종료되어 있었다.

30명이 넘던 인원들은 전부 바닥에 쓰러졌으며, 레오와 나를 제외하고서는 더 이상 이 폐허 위에 서 있는 존재는 없었다.

"교황 성하."

상황을 정리한 레오는 어느새 본인의 외눈 안경을 쓴 채로 나에게 다가왔다.

인간을 너무 잔혹하게 다뤘다고 뭐라고 할 줄 알았는데, 레오의 입에서 나온 말이 좀 의외였다.

"어찌하여 이자의 목숨을 끊지 않으셨습니까?"

결론부터 말하자면 나는 유세혁을 죽이지 않았다.

그저 식물인간으로 만들었을 뿐이다.

"네가 그렇게 말하니까 좀 의외다? 언제는 회개할 기회를 줘야 한다면서."

"인두겁을 쓴 악마나 다름없는 자입니다. 인간이길 포기한 자를 인간으로 대우해 줄 이유는 없습니다."

아마 레오의 눈에도 유세혁의 악행들이 어렴풋이 보일 것이다.

레오 역시 리멘의 총애를 받는 사제 중 하나였으니 말이다.

나는 레오의 질문에 그저 슬쩍 웃으면서 답했다.

"아마 이 새끼들의 현상금만으로도 신전은 세우고도 남을 거야. 이능관리부 친구들에게 꽤 좋은 선물도 될걸."

"고작 그런 이유뿐이시라면 저는……."

"레오."

내 부름에 레오는 조용히 내 얼굴을 바라보았고, 나는 손에 끼고 있던 장갑을 벗으면서 말을 이어 갔다.

"이딴 쓰레기들을 심판하는 게 내 일이긴 한데, 이 새끼로 인해서 소중한 것을 잃은 사람들에게도 심판할 권리는 있어."

"그럼……."

"그 사람들한테도 이 새끼를 직접 심판할 기회는 주어져야지. 그리고 무엇보다 얘네한테 죽음은 너무 행복하고 편한 결말 아니냐?"

레오는 피거품을 물고 있는 유세혁을 흘긋 바라보면서 나에게 물었다.

"그래서 일부러 신성력을 넣어 두어 저렇게 목숨을 붙여 두신 겁니까."

"이 녀석은 누군가 녀석을 죽여 주기 전까지 계속 이 상태로 깨어 있는 거지. 신성력을 머릿속에 살짝 심어 뒀으니 의식도 잃지 않아. 의식은 깨어 있지만, 몸은 절대로 움직일 수 없어. 굳이 표현하자면 의식이 있는 식물인간 정도."

"죽음조차 이들에게는 아깝다, 그런 뜻이군요."

"누군가에게는 죽음이 오히려 구원이 될 수도 있거든. 이딴 새끼는 구원받아서는 안 되는 거야."

레오는 내 대답을 듣더니 그저 고개를 숙일 뿐이었다.

그리고 그런 내 눈앞에, 지금까지 보았던 것과 조금 다른 메시지 창들이 떠오르기 시작했다.

〈차원계: 에덴〉에서 축적한 데이터의 1차 동기화가 완료되었습니다.
명령어 「사용자 정보」를 통해 동기화된 당신의 데이터를 확인하십시오.
〈차원계: 지구〉의 시스템이 당신의 성향을 〈혼돈 선〉으로 규정합니다. 이에 따라 〈차원계: 지구〉의 시스템이 당신에게 허용된 인과율 제한을 완화합니다.

다음 권으로 이어집니다

엑스트라 책사의 로열로드

mensol 퓨전 판타지 장편소설

『회귀자의 그랜드슬램』의 mensol
무과금의 신을 소환하다!

실력 게임을 무과금으로 돌파하던 레전드 유저
게임 속 똥캐 조연에게 빙의되다!
신묘한 계책으로 배신당해 파멸하는 결말을 피하라!

한미한 남작 가문 사남 알스
인공지능과 겨루던 체스 실력
전략 게임으로 다져진 기기묘묘한 책략
히든 피스로 얻은 무력으로
대륙을 평정하다!

삼국지를 연상케 하는 디테일한 전략!
피 끓는 전장의 광기가 폭발한다!

ROK
MEDIA
로크미디어

황태자는 으퇴가 하고 싶습니다

로튼애플 퓨전 판타지 장편소설

황제가…… 과로사?
이번 생은 절대로 편하게 산다!

31세에 요절한 황제 카리엘
개같이 구르며 제국을 지킨 대가는
역사상 최악의 황제라는 오명?
싹 다 무시하고 안식에 들어가려 했더니……

"다시 한번 해 볼래? 회귀시켜 줄게."
"응, 안 해."
"이번엔 욜로 라이프를 즐겨 보면 어때?"

사기꾼 같은 신에게 속아 회귀하게 된 카리엘
즐기며 편히 살기 위해서는
황태자 자리에서 먼저 내려와야 하는데……

제국민의 지지도는 계속 오른다?
황태자의 은퇴 계획, 과연 성공할 수 있을까?

꿈의 도약, 로크에서 하십시오
(주)로크미디어에서 신인 작가를 모십니다

즐거운 세상, 로크미디어는 꿈을 사랑하고 도전을 두려워하지 않는 작가 분들의 참신한 작품을 기다리고 있습니다. 21세기 장르 문학계를 이끌어 갈 차세대 선두 주자 (주)로크미디어에서 여러분의 나래를 활짝 펴 보시길 바랍니다.

모집 분야 판타지와 무협을 포함한 장르 문학
모집 대상 아마추어 작가, 인터넷 작가
모집 기한 수시 모집
작품 접수 시 유의 사항
1. 파일명은 작가명_작품명.hwp형식을 갖춰 주십시오.
1. 파일에 들어갈 내용은 다음과 같습니다.
   — 성명(필명인 경우 실명을 밝혀 주세요), 연락처, 이메일 주소
   — 제목, 기획 의도
   — A4용지 1장 분량의 등장인물 소개
   — A4용지 2장 분량의 전체 줄거리
   — 본문
1. 작품이 인터넷에 연재되고 있다면, 게시판명과 사이트의 구체적이고 정확한 주소를 기재해 주십시오.

선택된 작품은 정식 계약 후 출판물로 간행되어 전국 서점에 유통됩니다.
작가 분은 (주)로크미디어의 전폭적인 지원하에 전속 작가로 활동하시게 됩니다.
※ 자세한 내용은 로크미디어 홈페이지(rokmedia.com)를 참조하세요.

(03920)서울시 마포구 성암로 330 DMC첨단산업센터 3층 318호
(주)로크미디어 편집부 신간 기획 담당자 앞
전화 : 02) 3273-5135
www.rokmedia.com   이메일 : rokmedia@empas.com

One for all

원포올

일라잇 스포츠 장편소설

작렬하는 슛, 대지를 가르는 패스
한계를 모르는 도전이 시작된다!

축구 선수의 꿈을 품은 이강연
냉혹한 현실에 부딪혀 방황하던 중
운명과도 같은 소리가 귓가에 들어오는데……

당신의 재능을 발굴하겠습니다!
세계로 뻗어 나갈 최고의 축구 선수를 키우는
'One For All' 프로젝트에, 지금 바로 참가하세요!

단 한 번의 기회를 잡기 위해
피지컬 만렙, 넘치는 재능을 가진 경쟁자들과
최고의 자리를 두고 한판 승부를 벌인다!

실력만이 모든 것을 증명하는
거친 그라운드에서 당당히 살아남아라!

ROK
MEDIA
로크미디어

기갑천마

거짓이슬 퓨전 판타지 장편소설

종말을 막지 못한 절대자
복수의 기회를 얻다!

무림을 침략한 마수와의 운명을 건 쟁투
그 마지막 싸움에서 눈감은 무림의 천하제일인, 천휘
종말을 앞둔 중원이 아닌 새로운 세상에서 눈을 뜨는데……

"천휘든 단테든, 본좌는 본좌이니라."

이제는 백월신교의 마지막 교주가 아닌 평민 훈련병, 단테
그럼에도 오로지 마수의 숨통을 끊기 위해
절대자의 일 보를 다시금 내딛다!

에이스 기갑 파일럿 단테
마도 공학의 결정체, 나이트 프레임에 올라
마수들을 처단하고 세상을 구원하라!